PLUS QUE CELA

SUIVI DE

TITYRE SOURIT

ŒUVRES DE GÉRARD GENOT

AUX ÉDITIONS L'AGE D'HOMME

J'élis un lieu flagrant et nul, Poèmes complets 1962-2008

La Frontière, roman

Messaoud et autres histoires de la Frontière, nouvelles

Courtes vertus, Moralités et caractères

Reconnaissances, Essais

TRADUCTIONS

AUX ÉDITIONS L'AGE D'HOMME

UGO FOSCOLO, *De l'origine et des devoirs de la littérature, Les Tombeaux, Les Sonnets*

GIOVANNI PAPINI, *Concerto fantastique; Histoire du Christ*

EUGENIO CORTI, *Les derniers soldats du roi* (avec F. Livi); *Caton l'Ancien; L'île paradis*

ALESSANDRO SPINA, *Triptyque libyen*

LORENZO VIANI, *Un hiver à Paris*

AUX ÉDITIONS DES BELLES LETTRES

TEOFILO FOLENGO, *Baldus* (avec P. Larivaille)

SPERONE SPERONI, *Dialogue des langues* (avec P. Larivaille)

FRANÇOIS PÉTRARQUE, *Chansonnier*

TORQUATO TASSO, *Jérusalem délivrée*

AUX ÉDITIONS DU SEUIL

ITALO CALVINO, *La journée d'un scrutateur*

AUX ÉDITIONS GALLIMARD

GIORGIO BASSANI, *Derrière la porte*

LUIGI PIRANDELLO, *À la sortie, L'imbécile, La Fleur à la bouche, La Fable du fils substitué* (Bibliothèque de la Pléiade)

AUX ÉDITIONS HUBERT BOUCCARA – LA ROSE DE JAVA

GAETANO VOLPI, *De la fureur de posséder des livres*

AUX ÉDITIONS MEMINI-HONORÉ CHAMPION

CECCO ANGIOLIERI, *Sonnets*

GÉRARD GENOT

PLUS QUE CELA

SUIVI DE

TITYRE SOURIT

L'ÂGE D'HOMME

Catalogue et informations :
Écrire à L'Age d'Homme, CP 5076, ! 002 Lausanne (Suisse)
ou 5, rue Férou, 75006 Paris (France)
www.lagedhomme.com

AVANT-PROPOS

J'étaie l'un à l'autre dans ce volume deux livres écrits à vingt-cinq ans de distance l'un de l'autre, dont le sujet est le même, et je les dispose dans l'ordre nécessaire qu'est la succession anti-chronologique : car il est clair que seule l'existence du plus récent donne à l'autre « tout son sens » – mais *à retardement*, et seulement provisoire – jusqu'à ce qu'un imaginable nouveau livre – si l'ordre de l'Univers m'octroie, à moi, assez d'existence – vînt changer le sens du plus récent, du plus ancien, de leur mise ensemble ; on peut le dire autrement, il a fallu, pour que *plus que* CELA pût être exhibé et livré à l'augmentation de sens d'une, de la, de toute(s) lecture(s), qu'il fût épaulé de *Tityre sourit*, faute de quoi le lecteur fût parti dans une direction certes légitime, mais qui aurait été un piétinement oiseux, et dont tous les pas, au reste, se retrouveront dans la lecture de l'ensemble ; *et* il a fallu aussi, pour que *Tityre semper recubans, lentus in umbra* parmi la roselière de son marécage pût, tant bien que mal réveillé, se relever et chercher en bâillant son chalumeau, que vingt-cinq ans et pas mal de livres – qui n'auraient pas été ce qu'ils seront s'ils n'avaient *été à être* la suite de ce qui attendait de devenir *Tityre sourit* *AUJOURD'HUI*, la préparation de ce qu'est aujourd'hui *plus que* CELA – eussent passé sous le Pont Mirabeau.

Ces deux livres posent la même question, sur deux tons différents, à propos de deux objets différents, ou d'une même notion d'un objet de formes différentes, trêve de retardements, il *n'*y est question *que* de la question *de* l'écriture – heureux « vide » de cette préposition *de* qui affirme qu'il y a un rapport, sans s'aventurer étourdiment à dire quel –, de l'écriture comme question *Qu'est-ce que l'écriture ?*; ils ne se proposent pas de répondre à la question, mais, en la détaillant, la prolongeant, l'entretenant – voire, en parlant d'« autre chose » –, de la poser de telle sorte qu'il soit clair qu'on *ne peut pas* y répondre et que, *pour cette raison*, il faut *continuer* à la poser: c'est ce qui s'approche le plus d'*être* l'écriture, et non, je ne me hausse pas du col à qualifier ces présents « écrits » d'« écriture », ni encore d'« approche de l'écriture », même si je suis acculé à employer des mots courants en leur sens ordinaire, et si j'égrène *approche* assez ou trop souvent dans le second livre, depuis que j'en ai eu la *révélation* dans les dernières œuvres de Roger Laporte.

Comme tout écrivain je suppose, je n'ai pu écrire que parce que – pendant le longtemps où – je ne me suis *pas posé* la question de l'écriture, ou pour mieux dire, j'ai pu écrire parce qu'à certaines périodes, je ne me posais pas, j'oubliais de me poser, je renonçais provisoirement à me poser LA question, *pour ne me poser que* des questions sur *d'autres choses à propos de quoi* je pouvais essayer d'aligner, de combiner des mots, d'agencer des phrases ou des vers, de charpenter des paragraphes ou des stances, de dessiner des jardins à la française, essais, traités, manuels, ou à l'anglaise, recueils de poèmes, nouvelles, romans.

Mais pendant quarante ans je n'ai consacré à cela que des *ritagli di tempo*, des *chutes* dans la découpe de l'étoffe que je tissais de mon temps, dont je devais la plus grande partie à la République qui m'avait nourri du lait de sa mamelle, et qui m'employait et m'appointait à l'assister au bénéfice de plus jeunes que moi; toutefois, par un concours de coups de chance qui dans la *réalité de l'existence* seconda grandement la *vérité de l'être* à quoi – vérité, et être – j'aspirais, il se trouva que le matériau auquel s'attachait mon travail de service public était fort proche de celui que je menuise maintenant, en était même, pour ainsi dire, la version séculière, les langues, leurs propriétés, leur usage, leur histoire, leurs lois, leur *existence* dans le temps, en somme, et, en perspective, le langage, son *être* intemporel.

Cette « spécialisation » a eu pour effet de me maintenir au plus près de mon questionnement, et aussi a alimenté mes réflexions, mes méditations, mes essais, les nourrissant non de réponses hâtives, superficielles, illusoires, complaisantes aux préjugés, vénales aux intérêts, mais de questions nouvelles, de doutes, de renoncements sans lendemain, de résolutions contradictoires, qui m'ont *tenu en haleine* jusqu'au moment où, ayant rempli tant bien que mal, mais de mon mieux, mes engagements, j'ai pu consacrer tout mon temps et toute mon attention à serrer de plus près LA question, à faire d'elle l'objet principal, *presque* exclusif, de mon activité intellectuelle et, plus complètement, spirituelle.

Mais en outre – comme je suppose que c'est le cas dans toute *technique* qui reste au plus près de l'artisanat, de la *transition* de l'esprit à l'œil, à la main, à l'outil, à la matière à ouvrer – c'est en pratiquant diversement quelques langues que j'ai fini par m'aviser de ce à quoi on ne prend pas garde dans l'usage courant, et pas assez souvent dans l'usage artisan, que ce qu'on appelle *maîtriser une langue*, c'est en fait *se plier* à ses règles, c'est-à-dire, en fin de compte, que dans le domaine du langage, *commander est obéir à ce à quoi on commande*, est déférer à ce qu'on appelle les *lois* du langage – j'ai un temps pensé, comme mes maîtres m'y engageaient, et ne pense plus, que c'est par abus qu'on les nomme ainsi – et que cette obéissance au langage est le parti nécessaire, servitude et grandeur, à élire pour participer légitimement – sans imposture, par *délégation* – de son *autorité*, et *disposer le monde, disposer du monde*, de la seule façon avouable; cela peut se dire de toute action – connaître et se plier au relief et au climat d'une montagne dont on aspire à atteindre le sommet, connaître les courants, les marées et les vents d'un océan que l'on espère parcourir, le grain d'un bois sur lequel on s'apprête à porter le ciseau, et le fil de celui-ci –, mais c'est dans le langage que le pouvoir de ce choix est le plus patent, et le plus méconnu, et en tout cas, quelle que soit la conception que l'on peut avoir – sûrement fausse *a priori*, probablement toujours de plus en plus insuffisante à mesure des questions qu'elle suscite, et qui *se* suscitent les unes des autres – de la puissance du langage, celle que révélerait, qui *se* révélerait, et qui en tout cas aspire à se révéler dans et par l'écriture, celle-ci – la puissance, l'écriture – ne pourrait être *approchée* que dans et par l'*application*, j'entends, doublement, la minutie, et la mise en œuvre, la minutie dans la mise en œuvre des lois.

Mais il faut également se garder de méconnaître une conséquence paradoxale de cette *confiance* faite au langage, que si un objet est formé de parties de langage – mots ou unités qui y ressemblent, arrangements qui font penser à des phrases, maçonnages de paragraphes –, et si cet objet est *proposé comme* le sont les énoncés courants du langage, celui qui en prend connaissance est porté, par la force des automatismes acquis, la ductilité de son propre tour de main, à poser en *a priori* que *ça ne veut pas rien dire* et à *lui chercher un sens*, par diverses manipulations virtuelles qui « valent » ce que vaut sa propre relation au ciel étoilé et à la loi morale qui gîtent au-dessus de sa tête et en son cœur, sa « culture »: analogies d'écholalies, instau-restauration de marques syntaxiques de liens logiques, infractions typées à des règles connues, en somme, comme le dit Roger Caillois de Saint-John Perse, reconnaissance d'« innovation » qui « s'appuie sur des tournures bien gagées dans l'usage, utilise des matrices que reconnaît la mémoire et qui la flattent ».

AVERTISSEMENT

Les Lecteurs qui n'auraient pas eu connaissance des deux livres qui précèdent et annoncent celui-ci – et même ceux qui les connaîtraient – seront peut-être surpris, et probablement agacés par quelques constantes graphiques peu conformes aux conventions de l'usage courant, et même différentes de celles que je pratique dans d'autres de mes écrits, ouvrages techniques ou œuvres narratives; j'ai à l'occasion donné certaines raisons qui expliquent, pour mon Lecteur, mais aussi pour moi-même, ces singularités, mais je veux ici demander que l'on me fasse crédit, que l'on accepte, sous bénéfice d'inventaire, cela va de soi, l'hypothèse que ces bizarreries ne sont pas seulement une recherche de grossière « originalité », mais soutiennent un mouvement de la pensée, et j'attire donc l'attention sur deux particularités: la première, dont j'ai constaté avec fierté que je la partage, sans l'avoir imitée, avec Paul Valéry, est la surabondance des tirets, qui, comme des parenthèses ouvrantes, signalent que l'on se laisse capter par un chemin détourné, que l'on s'apprête à introduire une restriction ou une comparaison, ou quoi, mais qui, à la différence des parenthèses, n'appellent pas nécessairement un symétrique « fermant », et même peuvent être suivis à quelque distance d'une nouvelle déviation qui ne ramène pas visiblement sur le chemin principal, de sorte qu'assez souvent le lecteur se sent égaré, peine à, dirait un coureur cycliste, *recoller au train*, doit « remonter » pour localiser le branchement de l'embranchement, et parfois même reste planté là, au milieu de nulle part ; la seconde particularité, justement, est que l'écrivain, ou écriveur, ayant apparemment *perdu le fil*, rompt les chiens sans préavis, d'un mot désinvolte et légèrement dédaigneux, « Baste », « Passons », « Assez », voire d'une simple pause, l'équivalent de points de suspension, que je ne me donne même pas toujours le mal de piquer, et que dans certains cas et pour de bonnes raisons, entre autres retenir – ou relancer – le lecteur, je note emphatiquement du symbole qui signifie « ici, où l'on s'attendait à quelque chose, rien du tout », à savoir Ø.

Pour les autres anomalies, je laisse à mon Lecteur la charge, le plaisir et le mérite dØ

SCRUPULE. Il y a dans ce volume une (sur)abondance de citations, plaisir de répéter de beaux propos d'autrui, reconnaissance *qu'a été dit ce qu'on avait à dire, avant et mieux qu'on ne l'eût dit,* reconnaissance *à qui a dit ce qu'on avait à dire, et mieux qu'on ne l'eût dit ; j'ai résisté au réflexe acquis du professeur égrenant scrupuleusement la référence complète qui permettra à l'étudiant de retrouver instantanément la citation dans son entour, titre, ville, éditeur, date, page, et me suis limité au nom de l'auteur et au titre de l'ouvrage, le lecteur qui etc. pourra, s'il y tient, retrouver ses chats, et comme il aura été obligé de feuilleter, je ne doute pas qu'il ne se sente mon obligé de lui avoir donné l'occasion de lire* plus que CELA.

CONVENTIONS TYPOGRAPHIQUES

italique	sens remarquable d'un mot
« … »	forme attestée, citation de l'usage
– …	déviation provisoire
… –	retour à la phrase un moment arrêtée
… Ø	à vous de finir cette phrase

LIVRE I

PLUS QUE CELA

(2014)

… car si nous savons ce que nous voulions dire, nous ne savons pas si nous ne disions que cela. – On dit toujours plus que CELA.

André Gide, *Paludes*

PRÉAMBULE

ÉCRIRE D'ÉCRIRE, BIOGRAPHIE

Lorsque j'écris – prenons-le pour l'instant au plus naïf, je trace des lettres, et c'est tout –, il y a avant le premier mot un « avant-dire », presque toujours tu, sous-entendu, et par divers indices en partie reconstituable, qui est *au moins* – il n'y a pas d'*au plus*, car on verra, tout au long des pages qui vont suivre, que l'on peut indéfiniment compliquer, nuancer, différer etc. –, *ici, maintenant, je, écrit (je écrit (...))* « (p. ex. *La marquise sortit à cinq heures ...* »).

Le premier « je » – et par conséquent le premier « écrit » – se réfère à la matérialité de tracer des signes, le second *je écrit*, et tous ceux que l'on pourrait intercaler *entre* le premier *je écrit* et *« La marquise ... » constituent l'écriture* au sens où ce qui se joue, ce qui est en jeu – la *mise*, quoi, ce qu'*on risque* – est une *double biographie*, où le nombre de *je écrit* que l'on pourrait « extraire » ne fait rien à l'affaire, il y a un premier, et une enfilade, un cortège indéfini, à tout moment révisable dans et par la relecture, de fantômes biographiques du sujet de la seconde (non-)formulation de *je écrit*.

Ce que cette description, que je reconnais compliquée et provisoirement trop décharnée pour éclairer ne serait-ce qu'une phrase « réelle » d'un livre – ou d'une lettre ou d'un mode d'emploi de four à micro-ondes –, ce que cette description *prépare*, c'est que *juste avant* le premier mot de la première phrase est déjà advenue une métamorphose, de – qui que ce soit – en *celui qui*, sous-entend, donne à entendre *J'écris celui qui écris* – le même *je* que *Je suis celui qui suis* –, non seulement, mais conjointement une seconde métamorphose est advenue, l'*écrit*, quel qu'il soit, *quand il a été écrit* – mais pas avant – devient rétroactivement *avoir été à écrire*, en termes inexacts mais peut-être plus abordables, c'est quand l'écrit est écrit qu'il *devient* ce qui demandait à être écrit, et j'attacherais du prix à ce que mon Lecteur s'abstînt de ricaner, et réfléchisse que la plupart des choses que nous disons, lisons, entendons, sont là *en fait*, mais ne les fonde que le droit d'une *usurpation* – *jurid.* possession entérinée par un usage suffisamment prolongé, dite aussi *usucapion* et mieux encore, *prescription*.

« Toutes choses sont dites déjà » disait fort justement André Gide, qui ajoutait que « personne n'écoute », arrivant au résultat nécessaire de ce calcul du sens, qu'il faut recommencer, et surtout, qui importe ici, qu'*écrire est recommencer*, car quoi que l'on « raconte », trivialités, prodiges ou horreurs *réels*, imaginations à formes de chimères, de rêves rêvés, ce dont il s'agit n'est pas le battage spectaculaire, mais ce qui se glisse entre le *premier* « j'écris » et le *premier mot qui suit*, c'est *la bio-graphie de celui qui écrit tant qu'il écrit* : son existence dans le temps, non le tic-tac, le pas de l'oie des horloges, mais la *durée abstraite d'écrire*, rappelez-vous, « J'écris Paludes » et le reste, « moi, cela m'est égal ».

Écrire, c'est qu'aussitôt tracé *graphein*, *bio* a sauté devant, et aussitôt que *bio ...*, voilà que déjà *auto* a resquillé la place, tout un autre petit mécanisme d'horlogerie fine suscite le *je* qui cautionne l'énoncé, le présente comme un *C'était écrit*.

[*Entrefilet*]

Là se posera – je le garde pour plus tard, quand plus de questions auront un peu *(dés)articulé* LA question – le problème, omniprésent, de l'abstraction – pas seulement de l'art – de toute construction, ce qui ne veut pas dire que je laisserais dire que *tout est écriture*, proposition si vraie, et universellement, qu'elle finit par ne signifier rien, essayez-vous à *lire*, juste pour *voir* – un gueuleton d'anciens combattants, *Les Romains de la décadence* de Thomas Couture, une promenade dans la ville, un dimanche de Jean Dézert, on épelle avec minutie, ou on feuillette, on flâne, on repasse là où un point-virgule, un petit square en contrebas, un balcon de fer forgé du dix-huitième siècle vous a *arrêté*, on serait tenté de *prendre racine* dans une crevasse de l'asphalte.

Quand je dis écriture, une fois pour toutes, je parle en mots de celle des mots, je parle des mots, de leur *être* quand j'ai l'impression de m'en approcher, de leur *existence* quand je m'occupe de ce saut de puce d'agile resquilleur qui propulse *bio* devant *graphein*, *auto* devant *bio*, et quoi devant *auto* – les plus belles histoires sont faites avec des *diamants de noix à surprise*, c'est Maurice Leblanc qui le dit si bellement.

Revenons, ce que j'ai grandement simplifié, mais sans dommage pour la « démonstration », peut naturellement se dire de toute énonciation de tout énoncé, et semble une constatation trop *puissante* – valable pour trop de cas – pour présenter de l'intérêt, mais semble seulement, car c'est justement dans cette « zone » de l'énonciation que cherche et trouve ses *contours* la « certaine modalité d'écrire » que Roger Laporte qualifie à juste titre de « formule qui a le mérite d'attirer l'attention sur la spécificité de cette écriture, mais qui ne précise point en quoi consiste cette spécificité » (*Le carnet posthume*, p. 24) – en quoi, certes pas, mais *comment* cette spécificité opère, on peut s'en approcher, pas jusqu'à la toucher, mais comme l'asymptote ou la parallèle, comme le pas qu'il faudrait faire au bord de la sphère –: c'est en quelque sorte une démultiplication des *précédents* de l'énoncé, parfois vulgarisée et vendue sous le nom d'*intention* de l'énonciateur, décelable à des indices, des traces, réticences, contradictions, concessions, un imparfait du subjonctif, un préfixe, là où dans des cas apparemment semblables on a souvenance de sous-entendus qui vont de soi, redondances qui confirment, indicatifs qui ne laissent pas place au doute, prépositions qui guident aussi sûrement que l'aiguille de la boussole, parfois rien de tout cela, justement, alors que *quelque chose*, un peu avant, un peu après, suggérait de relire, on relit et, tiens, *cela dit plus que cela*, mais sans abolir le « premier » *cela*, et dans tous ces pas de danse du langage, pas de deux du sens, pas de parade de l'emphase, de l'oie de l'agressivité, de loup de la cautèle, de clerc de l'ironie, faux pas de la duplicité, on approche la promesse « d'accéder – dit Laporte – à une vie qui n'est ni extérieure ni antérieure à l'écriture elle-même », la vie de dire, tant que le dire n'est pas dit, l'écriture *est*, ou: *on est dans l'écriture*, le temps de dire ce dont on ne peut pas dire *C'est dit* – on peut le dire, mais alors ce qui est dit est autre chose, et quand on le redit, *cela dit plus que cela, ad infinitum.*

À QUOI BON QUOI

Il *lui* – me – faudra être prudent, vigilant – pourquoi pas *cauteleux*, puisque c'est, on le verra de reste, un de ses mots fétiches –, et afin de ne pas *trop* risquer de ne décrire que de complaisantes chimères, *Je* va prendre un pseudonyme, un masque avoué d'imposture, « Il », « Lui » et toute sa déclinaison, petite mise à distance pour que ce qui sera écrit ressemble à une approche, et rappeler que toute approche est éloignement, mais de quoi l'un(e) et l'autre, ce sera, tout du long, *LA* question, sous *SON* hétéronyme à elle – l'*écriture* – « écriture ».

Pendant des dizaines d'années il a eu – il faut le dire, ici, bien platement, comme cela fut vécu – *envie d'écrire*, et il s'y est, contre toute raison, attente et chance de jamais y parvenir, préparé, sans vouloir ni s'en donner acte ni l'ignorer ; il a même, à plusieurs reprises « commencé », pour renoncer après quelques pages, et les détruire, à l'exception, dans les années quatre-vingts, d'une sorte de journal conservé pour la seule raison qu'il y avait tous comptes faits peu de lui-même et suffisamment de « montages » de citations enfilées pour devenir dialogues supposés, entre ceux qui font confiance au langage et ceux à qui l'amour déçu souffle de l'accuser de tous les maux ; il y a mis un terme quand il s'est avisé qu'il risquait – dans ces bouges de ports somnolents et ces clubs fleurant le cuir de Russie, le tabac à pipe aromatisé et l'encre d'imprimerie –, de se trouver shangaïé vers des territoires dont les cartes – périmées après la dernière guerre, les traités léonins et les décolonisations qui suivirent –, dans le petit dictionnaire illustré, n'avaient que trop prétendu lui préparer à la clarté des lampes un univers égal à son vaste appétit, passant et repassant par les *Fléaux de la nature*, les *Météores*, la *Topographie*, la *Marine*, deux planches, *Rame*, *Voile*, et *Vapeur*, *Moteurs mécaniques*.

Dans cet état d'intranquille marasme, attente d'orages désirés parce qu'encore inéprouvés, parfois donc semblait se libérer un ressort, comme de la vieille montre du grand-père, arrêtée depuis cent sept ans, qui, une fois de plus secouée, reprend son tic-tac, mais, une fois de trop ouverte, lance son colimaçon d'acier jusque dans un rideau hors d'atteinte, je veux dire que bientôt survenait l'accès, provoqué par l'avoir été redouté, de cette fièvre paludéenne chronique qu'il a en commun avec François Pétrarque, la « paresse » de la liste de catéchisme pour enfants des sept péchés capitaux, de son vrai nom l'*acedia*, cette moins paralysie qu'inertie, engourdissement du geste esquissé qui, après avoir tâté le terrain, a dans les silences – intervalles, virgules, tirets, points de suspension – *gagné du terrain* sicut fur in nocte, je veux dire qu'après avoir vu, croyait-il, au tournant du chemin *venir à lui* – et lui donc, s'approcher immobile à grands pas –, à peine plus blanc parmi le blanc du troupeau d'oies cacardantes de banalité, le cygne peut-être (qui fait penser à Andromaque), le voici qui se trouvait enveloppé d'une demi-brume opalescente et quelque chose – à quoi bon savoir quoi, un souffle de brise, un rayon qui vient effleurer, réchauffe et détend l'angle exact d'une toile d'épeire –, l'ombre d'un doute et, de crainte que ce doute ne se confirmât, il reposait doucement le porte-plume en bois de rose ou de palissandre dans la rainure de l'écritoire marquetée, arrêtait son pas au bord du caniveau ou de l'ornière, en esquissant de se dire – à quoi bon.

Il y avait, rien de plus sûr, mais il a toujours été conscient que ce n'était rien de plus qu'un prétexte, la complaisante excuse commodément controuvée de Tout est dit et l'on vient trop tard depuis plus de sept mille ans qu'il y a des hommes et qui pensent – sept mille ans, je vous demande un peu –, à quoi Gide, avec son mince sourire en coin, répondait drôlement « recommencer », et Dimitri, « On continue ».

Et il y avait aussi, encroûtée des escarbilles, nappée des cendres que deviennent les braises du feu sacré, la vanité douloureusement, complaisamment consciente de sa vanité et de la méconnaissance qu'elle rencontrait, qui se reproche, puis se reproche même le reproche, ad infinitum dans l'enfilade des miroirs parallèles – mais quel que soit le soin apporté à ajuster le parallélisme, le corridor d'infini toujours s'infléchit et bute et s'écroule –, il y avait la question adressée à qui n'écoute pas, la question qui se retourne pour peu que l'on tourne la tête ou détourne le regard, la même question de n'être, ad infinitum, que son reflet, au bout duquel Eurydice se dissipe – elle reviendra, et à nouveau pour se dissiper comme brume au soleil du petit matin –, la plus vaine et outrecuidante des questions, *De quel droit ?*

Il a bien feint de *laisser venir*, fait semblant d'*approcher*, joué à prendre l'oie pour un cygne – Jules Renard faisait, dans le miroir d'en face, de ce cygne une oie –, il a, sans en croire un atome de mot, aussi souvent qu'il le fallait, dit ou pensé renoncer à écrire – mais en brandissant, pennons à leurs lances de Don Quichotte, les deux devises d'André Gide et de Remo Teglia qui répondent à tout, répondent de tout, *On dit toujours plus que* CELA et *Com'ero bischero l'anno scorso* –, il peut – et me revoici, je peux, ayant chanté ma ritournelle, rentrer en moi-même –, comme un titre tombé en déshérence, relever, qui répondait à ces deux Montjoie, la devise de Dimitri, *ON CONTINUE*.

Tout bischero que je suis pour l'an prochain, ici, maintenant, ayant donné mes raisons, *ON CONTINUE*.

(AUTO(BIO))GRAPHIE

Écriture est donc (auto(bio))graphie, mais c'est aussi, puisqu'il n'est question que d'en *approcher* un des sens possibles, le *Ma vie sans moi* d'Armand Robin qui pensait sans doute à tout autre chose, le « sans moi » regarde dans la direction *d'où viendront* les mots, là où ils se lèveront comme un soleil au-dessus du bord de la sphère – mais on sait que ce ne sont ni le soleil ni les mots qui se lèvent, c'est nous qui approchons du bord du gouffre, là où gît l'être, que nous essayons de happer, sans grande chance de tomber juste, à l'aveugle à travers l'exister.

Et du plus au moins encombré de détails, de déchets, de gloses, scories, scholies, scolies, digressions, déviations, celui qui est en cet état de *dette d'écriture* pense au rabbin qui avait dit « La vie est une flèche », et qui, quand on lui rapporta qu'un autre rabbin, à une demi-planète de là, avait dit « La vie n'est pas une flèche », avait paisiblement pris tout son temps en lissant sa barbe, puis hoché la tête et répondu « On peut le dire comme cela aussi ».

Autofiction – ce que Laporte appelle biographie est par d'autres, y compris moi à l'occasion, à des fins « locales », entendu comme *fiction* dans l'acception de construction, charpentage, quand ce qui, pour quelque raison que ce soit, importe plus que *bio* est ajustage, proportion, résistance des matériaux, alignements et méandres – c'est là que les belles histoires maintes fois bellement racontées se représentent en costume, changent d'époque pour ne pas changer de sens – le sens, l'approche immobile vers le bord de la sphère, par exemple la riçâlah du prophète rejetée par les puissants asservis, comprise seulement par un fonctionnaire colonial en semi-disgrâce, *ce qui* est re-raconté par le *Pilate* « de » Jean Grosjean, ce que dit d'*un peu plus*, parce que *venu après*, le *Ponce Pilate* « de » Roger Caillois, puis le *Prophète du Djebel Châambi*, cet arpentage immobile d'un sentier qui ne mène qu'au lieu-dit qu'est le non-lieu nommé nulle part, c'est cela que j'aimerais appeler *autofiction*, puisque en « recommençant » puisque « personne n'écoute », le déjà-dit étant dit, c'est l'*auto*, l'*auteur* qui se charpente dans l'histoire si bien connue que lorsqu'on la lit, c'est l'*autre* histoire, la biographie de l'*auctor*, qui reste en suspens, le *plus que* CELA qui ne peut germer, percer, fleurir, exhaler son parfum, se faner – en un mot, *signifier* – que de s'être greffé sur le CELA, le pré-texte qui *annonce* celui dont il se dit indigne de délacer la savate, le mythe qui pare l'anecdote de son manteau de cour, hommage du nécessaire au contingent.

Mémoires – il s'en est entassé un tel nombre de toutes époques – pamphlets électoraux de Jules César, vénalités et complaisances hautaines de Paul de Gondi, de Casanova, du général de Gaulle –, que pour chaque époque, tel qui voulût se donner – ennui mortel de l'immortalité (disait Cocteau, avant d'en avoir fait l'expérience) – l'ennui de les *dépouiller* – de leurs oripeaux d'autosatisfaction –, pourrait à chaque époque se composer le portrait le plus accablant de ce qu'une autre s'attribua comme vertus, dénia à toutes autres à titres de mérites, un pas vers la biographie biographie d'elle-même – certes pas écriture, mais déjà le *je* de l'attelage en flèche *je-ici-maintenant-tu* a esquissé *un pas* pour s'écarter du *je* à qui il fait dire « je ».

Journals – ici les dates, gros boulons qui retiennent sur les traverses de la vie les rails de routines – ricanez, Lecteur, le train de vos railleries roule sur les rails de mon indifférence –, bradent des *maintenant* qui ne *signifient* plus ce qu'ils désignent; j'ai dit ailleurs ce que j'avais à dire de la *lecture à rebours*, ici-maintenant, un pas vers une paradoxale abolition du temps – dater, écrire sous date, biographier, allez donc voir dans tous les journals – recueils de ragots « littéraires » ou pondéreuses méditations sur ... –, posez-vous la question, si en lieu et place de ce – – di ou di – –, c'était le suivant, ou le précédent, *où* serait l'écriture, c'est-à-dire le sens? oui, là-bas, juste un pas au delà du *bord de la sphère*, dans votre lecture, tension vers, approche de l'écriture, la vôtre, j'insiste.

Lettrines – ce « genre », ne le répertorient pas les histoires littéraires, les catalogues d'éditeurs ou de bouquinistes, les traités de rhétorique, je le trouve, comme d'autres merveilles bougonnées entre deux cours de khâgne, chez Julien Gracq, ce sont des pages de journals qui sont allées un peu plus loin, un pas de plus, *sans la date*, il y a un surplus de vérité, un envol au-dessus du bûcher des circonstances, l'essor du phénix qui des cendres éparpillées refera etc., etc.

Et puis il y aura les sylvae, enfilades de citations, définitions, maximes, paradoxes d'évidences, choses si bellement dites *par d'autres* qu'on veut les garder *pour soi*, passons, il y a là si souvent trop de complaisance et bien assez de vénalité – voyez ce que *j'ai lu*, alors achetez ce que j'y ai accroché, je le fais avec l'*autorisation* de cet illustre ou de cet autre. Et puis il y aurait les aphorismes, caricatures de citations, citations de soi regardé *comme* une « autorité ».

De l'autofiction à l'aphorisme, *quelque chose* me souffle qu'à croire progresser vers l'écriture, on risque de plus en plus de s'en éloigner, justement de croire s'en approcher, ce que j'appelle, comme on le disait à la campagne des prétentieux, *se croire.*

L'IMMENSITÉ

Rien qu'une immensité spirituelle !

Baudelaire

L'IMMENSITÉ SPIRITUELLE

Quelle est la question, c'est en aventurant ce qui ressemblerait à une, à des réponses, que l'on peut se figurer approcher de la question même – pensées courtes, contradictoires, outrecuidantes et palinodiques, sincères de leur avouée duplicité de mensonge qui se proclame tel pour fonder un droit à prétendre faire approcher de la vérité, puisque le mensonge « littéraire » est le seul, et donc vérité, qui se sache tel sans restriction, et comme tel irréfutable.

Question de Baudelaire, donnée comme affirmation, et donc réponse – à quelle question ? –, mais réponse de Laporte, retournée, tournée sous forme de question pour que celui qui serait tenté de contredire, ou de dire je dirais plus, je dirai mieux, se retrouve tout nigaud à se dire Bon, alors, serait-ce pas qu'il veut dire que ce serait à moi de jouer, moi le lecteur, il faudrait que – commençons par renvoyer la balle, toujours, mon bon monsieur, répondre à une question par une autre question, ne serait-ce que pour se donner le temps de *voir venir*.

Baudelaire.

Rien qu'une immensité spirituelle !

La biographie d'un homme dont les aventures les plus dramatiques se jouent silencieusement sous la coupole de son cerveau, est un travail littéraire d'un ordre tout différent.

Œuvres, Pléiade, T. II, p. 104.

Laporte.

Qu'il y ait une « immensité spirituelle » à découvrir – aventure qui mérite de s'appeler biographie – voilà qui me réjouit grandement, mais pourquoi l'exploration de cette « immensité spirituelle » exige-t-elle un « travail littéraire » : telle est la question que je me pose, question dont la réponse ne va pas de soi. J'ai souvent employé la formule « écrire ou plutôt une certaine modalité d'écrire », formule qui a le mérite d'attirer l'attention sur la spécificité de cette écriture, mais qui ne précise point en quoi consiste cette spécificité.

Le carnet posthume, p. 24.

Ah, le travail ! mais alors il y a quelques pièces de plus à verser au dossier, un peu inattendues mais qui – encore ! – disent *plus que* CELA.

Il ne manque à l'oisiveté du sage qu'un meilleur nom ; et que méditer, parler, lire et être tranquille s'appelât travailler.

La Bruyère, *Caractères*, II

Je n'aime que le travail du travail : les commencements m'ennuient, et je soupçonne perfectible tout ce qui vient du premier coup. Le spontané, même excellent, même séduisant, ne me semble jamais assez mien.

Valéry, « Au sujet du *Cimetière marin* »,
in G. Cohen, *Essai d'explication du C.M.*, p. 16.

Oui, le mot y est, mais d'autres, collés ensemble comme des bonbons poisseux, mots d'époque, valeurs ou contre-valeurs en modifient le sens, méditation et tranquillité de l'honnête homme, mais bourgeois d'origine et qui aimerait que ce qui ressemble aux « écritures » – celles des grands-livres – en reçût le nom; et deux siècles et demi plus tard, la valeur désignée par le mot *travail* étant reconnue, appliquer celui-ci à une occupation où ce qui est recherché est l'activité elle-même, même pas son résultat et surtout pas son « commencement », une appropriation par l'effort et la continuité de l'*usurpation.*

La spécificité de l'écriture est d'être ce qui « ne va pas de soi », les mots sont connus pour la plupart, les phrases construites selon des conventions qu'il n'est même pas nécessaire d'expliciter, reste une *certaine* – c'est justement pour dire incertaine, indéfinie – modalité, manière d'être de ce qui *est* dans l'acte d'écriture, qui *s'écrit,* l'« immensité spirituelle » *tient au* langage, à ses puissances, à son aptitude à promulguer, et à légitimer – à l'intérieur de son système – et faire entrer en vigueur – hors de celui-ci – des *propositions de lois* dont l'application varie indéfinissablement, imprévisiblement, selon les circonstances, la disponibilité, l'insondable crédulité ou l'indésarmable défiance, selon maintes raisons et déraisons, qui entend, croit s'y entendre, fait l'entendu, ramasse une mode gazetière, une réponse-à-tout, un nouvel $e = mc^2$ ou un canular sur la mémoire de l'eau; immensité est ce qu'il ne saurait être question de commensurer, d'au-dessous de l'atome au pascalien partout-nulle part, dans un espace unique, intègre, où *ici* désigne aussi bien le polygone de sustentation dans les limites duquel je me tiens debout si la verticale abaissée de mon centre de gravité ne passe pas au dehors, que les carreaux et les lignes où j'ai, avant de le recopier ici, tracé « les carreaux et les lignes », où *maintenant* désigne, aussi bien que l'instant où j'écris le dernier « s » de « l'instant où j'écris », l'infigurable – mais concevable-dicible – totalité du temps, depuis jusqu'à.

L'immensité, c'est-à-dire l'incommensurabilité, est l'approche qui étire le dire vers les mots qui *viennent vers* ce qu'on est en train de *mettre en vie*, la tension d'une « cessation indéfiniment différée » (Lacoue-Labarthe, *Le carnet ...*, p. 14), la dé-mesure qui est l'aptitude du langage – sans se précéder, sans sortir de lui-même – à conduire, par règles et leur négation, par distinctions et confusions, par désignations et abolitions, et règles de négation, règles de confusions et confusions de distinctions, d'ornières en dérapages, de n'importe où-quoi-comment à n'importe quel autre, en suivant les sentiers *qui mènent* – mais *pas* quelque part – c'est *cela*, le « travail littéraire », et pour exactement dire, *c'est cela le plus que* CELA que qualifie le sobriquet un rien condescendant de « cette écriture », ou mieux de cette « modalité », s'en remettre au langage, aux ramifications et aux efflorescences des étymologies, aux greffes et aux élagages des syntaxes, aux hybridations des dérivés, des conjugaisons, aux masques comiques ou tragiques dans la cavité desquels résonne la voix grêle qui soudain tonne et désarçonne qui ? mais l'auteur, tout ébaubi d'en avoir tant dit, qui machinalement se masse les chevilles que sans y avoir pris garde il s'est tant de fois tordues dans ses cothurnes auxquels sa marche n'en finit pas de *se faire*.

Immensité spirituelle, biographie, travail littéraire, réponse qui ne va pas de soi – mais je viens de montrer, in corpore vili, comment elle *va de soi*, à son pas, modalité d'écrire, approche, laisser venir les mots, attente et attention de l'auteur, voilà le chemin qui ne mène nulle part, et plus exactement – mais sans vouloir pour l'heure en dire plus, *pour avoir de quoi ne pas en dire plus* – mène au *bord de la sphère*, là où

> L'écriture accomplit sa fonction, pour ne pas dire sa mission, seulement si elle révèle, si peu que ce soit, cette immensité spirituelle.
>
> *Le carnet ...*, p. 26

Non pas – encore ? – ce qu'elle est, une partie, une « modalité » de ce qu'elle accomplit – et, dit en passant, comme ce qui *va de soi*, cet accomplissement, c'est de *révéler l'immensité de l'immensité*, et cela fait, à supposer, *il restera encore* DE QUOI FAIRE [1].

1. C'est-à-dire *CONTINUER*.

LOGOS, VERBUM, VERBE

1. Ἐν ἀρχῇ ἦν ὁ λόγος, καὶ ὁ λόγος ἦν πρὸς τὸν θεόν, καὶ θεὸς ἦν ὁ λόγος.
2. Οὗτος ἦν ἐν ἀρχῇ πρὸς τὸν θεόν.
3. Πάντα δι' αὐτοῦ ἐγένετο, καὶ χωρὶς αὐτοῦ ἐγένετο οὐδὲ ἓν ὃ γέγονεν.
4. Ἐν αὐτῷ ζωὴ ἦν, καὶ ἡ ζωὴ ἦν τὸ φῶς τῶν ἀνθρώπων.

Au commencement était la Parole, et la Parole était avec Dieu, et la Parole était Dieu. Elle était au commencement avec Dieu. Toutes choses ont été faites par elle, et rien de ce qui a été fait n'a été fait sans elle. En elle était la vie, et la vie était la lumière des hommes.

Jn, 1, 1-4, trad. Louis Segond

C'est la décisive, la résolutive, la seule, la suffisante *preuve de Dieu* – la « Parole », je dis Langage, « On peut le dire comme cela aussi » – était, ou pour mieux dire, *être*, sans temps ou avec, en prenant tout son temps, advient, dure et s'achève en ce qu'on appelle, si on veut, éternité, je ne vais pas perdre *mes temps* – segments d'existence, éclairs d'être – ni le vôtre, Lecteur, à débobiner en courtes pensées des arguments, énumérer des « attributs » dont je sais quoi penser, tourner en pelotes les écheveaux de « vertus » ou de « perfections », et en bourrique les vieux professeurs de philosophie de la classe de Philo que les vieux programmes, à la Victor Cousin, *Du vrai, du beau et du bien*, réquisitionnaient pour ce chapitre du STO laïque, « Les preuves de l'existence ... » – assez.

Qu'on ne compte pas sur moi pour feuilleter le mille-feuilles des manuels qui étaient en usage au temps de « ma Philo » – mais moi, j'ai « fait Sciences Ex » et j'ai échappé à « L'existence de Dieu » – dos à dos les pro et les contra – et au cafard « Dieu, s'il existe » auquel un de mes collègues s'accrochait comme une arapède à son rocher, depuis la sienne, de Philo, au Lycée de Guéret, il est vrai.

Je dis langage*dans*tous*ses*états, ici-maintenant-et-partout-et-toujours, et je récuse – il avait sans doute les excuses d'un « état des connaissances » disons limité – oui, j'ai l'outrecuidance de récuser

Honneur des hommes, saint LANGAGE,

belle formule, « saint », rien à objecter, mais quand on pense comment vivent et se parlent, quoi que l'on entende par là, les paramécies, les membres des clans d'éléphants, des gangs de hyènes, des commandos de lycaons, en leur sein et entre eux les bancs de sardines ou de mendoles, les coteries de politiciens, à distance les Aborigènes australiens, ce beau vers est une erreur ou un mensonge – même s'il enchaîne sur

Discours prophétique et paré,
Belles chaînes en qui s'engage
Le dieu dans la chair égaré,
Illumination, largesse !
Voici parler une Sagesse
Et sonner cette auguste Voix
Qui se connaît quand elle sonne
N'être plus la voix de personne
Tant que des ondes et des bois !

Mais ce bel amphigouri me fait penser à ces anthropologues qui aimeraient tellement que l'on puisse trouver des raisons de penser que le pas décisif de l'hominisation eût eu lieu, au moins *aussi*, ailleurs que dans ce cul de basse-fosse de la vallée d'Olduvai, et si possible quelque part en Eurasie sur la voie royale des peuples indo-européens, voix des ondes et des bois, mais aux « autres » accordée comme exceptions, miettes d'humanité, prophéties, parures de chaînes – plus tard pacotille et trafic triangulaire –, préemption des plus de sept mille ans qu'il y a des hommes et qui pensent, foin des honneurs et même de l'honneur, le *saint* LANGAGE, d'espèce en espèce, a fini par former, informer – et, dirait un anglomane, performer – ce *monde*, cette *création* à la création de laquelle nous conspirons, de l'être de laquelle nous participons, à chaque mot qui passe *à notre portée*, comme Ellul dit que (son) Dieu l'a fait pour se faire un peu comprendre des bergers nomades, des princes astronomes, des procurateurs romains.

Langage, *ce qui* incarne *l'être* en *de l'existant.*

Existence de l'être, saint LANGAGE.

(*à suivre*)

SUITE

C'est bien au moyen de notre langue, à travers notre langue, que nous nous découvrons, que nous nous révélons, que nous parvenons à nous relier aux autres, à l'univers des vivants, à quelque transcendance en laquelle certains d'entre nous croient.

François Cheng, *Le dialogue*, p. 10

C'est dans et par le langage que sont *commensurables* « les éléments » et la « transcendance », et *je* « entre » les deux, dans la *biographie*, tension vers l'écriture qu'est toute vie, approche de l'être qu'est toute écriture – qui n'*est* pas, justement, mais n'est que d'aspirer à l'être – et à le rendre *dicible*.

Langage, *ce qui* élève *de l'existant* à *l'être*.

Être de l'*existence*, saint LANGAGE.

DER INNENWELT DER AUSSENWELT DER INNENWELT

> Une langue, n'est-ce pas, c'est quelque chose qui vous est donné en vrac, sans réserve aucune, qui depuis votre naissance vous permet de tout dire, de raconter tout ce qui vous passe par la tête, de décrire aussi tout ce qui se fait dans le monde extérieur.
>
> François Cheng, *Le Dialogue*, p. 9

J'ignore ce que Peter Handke désigne ainsi – selon *Wikipédia*, l'angoisse de la banalité quotidienne, de l'incommunicabilité et de l'errance de l'être dans le monde comme dans le langage, c'est son droit et c'était l'esprit du temps –, c'est en tout cas ce que j'ai vu dans « L'Infinito », de Leopardi, où le *je*, coupé du monde extérieur par la haie qui lui cache l'horizon, se construit en pensée des espaces sans limites, et lorsqu'il compare le son du vent qui souffle dans les ramures à ces silences surhumains, l'éternel, les mortes saisons et la présente et sa musique forment une **immensité**, une mer dans laquelle le naufrage est doux – voici le texte, et une traduction d'élucidation.

Sempre caro mi fu quest'ermo colle,
E questa siepe, che da tanta parte
De l'ultimo orizzonte il guardo esclude.
Ma sedendo e mirando, interminati
Spazi di là da quella, e sovrumani
Silenzi, e profondissima quiete
Io nel pensier mi fingo, ove per poco
Il cor non si spaura. E come il vento
Odo stormir tra queste piante, io quello
Infinito silenzio a questa voce
Vo comparando : e mi sovvien l'eterno,
E le morte stagioni, e la presente
E viva, e 'l suon di lei. Così tra questa
Immensità s'annega il pensier mio :
E 'l naufragar m'è dolce in questo mare.

Toujours chère me fut cette solitaire colline,
Et cette haie, qui de tant de côtés
De l'extrême horizon le regard exclut.
Mais siégeant et contemplant, d'illimités
Espaces au delà de celle-là, et de surhumains
Silences, et une très-profonde paix
moi en pensée je me construis, d'où peu s'en faut
Que le cœur ne s'effraie. Et comme le vent
J'entends bruisser parmi ces arbres-ci, moi, cet
Infini silence-là à cette voix-ci
Je vais comparant : et il me souvient l'éternel,
Et les mortes saisons, et la présente
et vivante et le son qu'elle a. Ainsi dans cette
***Immensité**-ci se noie ma pensée :*
Et le naufrager m'est doux en cette mer-ci.

Dans ce poème, le plus célèbre de la littérature italienne moderne, comparaissent, en un voisinage impressionnant, des mots que j'ai, entre Pascal et Baudelaire, retrouvés jusqu'ici plus d'une fois.

J'ignore tout également de la théologie du Saint-Esprit, mais alors que j'ai une certaine résistance – certes pas refus, même pas réticence – à *reconnaître*, accepter, concevoir la divinité du Père et du Fils – plutôt, à vrai dire, la paternité et la filialité de, ou *en*, « Dieu » – je suis spontanément disposé à *reconnaître*, sans hésitation et sans partage, puisque c'est en elle que s'incarne le partage, que se fait existence la divinité de l'être – *à*, *en* cette « personne », le « souffle » – ruah, l'esprit de Dieu qui plane sur les eaux n'est peut-être pas le Saint-Esprit, et probablement pas le Souffle du Taoïsme, mais il ne me déplaît pas que ces *imprécisions* de « traduction » accolent ces notions sous une étiquette qui, dans *mon* idiome, fait qu'elles *vont ensemble*, en tout cas sont *venues à moi* ensemble.

Il y aurait *moi* – comme *non-« monde »*, il paraît, si j'ai bien compris, que c'est ainsi que l'enfançon *se* découvre –, le *monde* – comme *non-« moi »*, dit aussi réalité – dont je fais partie – je suis « dedans » –, mais dont je puis, je ne sais de quelle façon et donc peu doit m'importer, me dissocier pour en contempler l'*immensité spirituelle* – je l'englobe alors, elle est *dedans « moi »* –, le mécanisme d'inflexion, l'invisible suture, la ligne de rebroussement *partout nulle part* du ruban de Möbius, est le langage tout entier et *tout acte de langage*, intérieur-extérieur aussi bien à moi qu'à la réalité, intérieur à l'extérieur de l'intérieur de la réalité : tout segment du ruban de Möbius, quel que soit le segment – réduit à une ligne sans épaisseur, ou étendu à la totalité du topos –, *LÀ* est la suture, l'ajointement des deux « der » de Handke.

Le langage est le convertisseur, de *réalité-dont-je-fais-partie* en *partie-de-moi-dont-je-fais-réalité*, pour la penser ou pour « créer » de la réalité dont je pourrais *faire quelque chose*; un exemple, ici: il n'y a pas dans la langue italienne de distinction, contemplation, perception *différentes*, qui fassent la différence, entre « nos » réalités *fleuve* et *rivière*, parce qu'il n'y a dans cette langue qu'un seul mot – segment de langage –, « fiume » je laisse de côté les ruisseaux, biefs, rigoles et caniveaux –, et donc, ce mot unique, en face de deux, et de l'explicitation des réalités correspondantes, suscite le recours à d'autres mots-réalité en cas de besoin, par exemple une réglementation de la navigation ou de la pêche; une conséquence remarquable, mais, que je sache, peu remarquée, est que si *dans les langues*, chacune *filtrant* à sa façon et pour un groupe humain la multiplicité du réel, ce qui s'impose est la différence, carence, surplus, facettage, exclusifs – *dans le langage* ces exclusivités deviennent inclusion, puissance de recueillir virtuellement et en acte, tout et le contraire de tout, je veux dire ici que *dans le langage*, est *à la fois* l'impossibilité et la possibilité de distinguer la rivière et le fleuve, le sens de chacun de ces mots-réalités et telles propriétés des réalités auxquelles *renvoient* ces mots, et le sens de la différence – ou non – entre ces sens.

RESSOURCES DU CONTRESENS

Du temps que docebam pueros grammaticam, et plus précisément lorsque je m'astreignais – d'assez mauvais gré, je peux bien maintenant, il y a prescription, en convenir – à la tâche qui par morose compensation, me laissait le moins l'aigre déboire de mon inutilité, la correction de piles d'exercices de traduction, la « faute » pour laquelle j'éprouvais le plus de mansuétude – bien que, selon les barèmes en vigueur je dusse la sanctionner assez rudement – était le *contresens*, cette compréhension « de travers » où l'on prend un mot pour un autre, une acception pour une exception, la discrète faufilure d'un usage rebattu pour un passepoil cousu d'or, l'enchaînement semblait tellement aller de soi, un bouton de réserve cousu dans la doublure aurait pu être rien de moins que le secret insigne frappé au chiffre d'appartenance à quelque coterie depuis longtemps crue éteinte, ou que le diamant de sang glané dans une sale guerre, et la raison que je donnais de cette secrète indulgence, et que j'en donne encore en y croyant plus que jamais, est que cela *vous* – vocatif rhétorique –, *me* – brève contribution sincèrement autobiographique –, *nous* – honneur des hommes, oui – la raison dis-je, que je donnais de cette indulgence était que *cela vous-me-nous pend au nez*, qu'il n'est pas nécessaire d'être Raymond Queneau pour *avoir lu* « Lentilles vert émeraude », que vous et moi serions tout à fait excusables de prendre un onagre pour un onagre –, et il n'y a pas de garantie, ni dans l'usage ni dans les dictionnaires, ni dans aucune *autorité*, ne parlons même pas de tout le savoir *de plus* que vous avez empilé sur les rayons de vos armoires parfumées de thym et de lavande et de fleur d'oranger, sur les rayons de votre coffre-fort comme les pièces sans odeur du Changeur de Quentin Metsys ou de Marinus Van Reymerswaele, mais voilà qu'au contraire, quand vous vous trouvez à avoir dé-pensé – merci monsieur Tardieu –, vous témoignez qu'il y a nécessairement plus d'ingéniosité dans la laborieuse composition du contresens que dans l'acceptation de l'acception la plus négociable, et pour en dire *un peu plus*, du contresens même « corrigé », même confessé, pardonné sous condition d'en faire une histoire à rire entre camarades, *il reste toujours quelque chose*, ainsi de l'onagre qui a fugacement été, puis a cessé d'être un onagre, il *reste* ce que le texte a dit – ce qu'au texte *vous avez fait dire* – de *plus que* CELA, la sauvage ruade de la baliste, la détente dévastatrice de tout le tourniquet de ressorts durcis dans les steppes sans limites ; cités à comparaître, les mots peuvent bien s'humilier à la plus prudente palinodie, à la plus lâche complaisance – l'élève prend son air le plus cancre pour que le professeur jouisse pleinement du plaisir de l'instruire (mais il ne sait pas, le professeur, que c'est non son savoir, mais sa vanité qu'il étale) –, ils ne peuvent, les mots, échapper au soupçon de marranisme, ni au risque de l'accusation d'être en secret relaps, jusqu'à fonder des lignées entières d'illégitimes descendants, grotesques – *vieux comme mes robes* – ou étrangement sérieux – *abruti par le poisson* (c'est expliqué *infra*) –, allant parfois jusqu'à l'imposture de dégoiser péremptoirement une généalogie controuvée, en se gardant de mentionner toute autre concevable filiation, dont la plus plausiblement authentique, c'est ce qui est arrivé à *tenir la dragée haute*, dans un livre bouffi d'outrecuidance satisfaite, dont je n'ai pas voulu, craignant le pire après avoir lu ce qui y était dit de la dragée, aller voir ce qu'il disait de *la puce à l'oreille*.

« Grand âge, nous voici », il y a un peu plus de cinquante ans, je le lisais, dans *Chronique*, comme Belle Époque, Années folles, Trente Glorieuses, c'était le bon temps, le temps des cerises, comme une salutation par laquelle, au seuil d'une époque, on se dit venir fièrement offrir ses modestes talents, proposer le service de sa voix à une grandeur « grand » est comme on sait l'adjectif le plus voyant de la poésie de Saint-John Perse – qui peine à faire oublier la puanteur des guerres qui refusent de s'éteindre et couvent sous la cendre des traités léonins, à couvrir le grincement des membres artificiels sous le clinquant des décorations assenées aux héros vainqueurs en passe de devenir tortionnaires, grand âge, grand dessein, grand général, pensais-je, chantés par un ambassadeur d'indignités[1], grand poète.

Puis est venu un doute – le doute, don des Dieux, autre nom des Dieux –, laissant sécher à la surface du mot la trace brillante de sa bave de lent escargot pour lequel toujours tout défile trop vite et d'un pas trop martial – « Nul militaire ne marque si martialement le pas, ne se saoule plus belliqueusement des sonneries et des fanfares que celui qui

1. Sous son vrai et honorable nom, ce Secrétaire général du Quai d'Orsay, plus tard exilé de luxe, le temps que finît une guerre qu'il avait contribué à laisser venir, plus tard Académicien et porte-drapeau de la grandeur poétique de la France – ou de la grandeur française de la poésie – signifia aux représentants de la petite Tchécoslovaquie qu'on ne mécontenterait pas monsieur Hitler pour soutenir le bon droit de leur pays – ce qu'il pensait en lui-même de tout cela, nul, et qui sait ? lui-même peut-être pas plus que quiconque, ne le sait.

n'ira jamais à la guerre »[1] –, abandonnant la gaine moirée de sa mue, vide témoignage, laissé par ce qui a grandi, de ce qui n'a pas grandi –, en somme, l'hésitante, la chancelante paramnésie du sens que l'on croyait pourtant connaître, à l'âge pour moi lecteur où il fut écrit par l'*auteur* –, *grand âge* auquel jamais *ce* lecteur n'avait pensé possible, pensable d'accéder, et en conséquence n'a pas eu l'idée d'y penser, et depuis ce croisement, ce carrefour des sens on voit s'*approcher* l'écriture qui commence à déclore son immensité, s'apprête à prendre mesure, la sienne propre dans celle des choses, donne à lire le *vrai* de l'universel que rien n'étonne dans le *vrai* du singulier que rien ne destitue.

Alors auteur, *auctor*, le lecteur se prépare comme Moïse à faire une entrée royale dans la ville des mots de lait et de miel, dont le sens n'attend que de changer pour enchanter, pour empoisonner de son bistre de colchique le pré automnal du grand âge.

COMPLÉMENT : POISSON, CISEAUX

Un de mes plus jolis souvenirs de sémantique fantasmatique est une expression que dans mon enfance affectionnait ma mère, et que, je crois, elle avait entendue de la bouche d'un douanier arabe, elle employait cette formule avec un sourire qui me fait penser, seulement maintenant, comme on va le voir, qu'*elle* en avait compris l'origine et le sens – mais elle ne me vendit jamais la mèche, soit qu'elle pensât que moi aussi j'avais compris, soit qu'ayant vu que ce n'était pas le cas, elle m'entretînt par jeu dans mon ? erreur ? non, rêve plutôt –, car sous l'air sérieux de l'institutrice qu'elle aurait tellement aimé être, Simone Démus, ma mère, était d'un caractère enjoué, voire à l'occasion farceur, fort

1. Alexandre Arnoux, *Double chance*.

bien, vous vous demandez, n'est-ce pas, eh bien, l'expression était *abruti par le poisson*, que j'entendais comme une sorte de superlatif, complètement abruti, la rallonge, que je n'avais jamais entendue accolée à d'autres adjectifs, était pour moi incertaine, grammaticalement parlant, non un instrumental, plutôt une sorte d'invocation intercalaire, *abruti, par Dieu*, riez, vous qui avez compris, moi, ce n'est que des *dizaines d'années* plus tard – tant cette formule me plaisait telle qu'elle était – qu'un jour, pensant qu'en arabe l'opposition phonologique /p/-/b/ n'existe pas, que les Arabes prononçaient phonétiquement les deux phonèmes comme ils pouvaient et les Français les entendaient comme ils voulaient, je me rendis compte que la version « authentique » de ce fascinant superlatif était ce qu'on avait souvent l'occasion de dire des coloniaux – surtout des célibataires isolés dans leurs postes de frontière – abruti *par la boisson*. Mais « par le poisson » est resté pour moi un mot-fétiche.

Dans le même ordre d'idées, et présentant aussi quelque rapport avec le *quartier de lune*, une de ces savoureuses *liaisons mal-t-à-propos* dont s'amusait ma mère m'a fourni un autre superlatif joyeusement figuré, c'était *ne criez donc pas si-z-haut*, que sans, cette fois-ci, commettre aucune erreur d'interprétation, j'écrivais mentalement – en regardant ma mère occupée à sa couture – *crier ciseaux*, plus tard je découvris les expression *crier haro, crier casse-cou, crier au loup*, et *crier ciseaux*, bien que je ne l'aie plus employé, est resté dans ma mémoire avec le sens de proclamer à pleine voix une indignation légitime et appeler sur quelque malfaisant la vindicte ou à tout le moins la réprobation publique, et me console de ce que le français n'ait pas l'hilarant, de l'anglais, *cry blue murder*.

COMPLÉMENT : QUARTIER DE LUNE

C'est un autre exemple de sémantique fantasmatique, associé à une scène précise, je devais avoir quatre ans, c'était au poste de douane de Bir Oum Ali, mon père et un collègue – il y avait plusieurs douaniers français dans ce poste, à la différence d'El Oubira où mon père était seul – étaient occupés à forer dans un tronçon de colonne romaine resté debout – je crois – un trou pour planter une petite éolienne destinée à recharger les « piles sèches » d'*un Philips* – c'est ainsi qu'on nommait un poste de TSF, comme on disait aussi, d'un appareil photographique, *un Kodak* –, d'ébénisterie et damas broché devant le haut-parleur, je ne saisis que la fin d'une phrase « ... il te faudra un quartier de lune », et l'un des deux, le collègue, je crois, brandissait un instrument qui ensuite, pendant des années, pour moi fut un *quartier de lune*, sans lequel creuser un trou dans la pierre aurait pris une bonne semaine, mais j'avais compris autre chose, et lorsque j'eus appris le nom séculier de l'outil, j'en fis en son temps une littéraire injure de potache, puis de potache attardé – je vous laisse à penser ce que pouvait bien être pour nous un *brequin* et la vilenie qui le disqualifiait.

AUTREMENT DIRE

Après de longues hésitations, après avoir ouvert le cahier à la page qui s'intitulerait « Autrement dire », après avoir renâclé devant l'obstacle, puis en avoir pris son parti – et si ce que je veux dire n'arrive pas à *s'écrire,* n'arrivera sûrement pas à s'écrire, puisque écrire, c'est justement *ne pas y arriver*, mais en sachant qu'on est en train de ne pas y arriver, et *continuer* –, après avoir renoncé à renoncer, voici venir d'où ? du bord de la sphère, quelques dictions, mots, ponctuations, silences – *choses à dire.*

« S'y mettre » avant de s'y mettre, quand on se dispose – *se suppose* – à écrire, c'est (re)partir en exploration, dans les livres d'enfance, Jules Verne abrégé de la Bibliothèque Verte, *Nouveau petit Larousse Illustré,* dans les manuels jadis détestés d'histoire littéraire du Lycée, c'est *marquer le pas* devant un, plusieurs *autrement* que ce n'était *en train* de *vous venir* en mots, s'efforcer *vers* d'autres mots que ceux que vous étiez plus ou moins près de – mais pas tout à fait prêt à – accueillir, comment, pourquoi, voyons.

Ce n'était pas écrire, c'était ne pas écrire quand c'était, *pas-autrement,* et d'autre chose – quand on en était à s'en faire accroire qu'on y était à peu près – *Ça y est, j'y suis.* Non. – Or donc, oyez cela qui se passait dans le Jardin du Luxembourg, je suis bien certain qu'il est souvent *arrivé* la même chose dans ce lieu, avant, pendant, et depuis, – et *à cause d'elle*, – la page d'Anatole France dans *le livre unique de français cours moyen et supérieur certificat d'études* *HACHETTE* que l'on ne trouve plus, donc, disais-je, dans une allée, presser le pas en remâchant à mi-voix, en croyant s'efforcer à ne rien changer à la phrase, mais sans méconnaître le muet espoir de déraper à un tournant de celle-ci, de « perdre le contrôle », de voir venir, laisser venir, ou du moins approcher d'autres mots, presser le pas pour ne pas les laisser passer trop vite, et vous dépasser sans s'arrêter. Et arrivé à un banc ou à un siège de fer qui de très loin vous faisait signe, aussi près que possible de la Fontaine de Médicis et pas trop nappé de guano pigeonnier, l'affaire était faite, on pouvait tirer de sa poche un papier à noter une pensée poétique, un « Tityre sourit », autrement dit.

Essayons de freiner avant le trop vite dit, de retenir, parmi les mots ou les arrangements, toujours en nombre, toujours disponibles et toujours modestement disposés à se laisser supplanter, ceux et celles qui énonceraient *à peu près* ce qu'« on avait en tête », qui sont peu courants, dont le sens ne saute pas aux yeux, se prête, voire, dirait-on, aspire au contresens ou, à tout le moins, à l'équivoque, ceux et celles qui d'aventure ressemblent à leur contraire – *rien moins que*, *faire long feu* –, cela surprend, déconcerte le lecteur, mais surtout, il faut s'y attendre, l'espérer, *s'y préparer*, *prend de court* la première hypostase de celui-ci, l'*auteur* juste avant qu'il ne soit tel, qu'il n'acquiesce à se rapprocher d'un pas – sur le chemin qui mène vers le bord de la sphère, nulle part, mais en tout cas *ailleurs* que là où on a de peu manqué s'embourber dans un *dit comme cela* –, on n'en est certes pas plus *avancé*, mais du courant est passé, se sont posées, pour brouiller le dire, l'empêcher de se figer en dit toujours déjà dit, les questions *Qu'est-ce qu'on dit quand on dit autrement?* Trop prétentieux, ou trop jobard? Alors:

Que devient le non-dit recouvert, avant de se découvrir, *par l'autrement dire,* l'autrement de l'autrement que vous avez laissé venir, et qui *vous* – accusatif – dit ? Où est le *bout de la langue* sur lequel on « l'avait » ? À l'autre bout de partout-nulle part, juste au bord de la sphère, ici même.

Le lecteur, alors, l'auteur de part à demi, peut s'il le veut *collaborer,* demander d'où, par quels chemins d'emplois, d'acceptions, de sens qui aspirent à dire *plus que* CELA, sont passés les mots, les phrases qui sont venus et qu'on a laissé s'asseoir, dans l'hospitalité sans réserve du langage[1], à la place qu'on n'avait pas vue libre, et parler *de* quelque chose, qui est moins que parler pour parler, mais en parler au moyen de mots qui, quand ils sont des *termes,* ordinairement *conviennent* sans surprise à d'autres *existants,* caractères, personnages, choses, idées, parler, donc, « improprement » (?) de quelque fugace Außenwelt – page de livre *comme* jardin, à la française, tirée au cordeau, à l'anglaise, frissonnante d'incises, à la latine ou l'allemande, résonnante d'un piétinement sourd de légion en marche –, c'est, autrement, *comme* auteur augmentateur, disant *plus que* CELA, *continuer.*

ON CONTINUE.

SUPPLÉMENT : UN JEU DE SOCIÉTÉ

J'ai remarqué tout comme vous que le manque de connaissances un peu techniques n'a certes jamais retenu monsieur Nimportequi de discourir et de débiter avec assurance des truismes, des préjugés ou des sottises, sur des

1. L'un des derniers livres publiés par Alessandro Spina est intitulé *L'Hospitalité intellectuelle.* L'hospitalité, vertu, disposition orientale ; Ismaïl Kadaré – dans *Avril brisé,* si j'ai bonne mémoire – dit que l'hôte est *sacré* ; celui qui est venu est toujours l'envoyé de Dieu.

sujets où sa « compétence » est nulle, mais qu'il a du moins généralement la cautèle de s'abstenir d'en pérorer devant un « spécialiste », or les personnes, ordinairement tout à fait indifférentes aux questions qui touchent au langage avec lesquelles j'ai eu les conversations les plus intéressantes, que j'ai vu se passionner et réfléchir par elles-mêmes, et non pour en mettre plein la vue ou simplement *faire comme*, en somme, *intelligemment*, étaient, je l'affirme, le plus souvent d'une culture disons rudimentaire, j'ai souvenir de paysans toscans, de pêcheurs siciliens, et c'était exclusivement à propos du lexique, ou plutôt du *vocabulaire* – le lexique *est, en puissance*, le vocabulaire *en acte, existe* pour tel(s) ou tel(s) « usager(s) » –, et du vocabulaire vu comme une *affaire de famille.*

Pour la majeure partie des hommes et qui parlent, la langue, ce sont *les mots*, les radicaux et leur sens, très peu la morphologie et pas du tout la syntaxe, ce qui *intéresse* est la sémantique, l'ascendance et la descendance, l'étymologie, les parents, les alliés souvent associés dans des locutions ou des scies, durables ou non – voir bientôt ce que je dis des casseroles –, les imposteurs volontaires ou non, ceux chez qui on a cru un moment reconnaître un *air de famille*, semblables ou opposés par des emplois où ils semblent synonymes ou antonymes, cela peut aller jusqu'à ressembler à ces réunions de famille élargie, avec collègues et voisins avec qui on est exceptionnellement en bons termes, organisées pour faire se rencontrer les demoiselles à marier et les jeunes gens à perspectives, on y joue à un jeu de société où tout le monde sait pouvoir briller et percer à jour les partenaires adversaires, *Ce mot, quel nom, adjectif, verbe lui associeriez-vous spontanément*, ou par un souvenir plaisant ou mortifiant, mais toujours significatif – « terre » ? « bleue », tiens, « bleu(e) » ?, « orange » –, ou celui qui vous paraîtra le plus improbable, incompatible, choquant, et puis, *Quelle chose, quel objet réel serait appelé par le mot* – pour moi, « pain d'épices » n'appelle pas « couteau », mais « été », si vous voulez savoir pourquoi, lisez « Les étés », dans *Reconnaissances* –, *Quel personnage, caractère ou rôle social, associeriez-vous à ce mot* – pour moi encore, « cauteleux » *fait venir* « ambassadeur », et celui-ci, « Alète », figure fascinante de la *Jérusalem délivrée,* et si je veux employer l'adjectif « cauteleux », je *laisse venir,* que ce soit volontairement ou par surprise, entre autres choses, tout ce dont je me souviens qui *va avec* l'Alète du Tasse, c'est ainsi que l'on peut, si l'on se laisse capter par les sentiers, risquer – ou avoir chance – de ne pas avoir assez de toute une vie pour arriver au plus proche village – le mot suivant.

RABÂCHAGE

J'ai passé quarante ans de ma vie à enseigner et – hormis quelques programmes d'occasion imposés par le concours de l'Agrégation –, année après année – en tenant compte, bien entendu, de l'accroissement, quel qu'il fût, de mon « savoir » quand je me donnais la peine de prendre connaissance de celui de mes semblables et de my betters, et des modes, lubies, caprices d'époque, mots fétiches à placer, idées idoles à amener ou tabou à contourner en se pinçant le nez –, j'ai, ponctuellement, *dit la même chose*, au même moment si l'on peut dire – celui par exemple où j'en étais à exposer un fait dont ni les conditions, ni la connaissance que l'on peut en avoir n'avaient changé entre temps –, et, pareillement et autrement, les mêmes exemples et les mêmes exceptions, amenés par les mêmes analogies, jusqu'aux mêmes calembours qui se représentaient à point nommé, année après année sans en manquer une – je ne mentionne ces platitudes que pour essayer d'y déceler et d'en expliquer la probable incidence sur la formation de mon goût – et l'élaboration et la formulation de mes courtes idées.

Le *rabâchage*, je n'entends pas ici illustrer par surprise sa légitimité, sa valeur formatrice de l'opinion tout autant que révélatrice de l'état de celle-ci, mais plutôt rappeler son dynamisme, sa capacité d'enrichir, par addition et soustraction, quoi ? le langage, l'esprit (c'est la même chose), de révéler non par la confirmation, la conformité, le réconfort du confort mais justement, par la variation, la fissure, un adjectif oublié, un autre ajouté, mais qui ne le remplace pas – oui, les mots qui sont venus, qu'on a *vu venir, laissé venir,* à qui on a fait place à l'avance autour du feu de campement pour qu'ils dissent une fois de plus ce qu'ils sont toujours dit, mais chaque fois avec *plus que* CELA.

COMPLÉMENT

« Toutes choses sont dites déjà » (Gide, *Narcisse*) et si « il faut recommencer », d'accord, c'est que « personne n'écoute », et voici pourquoi : *les choses,* c'est-à-dire tout et n'importe quoi, sont *dites,* désignées, vouées à être regardées *à travers le dire,* la vache, par exemple, *à travers* les divers *signes,* oraux, écrits, dessinés, qui rappellent à l'esprit l'*idée* de l'animal, MAIS si donc je dis « vache » – quel rabâchage, depuis Olduvai ! que ces milliasses de fois « vache » –, puis d'autres milliasses, classables, triables, moins nombreuses mais milliasses quand même, « vache meugle », « vache vêle », « vache broute », « vache rumine », etc. et de proche en proche – quoi faire de la « vache fondamentale » ?

[*Entrefilet*]

C'était le titre, ou le sous-titre, d'un article rigolo paru il y a une trentaine d'années dans une petite revue technique, *Le Français moderne,* je crois, où l'auteur – Robert Galisson –, constatant que « vache » figure bien dans le *Dictionnaire fondamental de la langue française* de Georges Gougenheim, se demandait ce qu'on pourrait bien faire de la « vache fondamentale », en raison de l'absence dans le susdit de la majeure partie des mots que *vache* pourrait aider à *faire prendre* en phrases, sauf naturellement pour les cas où le mot signifie le moins spécifiquement la chose – où la « vache » est le moins *vache*, si l'on ose dire –, comme « la vache mange », « la vache dort ».

C'est de moins en moins la « même » *vache*, jamais assez rabâché, rappelez-vous, « la vache qui rit » des fromageries Bel, et « La Vache sérieuse dans les maisons sérieuses » de la maison Grosjean, la Guerre des deux vaches, la sérieuse a été *jugée* rabâcher celle qui rit, et interdite de rabâchage en 1959, ce qui est clair, c'est que toute *actuelle* occurrence de *vache* – dans quelque contexte que ce soit « la vache ! », en voyant la nouvelle Bugatti de Gaston, ou dans les dix tomes du *Traité d'élevage des bovins* –, est *autre chose* que *toutes* les autres, ce qui règle la question, elle dit *plus que* CELA quand et parce qu'elle le dit ici ou là, elle le dit avant, pendant, après, elle le dit à MOI – *regarde-moi qui change, ta panta rei*, c'est-à-dire que même quand tout est dit, il n'y a rien à *redire*, et que *rabâchage* désigne *ce qui n'existe pas* dans le langage.

Mais cela existe dans des *situations de langage*, quand celui qui entend *décide* que ce qu'il entend ne dit pas *plus que* CELA, *Le train a du retard* ou *La campagne à présent n'est pas beaucoup fleurie*, fait l'impasse sur la raison possible qu'aurait eue son interlocuteur de ressortir un truisme, refuse en somme de lui prêter ce que l'autre était en train de lui donner – le rabâchage n'est jamais qu'*entendu*, jamais *énoncé*.

FÉTICHES, CASSEROLES, SÉSAME

> ... j'écrivis les définitions de vingt vocables de l'école et trouvai pour le mot *blastoderme* jusqu'à huit épithètes nouvelles.
>
> André Gide, *Paludes*

> Cette pièce est beaucoup trop étroite – j'emploierai même le mot : exigu.
>
> – *id.* –

Écrire, entre autres choses – et pas la principale, soit, mais qui pourrait prétendre différencier le *principal* et l'*intérêt* d'écrire, foi de cigale –, est peut-être préférer à certains mots, d'autres, s'arrêter au moment de commencer, continuer ou finir sa phrase, et se demander si, pourquoi, comment on ne pourrait pas *autrement* en avoir, si l'on ose dire, pour plus que son argent, faux synonymes qui susurrent d'un ton caressant ou tranchent d'un ton péremptoire, *Moi aussi, moi aussi je peux le dire,* fausses restrictions emphatiques, *Je ne me risquerai pas jusqu'à dire,* qui est dire sans risquer, fausses atténuations cauteleuses, *Je pourrais presque dire,* parfois de ces beaux vieux vocables qui agaçaient – cela ne vous déplaisait pas – certains lecteurs qui vous soupçonnaient, non entièrement sans raison, de gratuite afféterie, de phébus, étalage de nouveau riche qui croit avoir retrouvé des ancêtres alors qu'il n'a qu'acheté des armures vides, forcissures et farcissures que – comme justement ces deux-là – les dictionnaires n'ont pas encore attestées – ; j'ai dit que dans, sous l'*autrement* gît, se musse cauteleusement le *non-autrement*, presque dit pour ne pas s'écrire, dénoncer hypocritement l'*écart* – qui ne se souvient de certaines risibles « définitions » du *style* ?

Différons de parler de fétiches, vous vous souvenez peut-être de ce professeur de Troisième qui un jour, brandissant une « dissertation » – pas la vôtre –, entreprit de mettre en garde sa classe de mécréants contre certaines alliances qu'il comparait à une casserole attachée à la queue d'un chien, mots qui sans même qu'on ait besoin de les appeler, se présentent – avec l'empressement d'un avocat américain d'aujourd'hui, et tout autant de mauvaise foi – pour en escorter d'autres, restez seulement dix minutes au comptoir d'un café, à l'heure où les lions vont boire, et vous constaterez que les conversations, sur quoi qu'elles roulent, courses de chevaux, ballons ronds ou ovales, roues par paires ou quartettes, se gavent et se gargarisent d'avant-centres qui manquent *cruellement* de mordant, de *coupable* indulgence, si ce n'est de *lâche* complaisance, de l'arbitre, de la victoire *hautement* improbable de Peau-de-Pou dans la troisième, cela peut aller plus loin, et, osons le dire, jusqu'à se passer de la queue du chien, redondances qui font penser aux paires de boulets à chaîne du temps jadis, dépouille *mortelle*, proclamer *hautement* ou – mais là, l'Histoire, bonne fille, a donné raison, comme c'est son habitude jamais démentie, à la bêtise, et s'est chargée de dédouaner l'initial pléonasme de démocratie *populaire*, la casserole a fini par avoir la peau du chien –, cela culmine, me semble-t-il – paletot sur le poil ras d'un teckel ou d'un chihuahua –, dans les assommantes périphrases que traînent avec une bonne grâce digne d'une meilleure cause les présentateurs de la télévision, *cité phocéenne* et *ville rose, île de beauté* et *plus belle avenue du monde*, passons.

Ces exemples, en réalité, servent bien à « cerner » l'idée de fétiche, étant justement son exact contraire, on y voit un ou plusieurs mots voués à en cacher ou en interdire d'autres – leur obvier ou les pallier, profitez-en pour apprendre le sens « propre » de ces deux verbes –, ce sont, contre les *autrement dits*, des *obligatoirement dire*, canettes vidées où ne reste qu'un déboire suri, un vague relent de sens, leur utilité est de désigner, dans la circonlocution, le détour inutile, la matité de résonance qui avertit qu'*il ne faut pas s'attendre à plus que cela*.

J'appelle fétiches des préférences dont sont l'inverse les casseroles, mots ou tournures qui, à l'occasion, *viennent à vous* comme ils sont d'autres fois déjà venus, se proposent pour – aussi – *vous* faire écho à distance de dire, offrent de douter d'eux-mêmes pour dire, *a posteriori*, de là-bas où vous les aviez laissés et les laissez re-venir, *plus que* CELA que vous saviez que vous vouliez, voudriez laisser dire, ce sont les sésame qui *donnent sur* des paysages choisis, Samarkand ou Golconde, Djebel Châambi, Fata Morgana, Symplégades, recès où se musser, roide outrecuidance, cauteleux cafard, ils amènent avec eux un discret cortège de porteurs de riches présents, réminiscences finement facettées, résonance cuivrée de nuages de sauterelles, miaulement de velours, dans la nuit, du chat sauvage qui fait taire un instant les jappillements des chacals – autres façons de dire qui n'effacent que ce qui, dans le dire, ne dirait rien.

PEUT-ÊTRE

Certains mots *me viennent*, à un moment d'une tirade, assez souvent pour atténuer ce que j'affirme ou semble affirmer, parfois jusqu'à le nier, mais *après* l'avoir affirmé, ce ne sont pas des fétiches à proprement parler, bien qu'ils comparaissent avec une certaine fréquence, car la plupart du temps ils le font pour brider un élan du langage que je soupçonne d'être trop ambitieux, ou complaisant, ou vénal, pour *me crier casse-cou* et me retenir de me joindre à un ridicule défilé d'orphéon, ou sur une pente qui pourrait aboutir dans un marigot de truismes ; à la différence des mots fétiches, se musser pour se tapir, roide pour raide, ils *ne prennent pas la place d'autres,* ils viennent plutôt s'intercaler, sans qu'on les ait invités, et mettent en question, sinon en doute, ce qu'on a été tenté d'affirmer, ce qu'on se reproche de l'avoir fait, non que l'on doutât du fait, du dit, de l'affirmer, qui ne font pas question – qui pourraient bien le faire, mais pas là –, ce dont on veut (faire) douter, c'est de l'affirmation elle-même, de l'affirmativité, de la phrase, ou même du seul mot, qui *risquait,* là, de se laisser prendre pour un *terme,* petit dieu borné, buté mais aussi il faut – du moins on éprouve qu'il faudrait – pouvoir douter de ce doute même, le formuler d'une manière qui ressemblât assez à une assertion pour susciter le doute du doute, comment affirmer que l'on doute sans doute de ce qu'on ... nous y sommes, le mouvement est enclenché, il ne reste plus qu'à *laisser venir,* les mots en savent plus sur nous que nous-mêmes – disait avec raison Henri Meschonnic qui en savait plus que beaucoup d'autres sur les mots –, et ils savent, disons-le aussi, *quand* venir à nous pour nous faire *mieux dire* ce que nous avons à *nous* dire – et à *leur faire dire,* en retour et en remerciement.

L'un de « mes » mots, vous l'aurez, Lecteur, peut-être remarqué au détour d'un miroir, vient tout juste de se rappeler à votre distraite mémoire, s'est glissé d'un discret pas de côté, là où il *pensait* gêner le moins, se proposer sans s'imposer, profitant du hiatus d'un vocatif poli – oui, c'est celui-là, avec ses portées indéfinies – *passé,* souvenirs incertains, lacunes colmatées d'une étoupe que l'on pût croire nécessaire, ou vraisemblable, compréhensions hâtives menacées d'être ruinées par des faits – du vrai ébranlé par du réel –, *à venir*, événements, avènements, trop beaux pour être réels, perplexités à un carrefour de possibles –, *au présent*, et comme le présent n'*existe pas*, *est* seulement, indéfiniment aminci, laminé, tréfilé *entre* passé et à venir, ce « peut-être »-là porte sur lui-même, s'arc-boute en clé de voûte à la pointe vide – progrès décisif sur le plein cintre que les arcs en ogive, en lancéole, en doucine, qui se soutiennent d'eux-mêmes se contrariant –, ce *peut-être, mon* Lecteur, je vous invite à le laisser venir là où vous penserez l'avoir entendu se glisser comme un voleur dans la nuit, là où son sens le plus – enfin, *le plus* –, de dire que ce qui vient d'être dit n'est pas le dernier mot, qu'il n'y a pas, en droit, de mot de la fin, et que ON CONTINUE.

INTERMEZZO

Puisque ces mystères nous dépassent,
feignons d'en être l'organisateur.
Jean Cocteau

LE PITON ET LE DONJON

Écrire, ou faire quelque chose qui y ressemble – tracer des traces sur quelque chose que l'on fait, du coup, ressembler à un chemin qui *pendant* ce traçage *ne mène nulle part*, ne fait que supporter l'*approche*, non l'approche *de*, je pense plutôt au flux immobile qui traverse, oriente, aligne l'épingle aimantée vers le nulle part que l'on appelle Nord –, est *faire comme*, toujours faire *semblant*, c'est avoir en vue, voir en esprit, se hasarder à croire approcher, juste au delà du bord de la sphère, la réponse à la seule question qui soit toujours posée dans tout dire, qui sous-tend aussi bien la plus courte exclamation, « *Ah !* » (*Cyrano de Bergerac*, ACTE I, SCÈNE 2, La Salle, *saluant l'entrée de l'allumeur*), que *Le grand Cyrus* ou la pile des romans de Simenon ou de James Hadley Chase ou la théorie des deux cent vingt et un volumes de la *Patrologia latina* de l'Abbé Paul Migne – la seule question est *Qu'est être ?*

En décrivant quoi que ce soit qui *est*, même avec les plus pauvres formules – de la recette de cuisine à la notice de montage en passant par la règle de grammaire, le théorème mathématique et le titre de fait-divers à sensation –, en bricolant les équations « réduites » de l'*existence perceptible*, en palabrant les compromis, tout le monde autorise tacitement n'importe qui à dire n'importe quoi, par exemple

« Je vois une table », *pour* dire que justement il ne *voit pas* les tourbillons de particules isolés dans des immensités de vide qui *sont* – du moins pour ce que de certaines façons on peut en voir ou en savoir –, et *voit* quelque chose qui *n'est pas*, du continu et dur, du plein, de l'immobile, de l'*existant* – « concret », « tangible » – qui, de plus, *ne donne aucune idée* de ce qu'est son correspondant d'*être* :

> « Cette pierre que je vois, je savais qu'elle était essentiellement du vide avec des tourbillons d'atomes. [...] Le réel est là et pourtant il n'y a rien. [...] Nous savons de science sûre que ce que je vois n'est pas ce que je vois. »
>
> Jacques Ellul, *La parole humiliée*, p. 64, 65

Le *réel*, le *chosal*, ce dont on peut faire quelque chose, et d'abord en parler, est ainsi en opposition au *vrai*, dont on ne peut rien faire –, et pour commencer *rien dire* – telle est, à mes yeux, la portée de « Dieu dit ... et il y eut ... » et de sa « réduction » à l'*équation* fondamentale « Au commencement était le Verbe » – la Parole, qui *est être*, n'a ni commencement ni cours ni fin, mais donne commencement, dicte cours, prescrit fin à tout *existant*, et résurrection.

Voilà pourquoi j'*approche*, dans cette partie du livre, certaines existences dont la perception m'a *marqué*, dont l'idée, le nom, l'image me revient de temps à autre, m'attire et me fait repasser, au cours de mes oiseuses et routinières flâneries – même pas nécessairement *reconnaissances*, rondes, explorations – par des détours qui tantôt m'éloignent et tantôt me rapprochent *du comptoir fortifié aux épices connues* – oui, c'est de cela que je parlais[1], ? sans le savoir ?, non, le sachant sans le savoir, en réserve *pour plus tard*, maintenant –, et parfois, depuis la dernière fois,

1. Dans un poème de *J'élis un lieu ...*

au milieu du chemin a poussé un chêne ou un roseau, ou un cactus, tous les dromadaires se sont donné le mot et viennent croquer son miel épineux, d'autres passants ont tracé un méandre de contournement – trêve de phébus, ce sont quelques analogies qui n'obligent pas à les justifier, quelques illusions d'ouïe ou d'optique qui en font voir de vertes et de pas mûres, quelques souvenances passées en sous main, achetées à bas prix dans un souk il y a cinquante ans, que je brade non parce qu'elles ne valent rien ou ne me servent plus mais au contraire parce qu'il y en aura bien un parmi vous, Lecteurs, pour y reconnaître le biais d'un chemin d'enfance où nous avons trouvé une plume de pie ou une pomme de pin somptueusement éclatée.

Voici qu'une première *ressemblance* de l'écriture appelle devant mon regard quelque château fort que je décrète cathare – pour que sur ce que je vais en dire brûle le soleil noir de l'héroïsme malheureux – que je n'ai jamais vu, ce pourquoi l'image mentale que je m'en forme, d'une rêverie l'autre, est suffisamment plastique pour accueillir de nouveaux ornements, repousser d'intempestives restaurations, couvrir un angle mort de la portée d'une échauguette ou d'un mâchicoulis, quitte à l'abattre, au prochain siège, d'un boulet chanceux, la barre rocheuse qui commande la vue plongeante commence à se détacher verticale au bord intérieur de son glacis, oblique matelas de cailloutis égouttés d'émiettements imperceptibles de la paroi, quelquefois, lorsque ceux-ci étaient plus péremptoires, fragments encore reconnaissables de la fortification découronnée, pans de pauvres murs ou cadres de portes de hameaux qui s'étaient longtemps crus hors d'atteinte des mitrailles ou de la lourde artillerie des éboulements, gravier de géants, pour nous, visiteurs tardifs que les voyages organisés n'ont que trop portés à reconnaître dans l'inconnu le connu, échoué sur la décharge du jacassin de pas de porte ou le déjà réarrangé des articles à sensation, des devises publicitaires, des rituels versets et répons de comptoir, ce serait une ressource de chiffonniers, l'occasion de penser déjà à autre chose, mais je n'y cède pas ici, puisque ce n'est pas de *cela* que je parle.

Non, la pente déjà roide se guinde et peu à peu se lisse en se hissant, est presque déjà pan de muraille maçonnée au gré de siècles d'opus incertum, on cherche, on l'a manqué, le point d'inflexion où finit, finirait, finît la montagne et commençât une autre étroite contrée, on l'a manqué mais on est quand même, quelque part au bord de cette gravière, *là vers où viennent* les mots qu'il faut laisser venir à leur pas, la montagne, par exemple, qui ici et là s'effondre, s'affaisse, est reconstruite, rehaussée au-dessus d'elle-même, entassée par hottées, truellée en mortier hasardeux, jointoyée et lissée en parapets, aplanie en chemins de ronde, tranchée de la fente des archères et des tirets – elle vit quelques *instants* en cette assiette géométrique qui par la rectitude du fil à plomb met en coupe réglée l'informe de la campagne, par les règles de grammaire le fourmillement du dire –, puis à nouveau se délite par pans, s'émiette, tombe sous la coupe, le couperet d'un Viollet-le-Duc dont les générations suivantes feront des gorges chaudes – puis d'autres suivantes se gausseront des railleries de celle-là, chacune *trouve à redire* aux précédentes, trouve à redire ce qu'a dit quelque précédente, qui dans les contrées de partout-nulle-part de l'universel ici-maintenant sont *contemporaines, voilà comment viennent* les mots, quand on les *laisse venir* – quand on les force ou les entrave, par complaisance ou vénalité, il viennent quand même, et même de même, mais ce n'est plus *à vous* qu'ils viennent, et s'ils ne sont pas perdus pour tout le monde, *vous* êtes perdu pour eux.

Or donc, comment viennent les mots à qui a décidé de les laisser venir, ayant ou n'ayant pas, le résultat n'en dépend pas, compris que les mots en savent plus que nous sur nous – ils *existent* depuis tellement plus d'instants que nous, existeront, après nous, plus longtemps –, mais bien sûr eux et nous *sommes* ensemble, inaliénables les uns des autres en chaque instant de l'instant total – comment ? regardez vos mots, quelques-uns d'entre eux, essayez, après tous ceux qui ont pointé leur nez, toqué, poliment ou à la rustaude, à votre porte, essayez de poser une question – non pas encore LA QUESTION, passons comme chat sur braise, ne vous inquiétez pas, elle reviendra, seulement l'esquisse, la merula de la question –, ce mot que j'accueille, que j'accepte, cette acception à laquelle j'acquiesce, j'assens, ce mot qui est venu se placer si exactement là où rien ne manquait, ce hourdis qui étaie le pied pourtant intact de la muraille, ce mot inattendu et devenu indispensable, comment, d'où est-il venu, où puis-je regarder, dans l'amorphe campagne – vilains à leurs serves besognes, jeux de princes du gai temps de Pâques chanté par En Bertran de Born – pour distinguer ce mot qui comme tout autre dit plus que ce qu'il dit, pétrissez-le ou laissez-le lever, fiez-vous à lui, il fera son chemin, et sur ce chemin vous pourrez Ø

Les mots, donjons de veille, de garde et de sauvegarde haut dressés sur les pitons du réel, pour que l'arpenteur, de leur haut, en cartographie la profuse confusion – masque d'un ordre plus subtil et plus impérieux.

POUSSIÈRES D'IMAGES, LECTURE, CONTINUER

> C'est le vide de toute part qui tâche et joue à se circonvenir et creuse lentement les lignes de la terre. Les réseaux se nouent, se superposent, s'effacent. Les signes pululent. Il faut que le regard s'abîme.
>
> Jacques Abeille, *Les jardins statuaires*

Dans mon enfance maladive, souvent couché dans le grand lit des parents, face à l'armoire de noyer – dans les campagnes pauvres du siècle dernier d'où ils étaient venus à cette frontière, cadeau de parrain à la mariée –, je brodais aux battants des portes de celle-ci des paysages, des monstres – dragons, chimères, tarasques, noms dont j'affublais des formes –, des *Gestalten* probablement inspirées par quelque illustration ou planche du *Nouveau Petit Larousse illustré* –, que je faisais émerger du fouillis des cicatrices du bois en son temps d'arbre taraudé par quelque insecte, rompu par un grand vent, blessé par la foudre, stigmates devenus fioritures pour l'ébéniste du chef-lieu de canton, page lisible pour l'enfant anémique et par force désœuvré qui promenait son regard vacant sur un monde étroit et pauvre, et le peuplait de présences et de métamorphoses.

De même, passant aux murs, au plafond, aux portes de la pièce, aux distorsions du verre grossier de la fenêtre, je traçais des alignements entre des lézardes, des macules, des bosselures, des chevilles restées prises dans le plâtre quand le chef de poste précédent avait enlevé pour l'emporter dans sa nouvelle affectation l'étagère bricolée d'une caisse de savon, à différentes heures de journées de repos forcé, je suivais les jeux d'ombres portées et les déformations que semblent causer les changements de lumière ; de ce temps m'est restée cette tendance, constante tentation, invétérées tentatives, devant tout espace marqué de griffures ou de fluxions, tout bavardage attrapé au vol, par lambeaux, dans un café ou un autobus, de lever des lichettes de sens, tirer des traits invisibles, forcer des alignements, faire béer des angles, comme lorsque je découvris la planche LIGNES – géométriques – du *Nouveau Petit Larousse illustré*, et me mis à tracer au moyen d'un seul compas des hexagones et des spirales à trois ou quatre centres.

Par moments, en des temps récents de maladie, le demi-sommeil bousculé par d'intempestifs calmants et des mésaises – plus que douleurs, soyons juste – m'a apporté d'oiseuses errances à travers les coupes sombres des retours d'enfance, fait voir, sur le poudroyant semis de sol d'un linoléum d'hôpital, se détacher des points, des traits, des *vides*, qui sourdent à peine et proposent – c'est une constante dans les instants dont je rends compte ici – une émergence incomplète de visage, assez souvent fortement typé – mais ce n'est pas un dérapage vers la caricature, plutôt le guerrier rengorgé de Léonard de Vinci, ou le faciès évanescent – aussi couturé de rides que celui de Wystan Hugh Auden – que je prête au grand-prêtre Joad d'*Athalie*, ou les yeux en amande et les oreilles pointues d'un Elfe de Tolkien –, et ainsi de *deux discontinuités*, celle des points, des traits, des *pleins*, et celle des *vides*, intervalles, interstices, fossés à sauter, naît une image d'imagination imaginifique –, qui n'est pas re-présentation de quelque précédent, mais anticipation de ce qui ne *sera, n'aura été* qu'à l'instant où, dans le clin du réveil paradoxal, la vision s'effacera comme dans le sable une dernière tache d'eau à marée descendante, au creux d'une combe un contraire voile de brume qui en s'asséchant révèle le monde de l'état de veille –, ou bien, c'est voir la même chose *par l'autre bout*, dans la fugace glissade en torpeur d'une lecture qui commence à se pointiller et s'embrumer, le sursaut d'un instant s'étire, d'une phrase restée en suspens qui a esquissé de *continuer*, sur une oblique lancée, *pour son compte* – image d'imagination ramassée de collages de bois flotté, de touffes de duvet tombé du nid, de bouts de ficelles et bouts de chandelle, de papier d'argent *pour* pie voleuse –, en somme de réel dérobé à l'illusion du réel pour le rappeler à l'ordre, de bribes de représentations de réel – passage de livre, salamalecs d'Ismen devant Godefroy, grand geste d'Argant de semer la guerre sous les pas des Croisés, ou bien – et je vous préviens, cela n'a rien de cocasse, ou alors *cocasse* signifie autre chose, et qui suis-je pour y contredire ? – le banquet des Gaulois après avoir, une fois de plus fait tourner en bourrique César – image d'une image *sérieuse* des manuels d'histoire d'école primaire d'Ernest Lavisse –, bon, résumons-nous, ce qui s'appelle *composition* c'est quand, comme dans les craquelures des lambris ou du plâtre, dans les caprices de la ronce de noyer, entre les verticales des meubles utiles, émergent presque, comme un palimpseste de salpêtre et de moisissures, les avenues, les esplanades, les quais à promenade, les jardins en trompe-l'œil où sinuent, à peine visibles dans l'à peine visible, les chemins qui ne mènent nulle part, et qui vous ont amené là où je vous ai entraîné, ici – et nulle part ailleurs –, ici et en tous autres lieux vains et fades faits de neige fondante, de brume de pays du Nord qui se dissipe, de nuages de sauterelles qui se dispersent et fondent sur les pauvres champs d'orge de la Frontière – et qui reviendront au prochain accès de malaria –, de Fata Morgana gardées par une phalange d'Immortels en voiles bleus, c'est quand, réveillé, ou peut-être pas, vous reprenez la lecture des bosses et des crevasses, et – pour *continuer* –, vous vous répétez « Appelons-moi Ismahel ».

Ce que j'ai voulu dire par cet amphigouri ? le saurais-je que je ne sais si je *vous* le dirais, puisque de toute façon *lui* vous dit *plus que* CELA, je suis seulement content – je ne dis pas que je me contente – d'avoir ressassé, passé en revue quelques représentations, quelques existences, présences, disparitions, métamorphoses, instants qui à tout le moins se proposent à qui veut l'entendre pour qu'il *s'y reconnaisse*, ou s'en écarte pour *approcher* ce qu'il est, et qu'il sait maintenant qu'il ne sait pas qu'il est.

PRATIQUES

Écrire – ce que j'écris n'est pas écrire, c'est se préparer à écrire quelque jour impossible.
Écrire, avec je ne sais quel langage, quoi que ce soit mais ordonné – c'est-à-dire noter des choses ordinaires avec des moyens purs.

Paul Valéry

ÉCRIRE À …

Comme tout le monde jadis, mais plus maintenant, j'ai successivement écrit à la plume – la *Gauloise,* dite aussi *Départementale,* celle de l'école primaire, que ma mère préférait, pour m'apprendre à tracer les pleins et les déliés, à la *Sergent Major* plus dure et difficile à manier sur le papier rêche des cahiers d'écolier de temps de guerre –, puis, curieusement, au stylo à bille, l'un des premiers modèles, de marque américaine, encore cher, que mes parents m'offrirent à mon entrée en Sixième – mais nos professeurs interdisaient l'usage de cette trop facile nouveauté, et d'ailleurs l'encre, d'un bleu violet agressif, bavait et traversait le papier –, puis, après ma Communion solennelle, au stylo Waterman à piston et plume en or offert par mon « parrain de confirmation », et qui m'accompagna jusqu'à l'École Normale Supérieure, et c'est là que j'achetai à un condisciple une vieille machine à écrire portative – que j'ai décrite en détail dans « Alexandre à la brocante », – par la suite, je suis passé à une petite Olivetti, portative elle aussi, mais un peu plus raffinée, aux caractères plus serrés et élégants, puis à plusieurs machines électriques, à « boules », à « marguerites » de caractères interchangeables, électroniques, à mémoire, et enfin à l'ordinateur.

Assez tôt, au Lycée, j'ai pris l'habitude de ne pas écrire et recopier de brouillons lorsque je devais rédiger une dissertation, et c'est à cela que j'attribuai longtemps, et probablement à juste titre, mes succès scolaires, et plus tard universitaires, car à tout le moins, de cette façon, je perdais beaucoup moins de temps et composais dans le délai imparti des textes plus longs, et par conséquent plus nourris que mes condisciples ou concurrents, cela, bien sûr, m'imposait de construire à l'avance un plan assez précis et détaillé, et ensuite de suffisamment peser mes formulations pour ne pas rester court au milieu d'une phrase, et avoir à remonter le courant, biffer, raturer, en somme saloper ma copie, je gardai cette habitude lorsque je me mis à écrire à la machine, à la différence d'un de mes collègues qui cacographiait intégralement à la main les brouillons de ses cours ou de ses articles, à grand renfort, lui, de ratures, recommencements, repentirs, bulles dans les marges, reliées par un fil – comme des montgolfières bouffies d'érudition crasse – au texte insuffisamment étayé de justifications et de contre-arguments, puis les recopiait scrupuleusement à la machine, les rares fois où je « recopiai », généralement à partir d'une rédaction déjà dactylographiée, je changeais tellement de choses que ce n'était plus copier, c'est ainsi que d'une seule traite, au fil de la plume comme on dit – que dire pour un clavier ? –, je composai la plupart de mes écrits « techniques » en remplissant les cases d'un plan très détaillé, titres, sous-titres, sous-sous-titres, intertitres, petit a, petit bé, rarement obligé d'arracher du rouleau le mille-feuilles de papier pelure et de papier carbone où j'avais commencé sans avoir assez réfléchi, et de reprendre la page, j'ai souvenir de quelques acrobaties logiques qui me permirent de placer la remarque ou le doublé objection-contre-argument auquel je n'avais pas pensé *à temps – À ce point, rappelons que, Il n'en reste pas moins que, Il faudrait se garder d'oublier que, Dans le même ordre d'idées* –, aveu que ce qu'on va dire n'a aucun rapport, cautères sur la jambe de bois d'un plan boiteux.

Lorsque assez tard, alors que mon marathon professionnel – ni parcours du combattant ni cross-country, ni défilé de la victoire et pas non plus tellement crapahut vers Compostelle, quoique – était à peu près bouclé, entendez lorsque j'eus renoncé à attendre d'être élu au Collège de France ou, à défaut, à l'Académie Française et que je me mis à écrire, comme on dit joliment en italien, *in proprio – en m'étant mis à mon compte* –, je le faisais le plus souvent, je l'ai déjà raconté, hors de chez moi, dans un jardin public ou dans le brouhaha d'un café, en tout cas avec, je ne sais pourquoi, un *bruit de fond* – alors que chez moi j'imposais tyranniquement un silence de chambre mortuaire –, et c'était à nouveau au stylo, sur des carnets généralement de ma fabrication, assez prisés aussi de quelques bons amis, constitués de cahiers de papier kraft de récupération – dos d'enveloppes prodiguement gaspillées par l'Administration – dont j'aimais maintenant, du côté *verso*, la texture un peu rêche, le faux guide-âne des vergeures, la marge évanescente des pontuseaux, j'écrivais seulement en belle page, sur ce faux recto, réservant la face de gauche pour les corrections, presque toujours des adjonctions, souvent sous la forme de ces incises interminables qui sont devenues la caractéristique de ma prose – que je ne flagornerai pas du pseudonyme de « style » –, et que j'ai complaisamment dénoncées dans « Le diseur de phébus », lorsque une quelconque unité, chapitre ou scène à faire, paragraphe d'arguments, était de la sorte à peu près achevée, rentré en mon gîte, je *recopiais* – car que faire en un gîte –, on était déjà à l'époque des ordinateurs, en modifiant, ajoutant, intercalant, puis, comme pour mes traductions, je relisais, et relisais, et relisais, et modifiais, c'est-à-dire que j'ajoutais presque toujours, ne m'étant jamais guéri de la crainte de potache de *ne pas en avoir assez « mis »*, de risquer la mauvaise note pour avoir fait trop court, et n'hésitant pas, pour ce faire, à accueillir n'importe quelle lubie, analogies acrobatiques, fausses prétéritions, *captationes benevolentiae,* contre-objections et pseudo-concessions, restrictions ou intercalaires de langage parlé, abaissements ou cabrades de registre, *en quelque sorte, tout se passe comme si, pour ainsi dire, à tout prendre, je m'entends, passons, baste* – baste, passons –, qui peuvent se glisser dans n'importe quel interstice de la syntaxe pour, dit-on, caler le meuble et l'empêcher de branler, mais en fait pour tirer à la ligne, n'en disons pas plus et tirons de long.

Tout cet indiscret déballage autobiographique, qui peut amuser le tapis, et a pu retenir un instant ceux qui ont vécu à mon époque et se reconnaissent assez pour jouir béatement de la satisfaction d'avoir échappé à mes travers et mes illusions, était, avant que je me misse à l'écrire, prévu comme un bref préambule explicatif à une constatation qui comme on va le voir occupe moins de place, de temps, et suggère sans doute moins de réflexion que son prologue, je veux dire que de nos jours, l'« écriture à l'ordinateur », comme bien d'autres innovations, commodités, progrès pour lâcher le mot, a fait disparaître quelques plaisirs qui ne se sont révélés tels, la plupart du temps, qu'après qu'ils eurent été silencieusement, imperceptiblement, engloutis par les sables mouvants du temps, a installé en catimini de ces habitudes nouvelles qu'on prend sans même s'en apercevoir, facilités auxquelles on cède sans penser à ce dont elles nous privent, ainsi le plaisir de s'arrêter à l'écart du flot des passants, dans un recoin, de tirer son stylo, sortir un papier, chercher où l'appuyer – « *Un hydrophile vint à passer. Je ne pus retenir une pensée poétique et, sortant un nouveau feuillet de ma poche, j'écrivis:* Tityre sourit. »

–, n'importe qui sait aujourd'hui qu'il y a une fonction de dictaphone dans les téléphones de poche, j'ai il y a quelques années, dans un train de banlieue où je devais passer près d'une heure dans chaque sens, inconfortablement pianoté une traduction d'urgence sur un ordinateur miniature, et j'ai gardé du train, de l'ordinateur et de la traduction un souvenir assez blême pour n'avoir jamais eu aucune envie de me promener avec dans ma poche un de ces appareils, et de m'asseoir sur un banc de square pour y tapoter un mien *Tityre sourit*.

Donc, évanoui – on se dit bien de temps en temps, Qu'est-ce qui m'en empêche, je vais m'y remettre, je prends un carnet de papier kraft, un stylo, je vais m'asseoir au-dessus du bassin de la Fontaine de Médicis, et zou –, et indéfiniment *possible* puisque on n'en *fait* rien, évaporé ce plaisir de la surprise, des mots qui soudain s'imposent, qu'il me fallait – allez, je le répète une dernière fois, *pour moi* – répéter, scander sur mon pas pressé, jusqu'au moment où je pouvais fondre sur un banc libre, à une table de café, et griffonner fébrilement ce qui m'avait encombré – comblé – l'esprit pendant des instants, soit, mais, oui, *mais*, voici qu'à l'instant où j'écris ceci, au courant du clavier, je m'avise que justement, ce plaisir désormais constamment différé, remplacé par l'*ersatz* de l'écriture à l'ordinateur, tire de son inaccomplissement, de son illusoire procrastination, de son insatisfaction même la puissance, que je ne puis expliquer autrement, de l'impulsion qui depuis quelques années m'a fait surmonter la paresse, le manque de confiance – non en moi, non en ce que j'écris, mais en ce que pourrais écrire, écrirai – et m'a, littéralement, *porté* dans l'écriture de traduction, infiniment jubilatoire, où l'angoisse même de ne pas trouver, de *manquer* d'un cheveu *la* formule, de l'avoir *sur le bout de la langue* – ah, être un pangolin, un tamanoir, ou simplement un moins exotique caméléon, pour l'attraper *au vol* –, peut être revécue pour peu qu'on relise ce qu'on avait à traduire, qu'on redécouvre avec complaisance ou consternation comment on a traduit – et m'a finalement *fait passer sur* mon humeur, la contrariété de céder à la facilité en me résignant à écrire assis devant mon écran, comme n'importe quel employé de banque, je veux dire, *in parole povere*, que c'est parce que je ne désespère pas de me revoir un jour griffonner au Luxembourg que, *en attendant*, je m'adapte à écrire au presse-bouton[1].

Écrire ainsi a une autre conséquence – qui n'a rien de fatal puisqu'il existe des procédés, mais que je n'ai jamais voulu apprendre, pour ajouter à un texte des annotations, commentaires, marginalia –, et c'est que lorsque je relis ce que j'ai écrit, et comme je l'ai dit remplace, ajoute, intercale, *je ne garde aucune trace* de l'avant-dernier état du texte, dans mes traductions, à l'inverse, je conserve le plus longtemps possible toutes les versions alternatives entre lesquelles j'hésite, si j'ose dire, méthodiquement, mais c'est que dans cette forme d'écriture, je suis *tenu* par l'autre texte, je puis substituer, mais ni supprimer ni ajouter – des mots, du sens –, et par conséquent, les versions alternatives contiennent généralement, disons, du sens en quantité comparable, mais de qualité différente – toujours *in parole povere*, avec telle version on « perd » ceci, avec telle autre on « perd » cela –, et il faut choisir entre des insuffisances, tandis que dans l'écriture directe, on a l'impression – ce n'est qu'une impression – qu'on va pouvoir tout sauver, ou tout « rendre », et attention, je vous prie, à cette autre dramatique différence, dans la traduction il faut savoir résister à la

1. Entre les jours où j'écrivis cela pour la première fois et l'instant présent s'est intercalée une assez longue période – six mois – de maladie et d'hôpitaux, au cours de laquelle j'ai pu – j'ai dû – reprendre mon habitude ancienne d'écrire à la plume – façon de parler – un premier jet d'une grande partie des textes qui composent le présent livre.

tentation de *placer*, ici, là, un mor fétiche, « mussé » pour *blotti*, « chanci » pour *rance*, qui serait *surtraduire*, tandis que pour mon propre compte, ma foi, il m'est venu, qu'il soit le bienvenu, *écriture* serait-elle pas, en partie, *surécrire* ?

Matériellement, au lieu du fameux feuillet manuscrit ou page d'épreuve étoilée d'un feu d'artifice de trouvailles et de repentirs, les gribouillis qui sont la croix et la bannière des éditeurs de textes du passé, sont à présent, sur un écran docile, arasés comme les quartiers de Paris remodelés par le Baron Hausmann, l'artillerie lourde y est fort à son aise, et le charroi des Halles y flue sans à-coups, mais le flâneur ne fait plus que longer des vitrines d'agences de voyage et de fringues à l'italienne fabriquées par des stylistes japonais – dictionnaires « en ligne » et encyclopédies « interactives », mots d'époque, balises de balourdise qui n'empêchent d'ailleurs aucunement la littérature de se porter mieux que jamais, autrefois, on peut le regretter, est-ce que je le regrette, on pouvait reconnaître certaines pages de manuscrits littéraires ou d'épreuves d'imprimeur – de Balzac, par exemple, de Proust – à ce fouillis qui au fond rassurait, ah, lui aussi il suait sang et eau pour trouver comment dire ce qu'il avait à dire, aujourd'hui, où on ne peut plus dire manuscrit, où bientôt on ne pourra plus non plus dire affreusement tapuscrit, dira-t-on pas, peut-être, horreur, ~~compuscrit~~, on envoie à son éditeur un texte aussi virtuel après qu'avant, je m'entends, propre comme un sou neuf, on ne peut plus soupçonner le copiste de monsieur Beyle, ni accuser le typographe pour les coquilles, doublons, mastics, il n'y a plus de copistes ni de typographes, seulement des écrivaillons qui peu à peu oublient l'orthographe, moi comme les autres, et des correcteurs d'orthographe automatiques qui vous réécrivent « notaire » en « potage », je sais de quoi je parle, cela m'est arrivé et je ne m'en suis aperçu qu'une fois le livre imprimé, pesé et enlevé, le diable en rit encore.

COMPLÉMENT : DEUX ÉCRITURES

M. TURCARET. Tu sais du moins l'arithmétique ; tu sais faire des comptes à parties simples ?
FRONTIN. Oh ! oui, monsieur ; je sais même faire des parties doubles : j'écris aussi de deux écritures, tantôt de l'une, tantôt de l'autre.
M. TURCARET. De la ronde, n'est-ce pas ?
FRONTIN. De la ronde, de l'oblique.
M. TURCARET. Comment, de l'oblique ?
FRONTIN. Eh ! oui, d'une écriture que vous connaissez ; là, d'une certaine écriture qui n'est pas légitime.
M. TURCARET, *à la baronne*. Il veut dire de la bâtarde.
FRONTIN. Justement ; c'est ce mot-là que je cherchais.
M. TURCARET. Quelle ingénuité ! Ce garçon-là, madame, est bien niais.

Lesage, *Turcaret*, II, VI

C'est, je crois, en Hypokhâgne que je décidai de changer d'écriture – non, je veux tout simplement dire de graphie –, passant de lettres droites à un tracé penché, un peu comme du romain à l'italique, et l'année suivante, en Prépa, c'est avec une petite jubilation que je lus dans *Turcaret* le dialogue que je viens de rappeler, sans naturellement m'appliquer le sous-entendu bien dix-huitième siècle qu'il contient, quoi qu'il en soit, de cette assommante comédie mise au programme du Concours de l'École Normale Supérieure de Saint-Cloud pour éprouver la capacité de résistance à l'ennui des candidats, c'est le seul passage dont je me sois toujours souvenu, il y a ainsi des livres qui me sont restés en mémoire pour une phrase, tout le reste absorbé par les sables du temps comme l'eau d'un oued après un bref orage, peut-être ce dialogue explique-t-il, en partie du moins, que je ne me suis jamais décidé à abandonner l'écriture « droite », dont j'ai toujours usé pour prendre des notes dans une réunion, un conseil, une conférence, rédiger – avant l'apparition des ordinateurs – de ces fiches qui, mises bout à bout, devenaicnt un article ou un cours, égrener les titres, sous-titres, sous-sous-titres d'un plan – en somme pour mettre noir sur blanc de la non-écriture, des mots, des phrases utilitaires, parfois utiles, mais toujours destinés à *passer*, et jamais vraiment considérés comme vraiment *miens*, qui en somme ne m'engageaient pas, n'étaient que des vérités banales, triviales, vénales, l'écriture oblique – oui, Frontin, écriture de contrebande, écriture d'imposteur, de faussaire –, je l'ai gardée pour de plus captieux mensonges – des grâces roturières, des nymphes de ruisseau, des vénus de barrière, peut-être, mais c'étaient et ce sont mes amours, excusez-moi du peu.

RETOUCHES

Cela pourrait se dire aussi pour plusieurs aspects ou « modalités d'écrire », je trace un « premier jet », *sur la lancée* – si c'est une traduction, une profusion de solutions alternatives, en m'efforçant, bien sûr, de suivre la musique, de ne pas céder sans résistance à la tentation de « placer » tel mot, locution, construction que j'aime, qui est *venu(e) à moi*, mais justement, si c'est un de mes fétiches, je sais qu'il faut que je veille à ne pas (trop) effacer ou rajouter des contraintes et des harmoniques, des résonances du texte que je fais sonner dans ma langue –, si c'est « écrit directement », quoi que cela signifie, je suis ma pente, jusqu'à ce que ma phrase, en s'essoufflant, me fasse douter d'elle-même, me laisse entendre qu'elle est sur le point de parler d'*autre chose*, qu'il est temps de rompre les chiens et de repartir dans une autre direction pour rester sur la même trajectoire – comme, de nos jours, cette sonde spatiale qui a atteint une comète, relancée d'étoile en planète par la gravitation.

C'est là – plus souvent que pas après une longue interruption, le temps d'esquisser un autre chapitre, une autre marche d'approche ou de contournement – que je relis, ou plutôt que je lis – car tout le monde sait qu'on ne lit pas ce qu'on écrit quand on est occupé de l'écrire – et qu'alors je me tiens prêt, comme devant un écrit d'une langue étrangère, à *dire autrement* ce que je vois déjà dit, et qui n'est *plus* de moi, mais d'un auteur dont j'ai charge de verser – *vertere*, tourner, détourner – l'écrit dans ma langue, ici dans une langue qui soit plus mienne d'ici-maintenant, d'en faire un dire, puis en perspective, plus tard, un dit qui soit le fruit d'une collaboration entre deux *auctores*, le premier qui a *augmenté* l'universel déjà-dit en en recommençant, rabâchant quelques fragments, et puis cela continuera ou recommencera, à chaque fois un nouvel auteur se chargeant de ce que *LE* précédent avait dit, pour l'augmenter – attention, je ne dis pas nécessairement ajouter, on peut très bien s'enrichir de donner, dire *plus que* CELA en supprimant un mot, une phrase, tout un chapitre –, et cela jusqu'au moment où le dernier venu de ces auteurs successifs – une seule personne contingente, moi, mon nom d'état-civil et toutes mes mensurations, mes manies etc. qui font de ce moi, aux instants différents, un défilé d'existants différents, à chaque instant une instance du même être –, jusqu'à ce que, donc, le cortège s'arrête pour la photographie de groupe, l'en-train-d'être-à-écrire se fige en écrit – participe passé du verbe écrire, qui fait d'écrire un passé et d'écrit un présent, existant, partie intangible de l'être de l'univers –, il va sans dire que rien ne distingue ce moment définitif de n'importe quel autre, cet état péremptoire de n'importe quelle révocable « version », et que par conséquent, à tout moment, de la finalité de ce moment final il peut être fait appel – pour l'anecdote, car ici on est dans l'anecdote, le contingent, le hasard, je ne cesse de revenir sur un *scribendum* que lorsque *il a été* « publié », livré donc, sans appel, à d'autres lecteurs-auteurs, et j'ajoute que je n'ai jamais cherché à savoir – le supposant impossible – *pourquoi*, à un moment donné, je laisse partir ce qui devient, du coup, écrit, intangible, et, je le répète, péremptoire et périmé.

Approchons-nous, *retoucher*, c'est remplacer un mot par un autre, un intervalle par un mot qui *vient à moi*, qui n'était pas venu parce que, entre autres raisons, au moment de la rédaction précédente, rien *ne venait après*, à présent, une fois ce futur, alors indéfini ou à peine entrevu per speculum in enigmate, devenu passé, la forme qui s'abolit n'est pas à proprement parler effacée par la nouvelle, plutôt *il se fait* qu'elle l'annonce – tout juste digne de délier sa chaussure pour alléger son pas –, que l'approche change, de pas et par conséquent de but, ce sentier qui s'amorce rejoindra peut-être, ou non, celui qui me menait jusqu'ici, mais en tout cas, arrivé à quelque point ultérieur du parcours, je ne serai pas au « même » endroit, n'ayant pas *reparcouru* le « même » trajet – et cela, sans ignorer que de toute façon, la lecture déjà changeait l'écrit par l'écrire virtuel qu'elle était.

Dans mon cas, tout cela, et le *plus que* CELA qui en résultât, tire assez souvent vers le moins courant, le plus compliqué, le plus circonstancié *maintenant* par l'*après* qui n'est venu qu'après, le tendanciellement obscurci par quelque voilage, douteux – doutant de soi, redoutant à chaque instant, et par *méthode*, de s'être laissé forcer la main, d'être tombé, ou d'avoir seulement failli le faire, dans un déjà dit pour dire autre chose qui ne fût pas ce que l'en-train-de-s'écrire était voué à dire –, et ambigu, voire contradictoire, dans tous ces cas ce qui est ouvert à des compréhensions – des *interprétations* pour ceux qui parent leur comprenette de ce terme savant –, et l'on peut ainsi, le moment venu, s'approcher en ayant l'air de fléchir, *laisser venir* le lecteur, à la manière du judoka qui s'efface, accompagne la poussée de l'adversaire qui se retrouve tout bête *plus loin que* CELA, – voyez « comprenette » surgi de nulle part, et comment il *se fait remarquer* au milieu de ce cortège endimanché de prolepses, hyperbates, incises, termes précis et mots recherchés, impropriétés calculées – jusqu'à des calembours de Lycée ou des rabâchages de comptoir de café, judicieusement glissés entre deux tirets pour, sinon quelle autre raison, *retarder le sens*, ou le dédoubler, le démultiplier de l'avoir fait passer par de ces raccourcis qui immanquablement vous égarent, mais vous font, comme on dit vulgairement, *voir du pays* – ou comme on dit aussi, vous baladent.

Après ? Après, lorsque l'écrit est à peu près, pense-t-on, pensé-je, abouti, ou en tout cas a abouti quelque part dont je me contente pour l'instant, il y a « copier » ces pages, travail d'« heures de bureau » voudrait-on, juste pour voir, en passant de la main à l'ordinateur, à quoi cela ressemblerait *si c'était un livre* – et vlan, voilà pas que sur votre passage, des mots qui pique-niquaient l'air de rien vous hèlent, chaque arbre fruitier se résigne quand de très loin il vous voit arriver avec cette petite troupe hétéroclite de snobs ou de gueux qui se bousculent d'un air faraud ou cafard, proposent leurs services, vous suggèrent que vous pourriez, si vous faites appel à eux, laisser croire que vous aviez voulu dire ceci ou cela d'autre, et plus que cela, toujours plus que cela, et vous, vous doutez à nouveau, vous vous dites que – de même que celui qui reçoit une gifle est de part à demi dans l'offense puisqu'il fallait bien qu'au moins il fût là et fût ce qu'il était pour la recevoir –, si ces mots *viennent à vous*, c'est que vous avez dit, fait, été quelque chose qui les a réveillés de leur sieste ou de leur sommeil dogmatique, et qu'en somme vous aussi êtes *allé à eux*.

EST-CE QUE CE MOT EXISTE ?

Dans mon enfance et mon adolescence, c'est un *Nouveau* (alors) *Petit Larousse illustré* qui, conjointement avec ma mère, m'a nourri du lait de sa mamelle – un exemplaire mutilé, auquel manquaient les cartons du dos et des plats de couverture, ce qui fait que le dos se roulait en tube et que la tranche de gouttière, au lieu de se creuser, s'arrondissait vers l'extérieur comme le *Bierbauch* d'un Munichois – et non seulement il était ainsi dénudé, mais il lui manquait un nombre indéfini de pages au début et à la fin, commençant guère avant **AGOUTI** – dont je crois me rappeler l'image – et s'arrêtant peu après « **VINET** (Alexandre), critique et théologien pro- » – je ne me souviens pas des portraits de Viollet-le-Duc ni de Vitellius –, comme au livre dans lequel, ayant jadis vendu pour une place au cirque le superbe abécédaire offert par Geppetto, Pinocchio enfin maté apprend tout seul à lire.

Dans le *Petit Larousse*, j'ai d'abord découvert les noms et les aspects des « parties du monde » – cartes, planches « Papillons », « Hauteurs », les sommets montagneux les plus élevés, « Marine », jusqu'à « Barbes », « Art étrusque », « Chapeaux » –, illustrations d'un article, « Gazelle », et, à la suite l'un de l'autre, « Onagre », l'âne sauvage, « Onagre », la machine de guerre, « Once », non la mesure de poids, mais l'« espèce de grand chat qui se trouve en Asie et en Afrique », et « Ondatra », dit aussi *rat musqué*, ma préférence allait déjà, et ne s'est jamais démentie, aux animaux, dont certains vivaient, visibles ou non, dans le canton de frontière dont j'ai tant parlé ailleurs, chacal, hyène, gazelle, gerboise, scorpion, dromadaire – que je voyais et connaissais sous le nom de chameau, je fus détrompé par le *Larousse* et depuis lors je n'ai jamais appelé « chameau » (deux bosses) un *dromadaire*, mais j'ai gardé une secrète prédilection pour *mehari*, pl. *mehara* –, quant à l'âne, titulaire d'une petite planche d'une demi-page, on comprendra que j'aimais mieux l'appeler comme tout le monde là-bas, *bourricot*, comme aujourd'hui, si j'en avais l'usage, j'écrirais plutôt *baudet* s'il faut le montrer chargé, *bourrique* pour désigner un triomphant imbécile, *bourricot* un patient promeneur d'enfants.

Après les « leçons de choses » – c'était le titre somptueux d'un manuel de l'école primaire de la République – je découvris l'histoire et la géographie dans la seconde partie – après avoir traversé, en m'y attardant de plus en plus souvent, la zone franche frontalière des inoubliables *Pages roses* –, c'était une partie plus austère, moins variée, illustrée de cartes, de portraits de grands hommes – j'ai vu plus tard, dans le fac-similé commémoratif du centenaire de la première édition, que dans celle-ci tous les portraits avaient été dessinés au trait d'après divers documents, et plus tard seulement remplacés par des photographies ou des reproductions de détails de peintures qui faisaient plus « moderne ».

Enfin – façon de parler, de fin à propos d'un dictionnaire – j'ai longuement fréquenté les planches « Beaux-Arts », reproductions en héliogravure de peintures, évidemment en noir et blanc, où voisinaient, par la vertu du sacro-saint ordre alphabétique – *des titres*, de *L'Accordée de village*

(Greuze) à *Thomyris faisant plonger la tête de Cyrus dans un vase de sang* (Rubens), les grands classiques, Léonard, Raphaël, Rubens et de grands Pompiers, les modernes d'alors, du moins pour le *Larousse*, Breton (Jules), Cormon, Delaroche, Luminais, que je regardais du même œil, ce qui explique sans aucun doute en bonne partie ma faiblesse, que je n'ai plus d'hésitation à proclamer, pour ces messieurs qu'on voit toujours, en photographie, ou parfois dans un tableau d'un confrère, arborant les insignes, ou les stigmates, du succès social, barbiche, lorgnon, rosette – violette des Palmes académiques ou rouge de la Légion d'honneur, nivelées par le noir et blanc – l'âge, quoi, il a fallu une jeunesse de vache enragée pour devenir digne d'un portrait à l'huile ou d'un daguerréotype de Paul Tournachon –, tous assez semblables, de bons artisans qui connaissaient leur métier et y croyaient en toute honnêteté, on commence tout juste à leur rendre justice, même si les hordes de Japonais et de Sud-Américains, au Musée d'Orsay, n'ont d'yeux que pour les Impressionnistes, il n'y a pas de mal, évidemment, mais ils ne sauront jamais ce qu'ils perdent, tant pis pour eux, ils l'ont voulu ils l'ont eu, sayonara, auf wiedersehen, non, je n'oublie pas que je dois parler des mots, words, words, words, sutor, ne ultra crepidam, j'y viens.

Les mots eux-mêmes, les mots « abstraits » en particulier, je suis *allé à eux* – c'est comme cela que commence l'histoire où nous voici abordant le chapitre longtemps imaginé où ils *vinssent à moi* –, plus tard, et par le chemin détourné de l'apprentissage de langues forestières, l'anglais, l'italien, quelques autres, quand il fallait, dans un exercice de « version », s'assurer que le mot par lequel on s'apprêtait à représenter en français le vocable horsain « existait » bien – comment cela, *existait*, où, comment ? mais *dans* LE *dictionnaire*, et avec le *sens* dont on avait besoin –, vint ensuite le temps des « dissertations », de littérature, de philosophie, voire d'histoire, où il fallait manipuler des *termes*, disons abstraits au second degré – ce ne sont pas les mots qui seraient « concrets » ou « abstraits », on parle en fait des référents de ceux-ci, de ce qu'ils désignent ou à quoi il *font penser*, *chèvre*, concret, *difficulté*, abstrait, *révolution*, abstrait, l'idée de changement soudain et radical, et – plutôt avec majuscule – concret, l'ensemble des scènes de parlotes suivies de massacres ; et pour parler de dérivés d'abstraits, d'abstraits au second degré, je vais évoquer pour vous des épisodes légèrement cocasses, où – est-ce un hasard, ou pas plutôt une vocation ? – c'était des professeurs de philosophie qui s'illustraient, et où dans mon cas, je devais me méfier des *italianismes*, dérivés plus spontanés dans une langue restée plus proche du latin que le français – phonétique moins broyée par la rude mastication teutonne des Francs, rections de verbes restées identiques, locutions formées des mêmes mots, à une infime différence près, une préposition, un pluriel, qui en faisaient des « faux amis » –, un jour donc, mon professeur de philosophie de Prépa – lui-même italien d'origine, arrivé en France à l'âge de douze ans, et pour cette raison même, compréhensiblement, plus royaliste que le roi –, qui me disait, *Vous écrivez bien, mais ce n'est pas indispensable en philosophie*, me reprocha gentiment d'avoir écrit « pédanterie » – italianisme, *pedanteria*, selon lui qui était bien excusable d'en voir un peu plus que sa part – alors que ce mot *n'existait*, disait-il, *pas en français*, où il fallait dire *pédantisme* – en italien c'est **pedantismo* qui « n'existe pas » – ; information prise, longtemps après, « le mien » est *attesté*, comme on dit, au moins depuis le milieu du seizième siècle – j'y reviendrai.

C'est presque à la fin de mes années de « service public » que j'ai commencé une seconde « carrière » – à vrai dire toute une seconde vie – de traducteur d'abord, puis de ce que je suis à présent –, et que j'ai pu disposer, par le recours aux machines modernes, de dictionnaires accessibles par la seule pression d'un bouton – le *Robert* d'abord, tôt abandonné pour le recours exclusif au *Trésor de la Langue Française*, en grande partie à cause d'un agacement bien vite devenu méfiance à la lecture de certaines étymologies, souvent, m'a-t-il semblé, suggérées, directement ou indirectement par l'inclassable Pierre Guiraud et qui me paraissaient suspectes, pour ne pas dire fantaisistes, et je m'en tiens aux attestations entérinées par le *TLF* – je m'autorise parfois un détour « par » le Littré, lorsque quelque indice, dans le contexte, m'incite à soupçonner que le mot qui *m'intéresse* a pu subir récemment quelqu'un de ces infléchissements d'emplois tellement « instructifs », qui en disent si long sur les changements de perception du monde, technologies, idéologies, pensez seulement aux acceptions, qui tendent à effacer celles qui étaient en vigueur il y a seulement quelques dizaines d'années – *je les ai vues* apparaître, s'installer, oublier presque complètement le sens sous lequel on les connaissait jusqu'alors, s'imposer *contre* d'autres sens et d'autres mots –, de *client, exécuter, icône, rebondir, sanctuaire* – une partie de ce livre est consacrée à l'édifiant récit de leurs *avatars*.

Or donc, la question *Est-ce que ce mot existe ?, dans tous les cas*, j'en mets ma main au feu, s'entend sans résidu ni supplément comme *Est-ce qu'on trouve ce mot dans un dictionnaire ?* – rappelons tout de même que l'*autorité* du dictionnaire repose tout entière et exclusivement sur l'*attestation*, c'est-à-dire l'existence d'un document matériellement vérifiable, c'est-à-dire, en pratique, *écrit et publié* – avec à peine quelques rarissimes dérogations pour des enregistrements radiophoniques ou télévisuels, ou cinématographiques, si d'aventure la « source », le caractère ou le personnage jouit pour quelque raison que ce soit d'un prestige « littéraire » ou d'une influence idéologique, par exemple l'acception que le Général de Gaulle réveilla rudement un jour pour « quarteron », ridicule quatuor – en l'espèce, de factieux « généraux *en retraite* ».

EXCURSUS. Là se produit un intéressant jeu de bascule qui rappelle le paradoxe de la poule et de l'œuf, une sorte de ruban de Möbius, entre *attestation* et *autorité*: d'une part, on s'assure, par la consultation d'un « dictionnaire de la langue », qu'il existe *au moins un contexte* où figure le mot en question – cela, c'est l'*attestation*, et on pourrait, c'est ce que font les auteurs de dictionnaires, prendre la chose en amont, en passant au peigne fin des textes tenus comme dignes de considération pour « prouver » pièce en main que le mot y existe –, et RÉCIPROQUEMENT, chaque année à la parution de « l'édition de l'année » du *Petit Robert* ou du *Larousse* – tout à fait, désormais, comme pour le dernier modèle de berline ou la collection de hardes de tel réputé costumier ou le Beaujolais nouveau –, la plupart des magazines qui affichent un intérêt ou des prétentions culturelles consacrent un article aux *Mots qui sont entrés dans le* ***, comme on est élu à l'Académie Française ou porté au rôle de la promotion du Quatorze juillet de la Légion d'honneur – cela, c'est l'*autorisation*, le dictionnaire *n'apporte pas nécessairement de preuve extérieure à lui-même*, avec référence, auteur, date, c'est *lui-même* qui constitue, qui est considéré comme le *contexte probant*, le document légitimant, la datation d'entrée en vigueur comme d'un décret, et offre la formule qui coupe court, *C'est dans le dictionnaire.*

Cette prééminence de l'écrit sur le dit a pour conséquence un *retard* de celui-là sur celui-ci, souvent plusieurs années, parfois une génération, et *donne le temps* à des emplois « nouveaux », c'est-à-dire nouvellement *perçus*, soit de « prendre » – pour amuser mes étudiants, avec l'espoir d'ancrer cette donnée de fait en la sertissant dans une plaisanterie, j'usais de la comparaison avec la mayonnaise –, soit de disparaître, mayonnaise qui a tourné, verba envolés avant d'être scripta, n'ayant pas été relayés par des usagers suffisamment influents – écrivains, journalistes de la presse écrite, politiciens en vue –, car il ne faut pas méconnaître le fait que tout locuteur, *usager* du bien public qu'est une langue, dispose entre autres de la *capacité*, aptitude et droit, d'user de celle-ci, plus ou moins bien maîtrisée, cela s'entend, et soumise à des *lois* et des *règles* qui s'imposent à tous, de *construire*, on dit couramment « forger » des mots – noms dérivés d'un verbe, *promenade*, adverbes d'un adjectif, *bellement*, affectifs, *mignonnet*, und sofort – et cela sans avoir eu, ni l'idée de vérifier leur « existence » (attestation), ni même l'occasion de les avoir entendus *consciemment*, l'exemple le plus bêtement probant est celui des verbes formés au moyen d'un radical et du préfixe *re-* : le verbe *relire* est abondamment attesté, et même enregistré comme chef dans la plupart des dictionnaires, soit, mais je n'hésiterais pas un instant, et je suis persuadé que la plupart des locuteurs francophones feraient de même, à employer, de vive voix ou par écrit, son dérivé *rerelire*, qui ne l'est sûrement pas, et qui *ne veut pas rien dire* ; dans cette lexicopoïèse quotidienne, l'analogie joue le rôle principal, et en quelque sorte garantit qu'une formation est ou non acceptable, – les linguistes disent « bien formée » –, selon qu'elle applique ou non un même mécanisme à des formes de même assiette, en vue de la même production de sens : ainsi la série attestée *fonction, fonctionner, fonctionnement* pourrait-elle cautionner « en droit » *dysfonction, dysfonctionner, dysfonctionnement,* dont le second terme, qui semble requis pour bien former le troisième, n'est pas attesté dans le *TLF* – ce qui révèle en passant que *dysfonctionnement* est plutôt dérivé de *fonctionnement,* et que cette formation n'a pas eu assez de poids pour produire, rétroactivement en quelque sorte, le verbe **dysfonctionner.*

Voilà pourquoi, en tant qu'écrivain, même très peu, voire pas du tout « connu », mais sporadiquement reconnu, et dont en tout cas les œuvres sont *connaissables,* je fais partie, depuis que « je » suis publié, de la catégorie des *usagers de référence,* dont on peut alléguer, pour s'y conformer ou le récuser, l'usage; ainsi, comme je l'ai noté ailleurs, j'ai appris avec affliction, par des *citations d'attestation* du TLF, que mes vénérés Gide et Mauriac ont employé la tournure « rien moins que ... » avec l'acception de – oui, celle-là –, j'en tire pour mon compte l'*autorisation* – le droit fondé par un exemple illustre reconnu comme légitimant –, que j'aimerais souligner, de m'en tenir à l'acception antérieure, et inverse, et ce faisant j'applique l'une des prérogatives qu'ouvre un droit: celle de *ne pas en user,* et complémentairement, je fournis, à qui viendrait à le savoir et en voudrait, une *attestation* que l'acception première n'est pas entièrement effacée par l'usage de l'autre.

C'est ainsi – venons-en à des exemples à rire ou à pleurer – qu'on ne verra jamais découler de ma plume, sauf ici pour en dire ce que je vais en dire, le mot *auteure* dans lequel, *horresco referens,* l'admirable Gérard Genette, par distraction sans doute, a marché, ignorant ou dédaignant *autrice,* forme dont j'usais spontanément, bien avant que se posât la question suscitée par un souci politique dévoyé, ne sachant d'ailleurs pas, et *n'ayant pas à savoir* qu'elle est fort bien attestée, il suffit d'appliquer la « règle » *-teur/-trice,* suivant l'exemple, attestation et autorisation d'*actrice, animatrice, directrice,* comme en d'autres cas s'autoriser de *doctoresse* ou *chasseresse* pour former *professoresse* ou *professeresse* et éviter les avortons infectés par les germes de la parité-à-tout prix que sont *docteure* et *professeure* – mais ce sont ces derniers qui *prendront,* comme une mayonnaise de supermarché.

Je ne me dissimule ni ne minimise les réelles difficultés à quoi expose le choix de la *base d'application* de la règle de formation, c'est-à-dire de l'ensemble de formes sur lesquelles se fonder pour forger une nouvelle formation, ainsi ne sont pas attestés *défenseuse* ni *défendeuse* – probablement inhibés par le juridique *défenderesse* –, pourquoi ne pas appliquer *-teur/-trice* à *docteur,* et *-teur/-toresse* à *acteur,* comment former le féminin de *procureur*? eh bien, cette difficulté, comme toute difficulté, et éminemment dans le domaine du langage, qui rassemble tous les obstacles, les embarras, les encombres, les entraves, et toutes les ressources, les richesses qui se présentent à l'esprit en activité, cette difficulté se retourne et fournit la *justification* – puisqu'en en ce domaine tant de gens s'arrogent si aisément un *droit de regard* sur les actes de leurs semblables – d'un parti qui, *aussi,* illustre bien quelle est l'attitude à adopter devant toute profusion, et qui est de *choisir judicieusement,* de choisir vraiment, *pour une raison,* en confrontant des résultats d'essais, j'ai un jour trouvé nécessaire de dire d'une de mes chattes, « *Azraelle est une chasseuse* », je n'avais pas à dire qu'elle était une *chasseresse* d'occasion ou de profession, mais, et ici le sens se dégageait de l'exclusion du mot courant, je proclamais, avec la fierté d'un père d'enfant surdoué, que, jeunette et pleine de joyeuse férocité, elle manifestait une vocation, caractère et non fonction ; à l'inverse, si pendant longtemps ne s'est pas posé le problème d'un féminin de *procureur* – puisque n'*existait* pas de référent *réel* –, dans l'*apparente* impossibilité – mais sait-on jamais – de forger un doublet bien formé de *procureuse*, qui est fort bien attesté, mais risquerait de prêter à équivoque, il pourrait sembler que l'on soit mis en face d'une aporie, mais en l'occurrence, et la « même » solution est toujours disponible, praticable et justifiable, on peut tranquillement adopter la forme attestée pour désigner désormais la *magistrate*, et, pour l'autre *fonction*, dire *maquerelle*.

Il découle selon moi de ces quelques exemples et des raisonnements que l'on peut – de façon plus approfondie que je ne me suis cru obligé de le faire – en tirer, qu'à la question *Est-ce que ce mot existe ?* il y a deux réponses – *avant de l'employer*, selon qu'il est bien ou mal formé, *oui* ou *non virtuellement, en puissance* dans les racines et les règles de combinaison – morphologie de la dérivation, déclinaison, conjugaison, syntaxe de la construction, valeur de sujet, prédicat, épithète, présélectionnée par les décisions de morphologie –, et *après l'avoir employé*, que ce soit à l'étourdie ou après réflexion et pour des raisons que l'on pourrait alléguer, l'avoir placé et, aux deux sens de la formule, en avoir *fait usage* – l'avoir utilisé, l'avoir fait « entrer dans l'usage » – après, donc, la réponse est ... *existe ? Maintenant, oui.*

CODICILLE : TOUS LES DROITS

– Franchement, ne trouvez-vous pas l'hameçon plus sournois et vicieusement barbare que l'espadrille ?
– L'espadrille ?
– Ces trucs qu'ils enfoncent dans le cou du fauve.
– Vous êtes sûr que cela s'appelle comme ça ?
– Pour le moment, moi j'appelle ça comme ça et comme c'est avec moi que vous causez en ce moment et avec nul

autre, il vous faut bien prendre mes mots à leur valeur faciale.
– Le fait est que je vous comprends parfaitement.
– Vous voyez !

Raymond Queneau, *Les fleurs bleues*

Dans son emploi du langage, l'*usager* a tous les droits, et en use ordinairement sans retenue, pas toujours aussi judicieusement que ce passant qui soude une pointe de banderille à une poignée d'*espada,* c'est quelquefois dire *chafouin* en pensant *faraud,* souvent par ignorance, comme prononcer *mo-èleux* ou *gajöre,* quelquefois pour une raison sinon avec raison, tous les droits, donc, y compris celui d'agacer des usagers plus routiniers, ni plus ni moins que les agace la manie de tel ou tel de brandir un imparfait du subjonctif ou d'exhumer une locution que personne n'emploie plus, dont il faut aller chercher le sens dans un dictionnaire où désormais on ne la trouve pas toujours, et pire, où on la trouve parfois avec une explication fantaisiste, *tenir la dragée haute,* n'est-ce pas, aujourd'hui bonbon au bout des doigts pour taquiner l'enfançon qui commence tout juste à se tenir debout, et non plus fourrage mis hors de portée, dans le râtelier redressé, de la vache repue, mais alors, quels seraient les devoirs de ces droits, qu'est-ce que *les lois de la langue,* pensez aux règlements des chemins de fer, aux impératifs qui s'imposent aux patients d'un hôpital ou aux usagers de la Poste, dans tous ces cas, les choses *suivent leur cours,* la langue dérape, oublie, invente, les passagers des autobus injurient et parfois frappent les conducteurs, les « clients » – dit-on aujourd'hui – injurient et parfois frappent les infirmiers et les médecins, injurient sans hésiter les facteurs et les guichetières, les parents adressent aux professeurs qui ont sanctionné les « fautes » de leurs enfants des billets enflammés farcis d'âneries encore plus hilarantes, on en fait de petits livres à rire qui ont au moins l'utilité de faire gagner quelques sous au principal de collège qui a pris la peine de transcrire les pataquès et les cuirs des missives en question – et, sinon de faire gagner quelques sous, du moins de rendre la politesse, enfin, l'impolitesse, justement –, et au bout du compte, quand les mœurs ont suffisamment évolué, comme on dit – sous-entendant depuis le dix-huitième siècle que c'est en mieux, vers plus de liberté, d'égalité, de tolérance, c'est-à-dire d'égoïsmes, de frustrations et de regards de chiens de faïence –, quand tout le monde, foin des lois et des jobards qui y obéissent, fait la même chose, on change les lois, autorisation légale de produire, détenir, fumer et vendre du canabis, droit de ne pas montrer son billet aux contrôleurs et formation de ceux-ci pour leur enseigner à ne pas insister, au lieu de répéter leur demande, ce qui donne envie – et de bonnes raisons, reconnaissons-le honnêtement, surtout si l'on est occupé à téléphoner ou à remplir une grille de mots fléchés comme des saint Sébastien à la douzaine – de leur taper dessus, instruction aux professeurs de ne pas sanctionner, au baccalauréat *tout les jour, je me suis permise de remarquer, contenu des circonstances, j'était aller acheté du pain, mais je n'en est pas trouver, c'est la raison auquel je vous ai parler* –, le fait est que je me comprends parfaitement et que vous n'avez qu'à faire un petit effort.

L'usager, devenu la plupart du temps client, a tous les droits, puisque le client est roi, dans les pays à régime républicain – marchand.

COMMENTEZ ET DISCUTEZ

DISSERTATION
Examen de quelque point de doctrine, soit de vive voix, soit par écrit. [...]
Sorte de composition qu'on donne à faire aux écoliers dans les classes de philosophie des lycées ou collèges et aux aspirants à la licence dans les facultés des lettres.

[*Littré*]

A. — *Vieux*
1. Discours ou écrit où sont développés, de façon ordonnée, des arguments sur un sujet, un thème, ou une question scientifique. [...]
B. — *Usuel*
1. [Dans les classes terminales du second cycle des lycées et dans les universités] Exercice écrit, que l'on donne aux élèves ou aux étudiants, qui consiste dans la discussion argumentée d'un sujet donné.

[*TLF*]

Je n'ai jamais su faire une dissertation, et je considère les racoleurs libelles intitulés *Art de la dissertation* avec la même commisération que les *Art d'écrire* et *Art de traduire*, lorsqu'au milieu de l'année de Troisième, de la *narration*

– encore histoire à raconter, vos dernières vacances ou le métier que vous voudrez exercer quand vous serez « grand » –, je passai comme tout le monde sans notable préavis – et donc sans vraiment me rendre compte de ce qui m'arrivait – à la « composition française », encore rudimentaire, écrivez un caractère à la manière de La Bruyère, le dialogue entre Charon et l'avare Philargyre essayant de resquiller son obole, imaginez une autre fin à la nouvelle *Mateo Falcone*, puis à des questions du genre *Qui approuvez-vous, Horace ou Curiace ?*, en Seconde ce fut *Que pensez-vous du rire de Rabelais*, en Première, enfin, sous de multiples formes, Classicisme et Romantisme, et Corneille et Racine, l'homme tel qu'il, etc., jamais on ne nous donna la moindre *recette*, dans les marges les *Bien* – fréquents –, les *Contestable* – de plus en plus rares –, les *Hors sujet* – très vite disparus –, dans les trois lignes entre sujet et début, réservées au jugement synthétique du professeur, la laconique approbation, *Bon travail* ou la légère réserve, *Quelques exagérations*, ne me furent jamais d'aucun secours, car il n'était jamais précisé *en quoi* ce que j'avais écrit était « bon », excessif ou extravagant, et jamais, je dis jamais, non plus les « corrigés » du professeur, car tous comme un seul homme se bornaient à une série d'affirmations, Rabelais n'est pas un amuseur, de mises en garde, Corneille et Racine ne sont pas de la même génération, il y a une différence entre Victor Hugo et Musset, de rappels, n'oubliez pas de mentionner que, parfois précédés ou suivis d'une cafarde « esquisse de plan » dont la relation avec les « contenus » évoqués restait toujours évanescente, nous écoutions en léchant nos plaies si la note était mauvaise, en nous rengorgeant si elle était bonne, mais je puis affirmer qu'aucun de nous n'a jamais vraiment compris pourquoi il avait été déshonoré d'un cinq sur vingt ou gratifié d'un quinze, mes condisciples, parfois, me consultaient, me demandaient « s'il fallait parler de » ceci ou de cela, me soutiraient une *esquisse de plan* dont je n'ai jamais su ce qu'ils faisaient, mon art de la dissertation à moi était, je crois, tellement conformiste qu'il expliquait les bonnes notes que je recevais en rétribution, voyons, trouver un moyen de partir de rien, une considération générale, pas trop bécasse, pour amener en douceur la question, la citation, puis, si c'était une question, argumenter oui, puis non, et dans la sacro-sainte troisième partie, oui mais non, ou plus prudemment non mais oui ; et si c'était une citation, donner raison – c'était le *Commentez*, première partie, mais sans excessive flagornerie, en évitant de prendre le Pirée pour un homme, vous vous rappelez, le cancre et Sainte-Beuve, « La sainte avait raison », et surtout, surtout, en ne perdant jamais de vue que, quel que soit le renom d'un auteur, quelle que soit l'évidence d'une formule intellectuelle ou morale, il y a toujours moyen de contredire l'un ou contester l'autre, que l'intelligence consiste à mettre en doute, certes, et la montrer, à trouver à tout prix de quoi disconvenir, dénigrer, voire railler, en affirmant la supériorité universelle du *Oui mais*, puis, ayant ainsi préparé le terrain, objecter – c'était *Discutez*, deuxième partie, mais sans brûler ses vaisseaux, au lieu de *Il est faux de dire*, juste risquer *On peut penser que*, vu que plus tard il faudra peut-être en rabattre, puis venait la fameuse troisième partie – mais oui, mais oui, thèse-antithèse-synthèse, dans les dissertations philosophiques que je n'ai jamais su faire non plus, et, horresco referens, j'y suis passé aussi, dans les dissertations historiques, *L'Empire libéral était-il vraiment libéral ?* –, la pièce forte, la clé de voûte qui permet d'enlever les étais de l'ogive, et il ne restait plus qu'à ciseler en conclusion une formule bien frappée, d'allure sentencieuse, une version de luxe du sujet proposé, à exhiber un dicton ou un proverbe – mais, nous admonestaient les professeurs, évitez une citation de plus ou un proverbe passe-partout, que votre dernier mot soit de vous –, en veillant, comme dans les congrès rad-soc, à mettre tout le monde d'accord, ou – c'est la même chose – renvoyer dos à dos les tenants des avis contraires, la dissertation, littéraire ou philosophique, ou historique, a été la meilleure préparation qui soit à la vie politique à la française, ordre du jour fourre-tout pour permettre à toutes les *sensibilités* – dit-on sans rire – de s'exprimer, franc et cordial échange de vues où on n'esquive ni les difficultés ni les contradictions – chacun à son tour levant les yeux au ciel ou ricanant quand un autre prend la parole –, synthèse finale où chacun se retrouve, croit avoir eu gain de cause, vote des deux mains avant de retourner dans son canton expliquer à ses mandants le sens véritable – c'est-à-dire la valeur locale – de ce produit si authentique de la pensée pratique française, version épurée de la dissertation des collèges, lycées, « facultés » et grandes écoles, que le monde entier nous envie, la proverbiale motion nègre blanc.

La dissertation a préparé, et prépare peut-être encore, des générations entières à une attitude qui caractérise éminemment non seulement la politique, mais toute la vie « intellectuelle » (?, d'accord) française, la pratique de la *critique* – je n'ai pas dit l'esprit critique, mais l'*esprit de critique*, autre sujet de dissertation auquel je n'ai pas plus que vous échappé –, le perfectionnement et la cultivation, la culture, le culte de l'aptitude à *trouver à redire* en toutes circonstances, à objecter contre toute affirmation ou argumentation, j'ai ainsi connu un collègue – loin de constituer une exception ou représenter un excès – à qui sa notoriété de savant valait de nombreuses invitations, tous frais payés, à de doctes colloques, tandis qu'un flux continu de livres lui parvenait de la part de jeunes érudits qui espéraient de lui un mot d'approbation, voire davantage, et pour d'excellentes raisons – le souci de payer son écot – dans un colloque il apportait, courtois mais ferme, *tous* les correctifs nécessaires – restrictions et compléments, équitablement distribués – aux propos de chacun des intervenants – sans en excepter un seul, objectivité de l'objection –, au jeune auteur encore tout palpitant d'excitation à la sortie de son premier livre, il envoyait la liste complète des coquilles, erreurs de bibliographie, citations de seconde main non contrôlées, affirmations aventurées démenties par des documents non cités, j'en passe et des meilleures, qu'il conseillait Tartu fièrement de corriger « dans une deuxième édition », il s'était ainsi fait dans le *tout petit monde* une sorte de réputation complémentaire de Caton ou de Saint-Just, les plus semblables à lui disaient de Fouquier-Tinville, dont il tirait modestement vanité.

[Conclusion :]

Il reste que l'éminente propension des politiques, des littérateurs, des professeurs français à dire, sans sourciller – modernes Carnéades – tout et le contraire de tout selon le « sujet » proposé, est indubitablement le résultat le plus durable, encore que quelque peu méconnu, de la pratique assidue de la dissertation.

HOMMAGE

Le milieu des gens de lettres, qui n'est que très partiellement un milieu littéraire, fait grand usage d'un terme que sa fréquence a banalisé, *hommage*, dont les bons dictionnaires, je veux dire le Littré et le *Trésor de la Langue française*, disent :

> Terme de féodalité. Promesse de fidélité et de devoirs faite au seigneur par le vassal ou homme.
>
> [*Littré*]

> Promesse de fidélité et de dévouement absolu d'un vassal envers son seigneur. [...] *Hommage lige.* Hommage qui liait le vassal au seigneur quant à leurs personnes, et en vertu duquel le seigneur pouvait employer son vassal comme il le voulait.
>
> [*TLF*]

Et maintenant – Littré le disait déjà :

> Faire hommage d'un livre, a deux sens : 1° Faire cadeau d'un exemplaire à une personne que l'on respecte ; 2° Lui en faire la dédicace.

L'hommage est à l'origine une cérémonie, au cours de laquelle un homme se reconnaît le vassal, le dépendant, d'un suzerain, et où celui-ci accepte le don de soi que lui fait l'autre en disant « Je suis votre homme », il engage le vassal, mais tout autant le suzerain et établit, définit ou confirme une relation hiérarchique, la figure du suzerain est une figure d'autorité, et son rôle est d'accepter l'hommage, de *reconnaître* et de proclamer un statut associé au sien propre, et également de fournir au vassal des moyens de le servir; La Curne de Sainte Palaye, dans ses *Mémoires sur l'ancienne chevalerie*, souligne qu'ainsi les « souverains » et les « hauts barons » « voulurent, sans doute, resserrer les liens de la féodalité en ajoûtant à la cérémonie de l'hommage, celle de donner les armes aux jeunes vassaux dans les premières expéditions où ils devoient les conduire », cette *investiture* est donnée à voir par une vêture – on disait en ancien français *envesture* –, après quoi les jeunes vassaux n'avaient qu'à gagner armes, armures et chevaux de guerre en envoyant au tapis, à la bataille ou au tournoi, leurs semblables du fief d'à côté.

La figure du vassal est une figure symboliquement et formellement subalterne, définie par l'âge – la jeunesse, l'hommage est aussi une cérémonie d'accession à l'âge adulte –, mais qui remplit également deux conditions préliminaires, la « bonne » naissance et une éducation suffisante dans les arts propres à la classe féodale, c'est-à-dire la pratique des armes, la cérémonie d'hommage reconnaît, sanctionne et affirme ces qualifications, et ce qui est attendu de la cérémonie, c'est la proclamation d'une honorable relation de dépendance, de fidélité *réciproque*, la promesse de *service*, pour le suzerain, de recourir aux capacités du vassal et pour le vassal, de porter haut le nom de son suzerain, chacun des deux protagonistes s'honore en honorant l'autre, à la suite du rituel, chacun des deux *vaut plus*, le suzerain d'avoir acquis une dévotion, une fidélité, une assurance d'aide concrète, le vassal de participer d'une puissance reconnue.

L'évolution par laquelle on passe de la féodalité pure et dure des châteaux forts à la Viollet-le-Duc aux châteaux de la Loire puis de Versailles, et aux salons de Mesdames de ..., jusqu'à celui de Mallarmé, montre d'abord les ménestrels, amuseurs, animateurs, troubadours nobles ou non, passer d'une forteresse à une autre d'Occitanie, de Souabe ou de Lombardie, chanter en leur latin des airs *à la mode* composer ou adapter un sirventes à la gloire du seigneur du lieu, une sextine ou une ballade à celle de la dame, Bertran de Born appelant à la guerre le Jeune Roi d'Angleterre au *gais temps de Pascor*, ou déplorant sa mort

Dolen e trist e ple de marrimen
Son remazut li cortes soudadier
e•lh trobador e•lh joglar avinen;
Trop an agut en Mort mortal guerrier;
Que tout lor a lo jove Rei engle ...,

Jaufré Rudel chantant

Amor de terra lonhdana,
Per vos lo cors mi dol,

et

Lanquan li jorn son lonc en may
m'es belhs dous chans d'auzels de lonh,
Et quan mi suy partitz de lay
remembra'm d'un'amor de lonh

puis, dans les châteaux forts devenus des palais, passés de la cour extérieure à la cour où l'on fait sa cour au prince et la cour aux dames, on trouve ces « domestiques », ces *familiers, gens de la maison*, un peu gens de maison, un peu compagnons des jeunes héritiers, hérités ou acquis, stipendiés d'humiliantes faveurs, le service comprenait des tâches variées, rédiger une histoire fantasmatique de la famille, comme l'ennemi juré du Tasse, Giambattista Pigna, *Istoria de' principi di Este*, organiser une fête avec spectacle musical, chorégraphique, dramatique, par exemple l'*Aminta* en 1573, comme le Tasse, célébrer une joute où s'illustreraient les maîtres, comme les *Stanze per la Giostra* (1475-1478) du Politien, où sont vantés Julien de Médicis, sa maîtresse et son cheval, les stances initiales des grands poèmes italiens de la Renaissance, *Roland amoureux*, *Roland Furieux*, *Jérusalem délivrée*, certains épisodes d'iceux, une revue des troupes, un bouclier d'Achille retapé par le forgeron de la ville, étalent les éloges, prophéties, promesses d'en dire plus et mieux si la faveur du prince ne se lasse pas, protestations d'une humilité hâbleuse, exaltation du grand qui relève la condition du petit qui *paie de mots*, le domestique, comme les troubadours du temps jadis, avait tacitement le droit de se proclamer amoureux de telle ou telle haute dame, sans dépasser les bornes, toutefois, le Tasse, semble-t-il, ne sut pas s'y tenir, ce qui gâta grandement ses affaires, et fournit du sujet aux poètes romantiques.

Sans détailler les dédicaces du XVIIe siècle, destinées à se concilier l'appui de tel ou tel aristocrate ou robin afin d'obtenir un *privilège*, seule garantie du droit d'auteur, ou de se protéger contre la censure, je trouve les dédicaces du dix-neuvième siècle, dont celle de Baudelaire à Théophile Gautier est l'exemple le plus célèbre :

Au poète impeccable
au parfait magicien ès Lettres françaises
à mon très cher et très vénéré

maître et ami
Théophile Gautier
avec les sentiments
de la plus profonde humilité
je dédie
ces fleurs maladives

Là, l'hommage se nuance, reste toujours la proclamation d'estime, voire d'admiration, la discrète dépréciation du don, fausse modestie – mais rappelez-vous le loupé de la première version, le futur adoubé trébuchant sur une marche de l'estrade, « au parfait magicien ès langue française »!, recommencez, mon jeune ami –, la déclaration sous-entendue, ou sollicitée, d'appartenance à un cénacle, un groupe, une école, ce peut être, avec plus de malice, pour affirmer furtivement, par exemple, une connivence ironique, comme Gide dans *Paludes,* « Pour mon ami Eugène Rouart j'écrivis cette satire de quoi ? », nous nous moquons des mêmes choses et des mêmes gens, ou bien pour affecter un dédain de l'investiture qui rappelle le geste de Napoléon se couronnant lui-même, et c'est Stendhal et « To the happy few », version moderne et fort brachylogique du « Je ne dois qu'à moi seul toute ma renommée » du chantre de l'honneur aristocratique, l'impénitent bourgeois Corneille, ce peut être, entre admiration et agacement, la dédicace de *La terre désolée* de T. S. Eliot : « Pour Ezra Pound *Il miglior fabbro* », un « à la manière de », contrefaçon rusée du snobisme flamboyant du dédicataire, citation « dans la langue originale », allusion cumulée à Dante faisant allusion à Arnaut Daniel, à lire au second degré si l'on n'oublie pas que le soi-disant vassal a parlé ailleurs, à propos du prétendu maître, de « bogus scholarship », soit, en bon français, érudition bidon, je recommande aussi l'*Album amicorum* où Armande Ponge a édité le recueil, fait par Francis Ponge, des dédicaces qu'il avait envoyées et reçues, hommage au second degré, voyez qui, et à qui, voyez comment et combien, sans me vanter.

Les « épitaphes », *tombeaux,* poèmes le plus souvent, inscriptions sur d'idéales couronnes mortuaires, montrent la même aspiration à la confrontation entre l'aspirant et l'arrivé, Jean-Antoine de Baïf se mimétise sur son modèle-dédicataire, imitant le rire de Rabelais,

Pluton! Rabelais reçoi,
Afin que toi, qui es le roi
De ceux qui ne rient jamais,
Tu ais un rieur désormais

et par la pointe finale, « la mort n'y mord », de son épitaphe, Joachim du Bellay dit à la fois qu'il est tout aussi capable de ces jeux de prince que Clément Marot, et que s'il fait autre chose, ce n'est pas par défaut.

Les *tombeaux* les plus connus associent, à un éloge du sujet, une revendication plus ou moins découverte de ressemblance ou de parenté, comme si la noblesse conférée par la mort rejaillissait sur l'auteur de l'oraison funèbre, en marquant celui-ci du sceau de l'éternité auquel son modèle a accédé, ainsi, dans le tombeau d'Edgar Poe, l'« autobiographique », ou auto-glorificateur « donner un sens plus pur aux mots de la tribu », ainsi de *In Memoriam* d'Ungaretti, où l'évocation de Mohamed Chehab dessine une autobiographie par délégation et tente d'exorciser, dans la contemplation de la mort du *martyr* – témoin – la mort vivante qu'est l'exil, ainsi du sublime « In Memory of W. B. Yeats » (1939), de Wystan Hugh Auden, où avant d'invoquer le patronage du poète défunt: « *In the prison of his days* | *Teach the free man how to praise* », l'auteur a tenu à rappeler ce qui l'y *autorise*: la similitude, la commune appartenance: « *You were silly like us.* »

Hommages encore que les épigraphes, variantes de la révérence *in memoriam*, et, dans le corps des textes, ces allusions, citations plus ou moins truquées, hommages à la fois à l'auteur illustre et au lecteur de bonne race qui le reconnaîtra, à l'auteur actuel qui a su s'en souvenir à point nommé et l'adapter à un nouveau contexte, le doter d'un nouveau sens, à l'auteur ancien dont ne s'épuise jamais le *don de sens*, et au lecteur encore qui saura s'en réjouir, Thomas Stearns Eliot rehaussant d'Enfer et d'Ophélie sa Terre gaste, Constantin Kavafis ennoblissant de Plutarque jusqu'aux bas-fonds d'Alexandrie, tant d'autres, tant d'autres.

Quant aux hommages liminaires, apparemment désintéressés, aux grands morts, je prendrai sans vergogne mon propre exemple, en dédiant mon édition bilingue de la *Jérusalem délivrée*, et surtout son commentaire,

In memoriam
Fredi Chiappelli (1921-1990)
Bruno Maier (1922-2001)
Claudio Varese (1909-2002)
sine quibus non,

je reconnaissais tout ce que je leur devais, mais c'était aussi, ouvertement, me qualifier en me mettant sous l'autorité de ces maîtres de loin, revendiquer une sorte d'investiture idéale, une agrégation, prétendre appartenir à un cercle d'élite, plus hypocritement, peut-être – mais je jure que c'est de bon cœur –, j'ai dédié mes traductions nouvelles, *Malombra* de Fogazzaro et *Histoire du Christ* de Papini, à la mémoire des premiers traducteurs, Mme Ch. Laurent et Paul Henri Michel, et là, il s'agit de laisser entendre – avec toute l'outrecuidance et la duplicité d'un universitaire longtemps recuit à petit feu dans son petit coin – que mes traductions sont « meilleures » quoi que cela signifie, que les leurs, mais que je suis assez magnanime pour rendre hommage au courage malheureux.

Je quitte le domaine universitaire pour une sphère plus privée, *Courtes vertus* est dédié évasivement « À la mémoire de V. D. », c'est le cas limite, l'hommage à demi secret, dont le déchiffrement est réservé à quelques initiés, à une confrérie, garantie de la profondeur de la relation, mais en même temps affirmation d'appartenance à un petit cercle, *few*, qui n'a besoin que de lui-même, besoin que de se contempler, pour s'évaluer, et en cela *happy*.

Et pour finir par une malveillance, les aspects majeurs de l'hommage en général et de l'hommage littéraire en particulier, la reconnaissance (à deux sens du terme), le pouvoir, la dimension « économique », au sens large et au sens étroit, se retrouvent dans des cérémonies modernes bien huilées, le service de presse (remarquez le mot service), les présentations dans une « prestigieuse » bibliothèque – le nouveau livre serait digne de figurer sur ses nobles rayons –, ou les librairies « branchées », où se réunit une petite aristocratie locale pour fêter le nouveau « bachelier » en passe de devenir chevalier de plein droit, la cérémonie des prix littéraires, accompagnée de l'attribution – directe, s'ils sont « bien dotés », ou indirecte, la garantie de vente – d'une riche gratification, voire de la perspective, à terme, d'un gras bénéfice – canonicat, prieuré, direction de collection –, les tables rondes de promotion à la radio ou à la télévision, où, de manière savamment calculée en *temps de parole*, l'hommage se distribue et s'explicite désormais à parts presque égales entre le suzerain, critique sollicité, animateur accrédité, illustre invité, si possible académicien – on cite son dernier factum, de l'air entendu de celui qui l'a lu –, qui accordera son patronage, et le vassal qui, c'est bien normal, aspire à devenir baron à la place du baron, accueille les compliments d'un air modestement fat, et en retourne d'aussi cauteleusement dithyrambiques à seule fin de relancer la machine à lustrer, tout en guignant déjà, il faut partir de loin – comme une bonniche qui soigne avec une abnégation calculatrice la vieille dame sans enfants –, le fauteuil d'où l'on espère pouvoir un jour, lors d'un discours de réception, rendre hommage à celui qui a su déceler le vrai talent, ainsi soit-il.

ÉTONNEMENTS

Nil admirari prope res est una, Numici,
solaque quae possit facere et seruare beatum.

Horace

Le sage est celui qui s'étonne de tout.

André Gide

EN TOUT CLINQUANT D'ALGANON
une maille somnole lovée sur sa paille
de déni et d'emphase

dans l'orient de tout parangon
gît la fusée l'étonnement
d'un schisme différé d'anthère

« Trois versions du silence », 3,
J'élis un lieu flagrant et nul

MOTS ET CHOSES D'ÉPOQUE

> Le sens vrai d'un mot pourrait s'entendre de ce à quoi il mène *hors du langage*.
>
> Paul Valéry, *Cahiers*, I, p. 456 (1940)

> Il suffit de lire un poème, un discours ou le texte d'une réclame, d'entendre un débat politique ou une querelle de ménage, pour apercevoir que la moindre de nos démarches met en jeu bien plus d'arguments et de raisons que nous ne sommes capables d'en saisir, ou seulement d'en *comprendre*. Leur ressource nous échappe.
>
> Jean Paulhan, *Les fleurs de Tarbes* (1936)

> Dans les conversations courantes, nous nous exprimons à peu près, nous nous entendons à peu près.
>
> Yvon Belaval, *La recherche de la poésie* (1947)

Gérard Genette a savoureusement détaillé, sous le nom de *médialecte*, un certain nombre de mots, d'acceptions, de confusions, d'équivoques, de quiproquo que l'arrogante ignorance des clabaudeurs de gazettes écrites et parlées propose à l'excusable mais jobarde ignorance des écoutants et regardants pas regardants, j'en remarque quotidiennement, entendons-nous, je sais que la mode est – à vrai dire a toujours été – à de ces livres, plus souvent d'amateurs à demi-cultivés que de gens qui savent vraiment de quoi ils parlent, qui « dénoncent » l'appauvrissement et la corruption de la langue contemporaine, chacun sait que la langue contemporaine est toujours en train de s'appauvrir et de se corrompre – différente en cela des politiciens qui, cela devrait tout de même donner à réfléchir aux gobe-mouches, quand ils sont corrompus, fort généralement s'enrichissent –, et les chroniques du bien parler, puis les recueils d'icelles en livres court-vêtus rencontrent toujours une certaine faveur – cent clichés à foutre à la poubelle, jappille un « angliciste » qui veut se faire aussi gros que le défenseur du bon usage, 100 (*sic*) mots, 100 expressions à sauver, hoquette, entre deux coups de Beaujolais, l'ancien faiseur et défaiseur de rois de la littérature pour petit écran et plus petites cervelles, Genette n'en a pas fait un livre, lui qui aurait bien l'étoffe, il les a glissés dans ses gros bardadracs, au milieu d'autres brimborions –, bon, ce qui, moi, m'intéresse – et bien que je sois, dans mon usage personnel, pour mon usage personnel, boutonné et même passablement snob –, ce n'est certainement pas de me gausser de tel quiproquo, cuir, liaison mal-t-à propos – certes je tique en entendant un annonceur de la Télévision proférer d'une voix de velours qu'« on ne *pourra-t-écarter* l'hypothèse de … », mais un instant de réflexion me rappelle que ce n'est pas vraiment autre chose que *pourra-t-il* –, ce qui m'intéresse, donc, c'est bien plutôt de réfléchir, autant qu'il est en moi, sur certains usages qui jouissent de la faveur générale, surtout parce que leur sens, élastique comme celui de tous les mots, s'est laissé étirer dans tous – les sens, justement – comme la gomme à mâcher que des garnements mal élevés, dans l'autobus ou le métro, tirent en longues lanières de leur bouche, comme des langues de sorcière, avant de la ravaler et de produire une bulle qui éclatera comme la grenouille, et qui dans leur indiscrète répétition, portent témoignage, de manière retentissante ou subreptice, éphémère ou durable, de la formidable capacité d'à-peu-près et d'amalgame, de laisser-aller, je-m'en-foutisme, moi-je-me-comprends, qui nourrit – qui pourrit – la pensée-trottoir, la bonne conscience, l'autosatisfaction, le fanatisme ordinaire, le racisme quotidien des *tolérants*, la politique des cafés du coin et des politiciens – c'est la même –, je m'interroge sur les causes possibles d'un usage qui se répand, sur ce que cet usage accompagne, sous-entend, révèle, voire présage, je maintiens que quoi qu'on dise, on dit toujours *plus que* CELA, génie de la littérature ou génie de la bêtise – je serais tenté de penser que c'est le même –, et le plus souvent, je commence par le commencement, c'est-à-dire des dictionnaires, les bons, Littré, pourquoi pas, ah mais, mon bon Monsieur, il est bien démodé, eh bien, moi aussi je le suis, c'est pour cette raison que je Ø, le *Trésor de la Langue Française*, moins m'as-tu-vu que le trop célébré Robert, dont les étymologies, hein, et puis, tout aussi instructifs, les mauvais, les bâclés, les « en ligne », qui accueillent libéralement, à leur frontière en passoire, les insolents immigrés réclamant à grands cris une naturalisation immédiate, les acceptions en cours d'installation dans les squat délabrés des quotidiens gratuits – et même des payants –, qui les rendent en quelque sorte officielles, cartes de séjour bradées qui attirent l'attention sur les dérapages, leurs probables occasions – sinon vraiment causes –, leur « sens », je veux dire la direction vers laquelle leur glissade dirige, sinon l'esprit, du moins la conversation, ce qu'en somme ils recèlent et, si on y regarde un instant en plissant les yeux, dévoilent sur nous – « nous », n'est-ce pas, nos envies, nos phobies, et assez généralement notre tranquille absence de réflexion – *Vous avez bien du temps à perdre, moi, monsieur, je suis occupé, j'agis pendant que vous ergotez – Mais qu'allez-vous encore chercher, ceux qui disent cela ne voient pas aussi loin – Justement – Alors vous êtes seul à détenir la vérité, en fait c'est vous qui Ø – Bah, je retourne à mes dictionnaires.*

APPENDICE

La différence entre un nom « propre » et un nom « commun » est que celui-ci renvoie à une classe d'êtres, celui-là à un individu – ou plus précisément, *chien* renvoie à tous les chiens, à l'idée de [chien], à l'ensemble des propriétés communes à tous les chiens, auquel ce mot me *fait penser* quand je l'entends, ce qui me permettra de juger si mon interlocuteur l'emploie à bon escient, différemment, si *Venise* peut renvoyer à au moins deux villes, une en Italie, l'autre en Floride, ce nom ne renvoie à aucune commune propriété de ces deux référents, et pas plus Gérard – je peux fort bien nommer ainsi un animal, voire un objet inanimé, par exemple un bateau – ou Genot.

Cette remarque banale donne la mesure de ce qui se passe lorsque un mot « est à la mode », et renvoie, non à une classe de réalités, mais seulement à une partie de cet ensemble, voire – c'est ce qu'on appelle sens « figuré » – à une classe de réalités différente ; le second cas est par exemple celui de *icône* quand il ne renvoie pas à une image pieuse, le premier, celui de *grand départ* qui aujourd'hui en France, ne désigne – sauf précision explicite – que la ruée, certains vendredi soir, sur les autoroutes, de millions d'automobiles roulant tant bien que mal vers le Sud.

Dans ce cas, le mot subit une *restriction de sens*, un rétrécissement de l'angle de vue sur la réalité, un accourcissement de sa *portée* – le mot fonctionne comme une lorgnette à bon marché et n'est plus, pourrait-on dire, qu'une copie, voire une contrefaçon de ce qu'il fut, quelque chose de comparable aux tee-shirts arborant l'emblème et le nom du M.I.T. que portent des jeunes gens dont tout ce qu'on peut dire est qu'ils ne fréquentent *pas* le M.I.T. – et je remarque enfin que l'une des idées fausses les plus en faveur parmi les usagers, à savoir que la langue *s'appauvrit* continuellement, trouve ici, probablement, et parfaitement méconnue, sa seule application.

DE QUOI S'ÉTONNER

ÉTONNEMENT. SURPRISE. CONSTERNATION
Un évenement imprévu, supérieur aux connaissances et aux forces de l'âme, lui cause des situations humiliantes qu'expriment ces trois mots. Mais l'*étonnement* est plus dans les sens, & vient de choses blâmables ou peu approuvées. La *surprise* est plus dans l'esprit, & vient de choses extraordinaires. La *consternation* est plus dans le cœur, & vient de choses affligeantes.
Le premier de ces mots ne se dit guère en bonne part ; le second se dit également en bonne & mauvaise part ; & le troisième ne s'emploie jamais qu'en mauvaise part.

M. l'Abbé Girard, *Synonymes français*,
Nouvelle édition par M. Beauzée,
A Paris, Chez H. Barbou, An X

ÉTONNEMENT
1° Ébranlement, commotion. Depuis sa chute, il lui est resté un étonnement du cerveau.
Terme de vétérinaire. Étonnement du sabot, ébranlement occasionné, dans le pied du cheval, par un choc violent contre un corps dur.
Terme de joaillier. Fêlure d'un diamant occasionnée par un contre-coup.

[*Littré*]

ÉTONNEMENT
A. – Forte surprise provoquée par quelque chose d'inattendu ou d'extraordinaire.
B. – *Emplois techn.*
1. *ARCHIT.* Ébranlement ou lézarde dans une maçonnerie provoquée par un choc.
2. *ART VÉTÉR.* Contusion du sabot par un choc violent avec hémorragie sous-ongulée.
3. *JOAILL.* Fêlure d'un diamant occasionnée par un choc.
4. *MINÉR.* Technique d'éclatement de certaines pierres par le feu.

[*TLF*]

Depuis que le tonnerre ne fait plus peur, et même quand il faisait encore peur aux enfants, aux ignorants et aux paysans, *étonner* a dérivé vers d'autres ébaubissements, des emplois trop précis, devenus avec le temps improbables, puis, comme il se doit, incompréhensibles, mais toujours ouvertement ou secrètement dépréciatifs, comme on le voit dans la définition de l'abbé Girard, « choses blâmables ou peu approuvées », où le mot voisine avec la *consternation* et les « choses affligeantes », et comme – est-ce le souvenir du tronc noueux des chênes centenaires pourfendu par l'éclair ? – dans les acceptions des vétérinaires, architectes, joailliers et minéralogistes, fêlure, fissure, lézarde due à un choc.

Tu m'étonnes, est devenu une réponse antiphrastique courante, même pas ironique, figée, à l'énonciation d'une évidence, il signifie, Tu as raison, va, j'y avais pensé aussi, nous sommes bien du même avis, cela va sans dire mais mieux en le disant, – *Tous les politiciens sont des menteurs – Tu m'étonnes, – Les banquiers sont des voleurs – Tu m'étonnes,* le *TLF* l'enregistre au compte de l'argot par un exemple de l'après-guerre

> Fredo brille drôlement depuis quelque temps?... Tu m'étonnes! Sa gonzesse a levé un micheton bourré à craquer
>
> (A. Simonin, 1957).

Alors, dans *mes ÉTONNEMENTS*, s'agit-il de surprise, de consternation, ou de simple désignation de fêlures, fissures, lézardes de la langue, c'est-à-dire des mœurs, qui me désigneraient comme un *laudator temporis acti*, voire un indigné pseudo-Cicéron au tout petit pied dans un trop grand cothurne – *O tempora, o mores!* – à qui n'importe quel Pompée de trottoir répondrait sans barguigner, *Ne cesserez-vous de nous alléguer des lois, à nous qui avons des chaînes de vélo et des marteaux?*, non, pas vraiment de surprise, ou plus exactement, un petit effort pour surmonter la surprise, si jamais, pour reconstituer par quelle menue et le plus souvent innocente et futile glissade on est passé de telle acception, apprise dans les notes des Petits Classiques, à telle autre reçue comme une taloche presque amicale, ou la giclée d'eau d'une voiture passant dans une flaque en rasant le trottoir, à dessein pense-t-on toujours, pour digérer la « situation humiliante » d'avoir risqué de répondre à contre-sens, non, pas non plus de consternation, d'affliction d'entendre *écorcher*, comme on dit – même pas dépouiller un Marsyas à la douzaine, tout juste scarifier, balafrer, *se rappeler de, contenu des circonstances, gajöre*, pas de quoi s'attarder, *Non ragioniam di lor, ma guarda e passa* –, non, c'est juste m'arrêter un instant à des mots, des formules, parfois des cuirs, des quiproquo, mais plus souvent des scies, des intercalaires, des rengaines, rabâchages, antiennes, leitmotive colportés par les faux cultivés qui « surfent » sur les ondes avec l'angoisse de retomber dans le creux d'icelles, et qui ne se demandent pas pourquoi il scient, rabâchent, intercalent, entonnent, des adjectifs, disait mon professeur de Troisième, accrochés à leurs noms comme des casseroles à la queue d'un chien – un tour d'horizon toujours *large* ou *complet*, une coïncidence *troublante*, vous allez voir ce que vous allez voir, un accord *de principe*, c'est-à-dire qui n'engage à rien, une découverte, un produit *révolutionnaire*, achetez, achetez –, de plates périphrases devenues des espèces de marques commerciales, *plus belle avenue du monde, île de beauté, ville rose, palaces flottants, nation arc-en-ciel*, des euphémismes cafards censés ménager la sensibilité supposée à vif de ceux qu'ils désignent, *Africains, non voyants, personnes de petite taille*, moi, pas tellement étonné, je feins de m'étonner pour mieux chercher les raisons que j'ai eues de ne pas m'étonner, je tourne ces *façons de parler*, sans avoir besoin, le plus souvent, d'aller jusqu'à sept fois, je gratte la surface des parleries superficielles pour voir ce qui, à l'insu des hâbleurs et de leurs complaisants écoutants, grouille sous les refrains, les versets et répons de comptoir, les bons mots qui deviennent des mots de passe, des mots d'ordre, des ordres, les pires, ceux que l'on se donne à soi-même sans savoir qu'on ne fait que les rabâcher, en s'étonnant si d'aventure un fâcheux, un rabat-joie, un trouble-fête, un empêcheur de penser en rond vous fait remarquer que vous êtes en train de marcher au pas, et sur une musique – mais oui, celui qui paie les violons, vous, croit choisir la musique –, alors moi, j'essaie de savoir un peu d'où viennent, par où passent, où sont en train de nous emmener, le tout sans avoir besoin de creuser bien loin, des mots ou des choses que ces mots évoquent, j'essaie de leur faire dire – je veux bien que ce soit pure conjecture – le *plus que* CELA, le *vague* qui est, j'en suis persuadé, la principale raison de leur vogue – de leur faire dire comment et pourquoi, en les suivants, *nous* en sommes arrivés *là* – et si contents d'y être.

BON LIVRE

Un livre en est toujours *un bon* quand on s'installe avec au creux de son canapé de marque italienne vantée par la télévision, ou, carré dans son fauteuil de TGV, qu'on tue le temps d'un retard de quatre heures dû à un « incident voyageur » qui n'engage en rien la responsabilité de la Compagnie et par conséquent ne donne droit à aucun remboursement, tout au plus, *bontà sua*, à un gobelet de carton à demi rempli de café tiède ou d'orangeade tiède, ou qu'on se remplit de sable tous les intervalles entre les orteils, toutes les rides, tous les orifices, oreilles, narines, et pire, étalé comme un gigot à barder sur une plage garnie d'autres viandes blanches, dûment parées et nappées de crèmes, en passe de devenir rouges, passons, on peut tout de même se demander pourquoi personne n'avoue la vérité, que dans tous ces cas, où l'on renonce, pour Dieu sait quelle raison, à la télévision ou à la machinale conversation avec ses insipides semblables, ce que l'on fait n'est *pas* s'isoler en compagnie d'un *bon livre*, mais faire comme tout le monde au milieu de tout le monde en consommant le dernier mauvais livre dont la télévision, ou la conversation *et cœtera* vous aura persuadé qu'il faudra pouvoir se vanter de l'avoir lu comme tout le monde, et en prenant bien soin de garder la reconnaissable jaquette éclaboussée de couleurs criardes et de caractères haut de casse, afin que nul autour de vous n'ignore que vous êtes à la page – quelle page, cela n'a pas d'importance, on peut commencer le livre à n'importe laquelle et même le lire en remontant, à reculons, à reculons, cela ne change rien, dans le livre rien ne change –, on peut même, et c'est en fait ce qui se passe, se dispenser de lire, car un bon livre, c'est ce qu'un théoricien justement oublié du justement oublié « Nouveau roman » appelait fort justement, il y a quarante-cinquante ans, un livre qu'on peut *lire les yeux fermés*, parce qu'il est *écrit d'avance*, je vous laisse juge du sens qu'il faut ? – non, prêter suffit bien ici – aux mots *lire* et *écrit* –, et pour vous y aider, je rappellerai la petite guerre d'affiches publicitaires de deux Grands Magasins, « Les yeux fermés, j'achète tout au *** » à quoi le concurrent répliqua « Il suffit d'ouvrir les yeux pour acheter aux *** » – les deux furent renvoyés dos à dos par un dazibao montrant une espèce de Nosferatu entrouvrant son cercueil pour déclarer « Les yeux fermés, j'achète tout chez Borniol ».

On surestime, je crois, ce qu'il est convenu d'appeler identification, je ne suis pas sûr que le lecteur du *bon livre* s'y cherche, en attend l'explication des causes de ses aigreurs d'estomac ou de l'embonpoint qui le menace, ou de la tête d'enterrement que fait le fils ou la fille adolescents, même si l'un des mérites le plus couramment vantés des « nouveautés » du seuil de l'été, et de l'orée de l'automne, est depuis pas mal d'années d'avoir attrapé au vol « quelque chose » qui « est dans l'air », et d'en faire un de ces *sujets de société* qui qualifient romans, séries télévisées, voire films ; je crois que désormais la « fonction » de la littérature – sous ses formes écrites et visuelles – est un peu plus rusée, je m'explique, les grands moyens de communication, presse écrite et visuelle, affirment que leur vocation est double, informer, instruire, éduquer et distraire, divertir – traduction en termes d'époque de *l'utile et l'agréable* de la plus noblement éculée des rhétoriques – et dans cette première approche, l'identification joue tranquillement, cette histoire pourrait être la mienne, je me reconnais presque, c'est tout moi, ici, c'est vraiment bien vu, le lecteur est flatté d'être *un sujet* – Louis XVI demandant au marquis de Bièvre *Faites un mot, Marquis. Sur quoi, Sire ? Eh bien ... sur moi. Oh, Sire, vous n'êtes pas un sujet !* –, et s'endort sur ses lauriers, soit, mais un pas plus loin, voici, plus roué, l'auteur – souvent journaliste d'origine – qui présente le sujet dans un emballage estampillé psychologie, sociologie, économie, qui associe le lecteur à une réflexion, et l'empêche apparemment, ou l'exempte, de s'identifier, bêtement et simplement, au claviste maladroitement boursicoteur ou au cadre adepte du fameux tourisme à destination asiatique, et qui le place dans la position confortable du voyeur, et flatteuse du redresseur de torts, on arrive fort bien, par les temps qui courent, avec de tels livres, à l'Académie Française.

Un bon livre est un livre où je me reconnais, un très bon livre, où je reconnais mon voisin de chaise-longue, sur la plage.

CLIENT

> Personne qui achète régulièrement des services ou des choses dans un établissement commercial.
>
> [*TLF*]

Ce mot donne lieu à un de ces abus de langage qui suivent, accompagnent, favorisent, voire parfois occasionnent, en tout cas révèlent des changements psychologiques et sociaux d'assez grande ampleur, et en tout cas *font passer* ceux-ci – comme on fait passer une pilule – en leur conférant le « naturel » de l'usage commun, de la convention à demi-mot, assurés garants de ce qui *va de soi*, jadis, au temps où dans notre pays existaient de grands *services publics*, la Poste, les Chemins de Fer, les Hôpitaux, les *citoyens* en étaient dits les *usagers*,

> 1. Personne qui utilise un service (fréquemment un service public), qui emprunte habituellement un domaine, un lieu public. [...]
> 2. *DR*. Personne qui a un droit réel à usage. [...]
>
> B. – Personne qui utilise une langue.
>
> [*TLF*]

Le mot d'*usager* dit que poster une lettre ou prendre le train est non seulement utiliser le service – cela, c'est le rôle d'*utilisateur* –, mais exercer le *droit* de déclencher un processus mis à la disposition de tous selon certaines conventions, que chacun contribue par un impôt à la mise en place dudit service, et que ceux qui en font effectivement usage paient une redevance complémentaire à proportion de leurs moyens – les tarifs spéciaux –, et de l'intensité de l'utilisation – les abonnements, les envois en nombre –, et autres *dispositions* semblables, lui substituer le terme de *client*, ce qui fut fait il y a bien des années déjà par la SNCF d'abord, puis plus récemment par la Poste, effectue subrepticement, plus grave que la « privatisation » de fait, et *anticipant* sur celle-ci, une *injection de sens* qui y prépare les esprits, le service est assimilé au commerce, on voit paraître et s'imposer les notions, absurdes en ce domaine, de concurrence, d'offre, de demande, la course à la « rentabilité » (v. « Rentabiliser », sous – ISER) et la pression mortelle – pensez aux suicides à la Poste – exercée sur les employés, les prétendues « réformes » qui aboutissent à la fermeture de bureaux de poste, de gares, de tribunaux et d'hôpitaux, ce que je veux dire est que la notion de service public est devenue opaque, au point, extrême effet de la perte de sens, que la protestation des populations privées d'accès est limitée au *fait de l'utilisation*, et non au *droit d'usage*, et cela, en grande partie, parce que les citoyens de jadis étant devenus le *public* gobe-mouches d'aujourd'hui, la différence n'a plus lieu d'être, entre *usager* et *client*, qui couvre les deux sens pour la plus grande satisfaction des arrogants tenants du « libéralisme » – de la foire d'empoigne, sans foi et avec le moins de loi possible.

En complément de la notion de *client*, qui implique l'idée de choix, de comparaison des offres, et appelle le grand gri-gri de la *concurrence*, maître mot, mot de passe, mot d'ordre du libéralisme, est apparue, idée de génie de « commerciaux », la diversification des tarifs, courrier lent, rapide, ceci-ssimo, vert – mais oui ! –, billets à tarif réduit et usage encore plus réduit, l'idée de génie, je le répète, est de glisser la concurrence à l'intérieur du monopole, pour donner à l'usager devenu client l'illusion de choisir la sauce à laquelle il va être mangé, selon ses moyens, ses obligations – *Mais nous ne voulons pas être mangés du tout !*, disait un troupeau de volailles dans une caricature que reproduisait le manuel de Malet et Isaac, et monsieur de Calonne répondait avec bon sens, *Vous sortez de la question.*

CULTE

1° Honneur qu'on rend à la divinité. [...] 2° Dans les religions polythéistiques, honneurs qu'on rend aux dieux. [...] 3° Religion considérée dans ses manifestations extérieures. [...] 4° Par extension, vénération profonde.
[*Littré*]
Hommage religieux rendu à Dieu, à quelque divinité, à un saint; *p. ext.*, vénération de caractère religieux accordée à un être, à un objet privilégié.
[*TLF*]
Le contenu de ***CULTE(S)***
[*Lifestyle Magazine*] ?
Un tout petit peu de pub mais de celles à jolies photos ... et de vrais articles avec saga, focus, interview, instantanés sur la mode, le luxe, les voitures, les bijoux (De Beers et les pierres magiques), l'horlogerie (Patek Philippe au firmament), la beauté, les voyages, la nourriture ...
[*Internet*]

Voilà donc un manuel de dévotion, avec le cérémonial bien réglé de l'office, récit édifiant, consécration du jour à un saint, prêche d'une autorité à quoi *nihil obstat*, icônes devant lesquelles se signer en passant, sonnette et encensoirs, *ite missa est* – 'pouvez aller, c'est envoyé –, les dieux sont peut-être absents – on en nomme au passage deux qui ont payé de suffisants miracles le droit d'être distingués –, mais les lieux de leurs épiphanies et les moyens de susciter celles-ci sont révélés sur papier glacé, en *vrais articles* – le vrai croyant est conforté dans ses convictions, donc, par ces articles de foi, bien distingués sinon clairement distincts de faux articles de la basse superstition, mensongers, simoniaques, les pubs, quoi –, patristique autorisée dont la liste est censée combler par son disparate même toutes les attentes, depuis la plus haute et abstraite théologie, la mode, le luxe, la beauté, jusqu'à la foi du charbonnier, voyages, c'est-à-dire pèlerinages où il faut aller faire nombre, nourriture, l'eucharistie, la cuisine des anges des chefs à trois étoiles, en passant par les objets, voitures, bijoux, montres que les simplets achètent et vénèrent, idolâtres à qui leur changeant fétichisme sera pardonné en raison de leur ponctualité à s'acquitter périodiquement du denier par l'achat de ces innocentes bondieuseries, et de la naïveté même de leurs superstitions, par quoi se proclame, à portée d'oreilles encrassées et de cervelles recuites, la permanence de l'orthodoxie et s'applique – l'enthousiasme des éternels néophytes a aisément raison des réticences des intégristes – le constant aggiornamento de la technologie et du marketing, nécessaire et suffisante condition pour s'assurer des éons d'indulgence dans l'éternité de la jobardise.

Alors qu'est-ce qu'un film culte, c'est un film auquel on va comme à la messe, je veux dire que chaque fois qu'il passe dans un cinéma, il y a obligation d'aller faire ses dévotions, parfois en déplorant le regrettable aggiornamento d'une indiscrète restauration, restitution de scènes coupées, parfois en se scandalisant, comme d'autres de musique rock dans une messe de banlieue, de la vénalissime *colorisation*, de la nouvelle colonne sonore stéréophonique, on évoque le latin noir et blanc, le léger chuintement de fond, et pourquoi pas le trou de mémoire du célébrant, quand la vieille copie de cellulose cassait, les lumières revenaient pendant que le bedeau rafistolait la bobine, le film reprenait un peu en aval, mais cela n'avait pas d'importance, le morceau perdu ne l'était pas vraiment, on le savait par cœur ; et un chanteur culte, c'est celui qui *se produit* pour une dernière apparition à la grotte de Massabielle, il faut essayer d'aller le voir, ou en tout cas regretter hautement de n'avoir pas pu se procurer, même au prix du marché noir, le billet de confession qui eût donné accès à la communion ; un auteur culte ? c'est plus simple, car d'avisés marchands du temple veillent à ce qu'il n'y ait pas *rupture de stock* de la dernière bulle ou encyclique automnale d'Émilie Cotomb, de Maccabi Leprêtre ou de Gabriel Bombecq, tandis que la « bombe » préparée en grand secret où la favorite répudiée achève le prince agonisant a surtout pour effet – abject miracle d'imposture – de donner par effet de contraste la mesure de ce qu'a de rassurant l'assurance que Émilie Cotomb et les autres ne manqueront pas de continuer à se manifester ponctuellement à leurs dévots, et auront ainsi aisément raison du faux prodige isolé d'une demi-saison –, on s'empresse de verser son obole et d'égrener ses patenôtres en laissant – en faisant – bien voir la couverture aisément reconnaissable qui atteste que ce que l'on tient là est bien le livre d'heures de pointe dont tout le monde, c'est-à-dire tous les présentateurs de télévision, ne manque pas de parler.

Bon, tout cela témoigne, n'importe qui, bien entendu, refusera d'en convenir, de l'anxieuse recherche d'une légitimité du quotidien – du quotidien rêvé, il n'est pas nécessaire de posséder réellement une voiture de luxe, ni d'avoir effectué le pèlerinage aux Seychelles, il suffit, même pas d'y aspirer, d'y penser –, de la justification par un dogme, des Écritures, résumables en quelque verset passe-partout, *la illaha illa Allah*, *Parce que je le vaux bien*, comme dans les emplois de *exécuter, icône, sanctuaire,* et de l'aspiration à participer, à communier dans un rite, la lecture hebdomadaire des hymnes sur papier glacé, le versement ponctuel de l'obole, le sentiment enfin qu'au delà de cette destinée terne, routinière, accablante, en existe une autre, un centre ville dont cette existence n'est que la banlieue, un dimanche de la vie, une Jérusalem nouvelle, la Fata Morgana qui *Sort du fond du désert, brillante de clartés, Et porte sur le front une marque immortelle* – il apparaît que Racine, par la bouche de son grand prêtre Joad, était doué d'esprit prophétique.

DEUIL

L'un des risques de la traduction d'une langue étrangère, pour le scribe encore inexpert – l'élève de Lycée, pour commencer, encore excusable, mais aussi, combien de ces professionnels, dont chaque ligne de leurs pataudes transpositions dément les prétentions à la « spécialité », cette modalité supérieure de l'être –, c'est de prendre des catachrèses pour des métaphores, et de décalquer qu'*il pleut des chats et des chiens* ou en sens inverse, *it rains ropes* ou *halberds*, et pire, bon, mais comme le français est pour beaucoup d'usagers une langue étrangère, c'est-à-dire une langue qu'on ne pratique que pour des raisons de force majeure, voilà que, dans le défilé des à-peu-près, cuirs, pataquès, liaisons mal-t-à-propos – et non par accident mais à la suite d'un effort pour briller et se faire valoir, pour avoir l'air de savoir mieux que les autres ce qu'on dit –, passent des locutions figurées prises au pied de la lettre, parfois avec le petit sourire en coin de l'usager qui *l'a fait exprès*, mais bientôt reprises, de bonne foi, notamment par des journaleux de diverses trempes, des politiciens de toutes obédiences, des sportifs ânonnant un commentaire de leur dernier loupé ou des baladins assurant la promotion d'un film ou d'un disque, et c'est ainsi que s'est imposée, à propos, hors de propos, à tout propos, une acception, je ne dirai pas nouvelle, mais exploitable, rentable, quoi, de l'expression *faire son deuil,*

> Familièrement. Faire son deuil d'une chose, n'y plus compter, et se résigner à sa perte.
>
> [*Littré*]
>
> Renoncer à, admettre la perte de. *Je fais mon deuil de ce qui me choque* [en Michelet] (SAINTE-BEUVE, *Nouv. lundis,* t. 2, 1863-69, p. 112)
>
> [*TLF*]

on l'entend à tout propos dans les reportages sur les guerres, les familles doivent faire leur deuil de la mort des bidasses envoyés à l'autre bout du monde, dans les chroniques et émissions judiciaires, retrouver le corps d'un(e) disparu(e), assister au procès du *présumé innocent* (!), entendre la sentence, sont désormais nécessaires pour procéder au *travail du deuil,* formule qui, elle, dénonce clairement les causes et les responsables de cette dérive du sens, faire son deuil, mesdames et messieurs, nécessite des conditions, presque un savoir-faire, et donc, alors, requiert l'intervention d'un « spécialiste », se résigner ou se consoler tout seul, comme au bon vieux temps, relève de ce fléau qu'est l'auto-médication, cauchemar des médecins, dans les cas graves, c'est-à-dire spectaculaires et susceptibles de faire monter le pourcentage d'audience au journal télévisé de l'heure du dîner, aussitôt qu'une bonbonne de gaz butane explose, qu'un bief déborde, qu'un train déraille ou manque de peu de le faire, voici la *cellule* – de couvent, asile, prison ? – *psychologique* qui rapplique sur les talons des gendarmes, quand ce n'est pas un officier subalterne de la maréchaussée lui-même, tout heureux, au fond, de mettre en application ce qu'il a appris lors du stage qui lui a valu sa récente promotion, on prend les gens un par un, on les chapitre, on s'informe, à l'occasion, au passage, l'air de rien, des traumatismes passés, on ne sait jamais, on vend le perlimpinpin dont saupoudrer le deuil pour le faire avaler au *sujet* sans qu'il fasse trop la grimace, sans, surtout, qu'il aille embêter son prochain, c'est-à-dire son voisin de palier ou le téléspectateur calé dans son canapé convertible, on persuade aux malheureux, encore tout secoués par la mauvaise nouvelle ou la culbute du wagon, qu'ils sont en train de se comporter raisonnablement – non, rationnellement –, en véritables professionnels de la vie moderne, mais alors, imaginez un peu ce qui arriverait, ce qui arrivera, si quelqu'un s'avise – quand quelqu'un s'avisera – de prendre au mot l'expression *faire son beurre* ou *attacher son chien avec des saucisses* –, ce qui arrivera ? soyez tranquille, c'est qu'il se trouvera bien quelqu'un, disons quelqu'un, d'autre pour imaginer, mettre au point, faire homologuer *quelque chose* – faire passer du « familier » de Littré au « techn. » à quoi tend l'universel jacassin, et *vendre* des « formations » en vue de ces *nouveaux besoins.*

DROIT DE SAVOIR

La caferde formule que l'on entend, surtout dans la bouche des journalistes de télévision, à longueur de séries policières américaines, et qui sous-tend le discours des présentateurs des « vrais » journaux télévisés, « Le public *var.* L'opinion publique a le droit de savoir », fait l'objet d'articles de la *Déclaration universelle des droits de l'homme*, de la *Charte des droits fondamentaux de l'Union européenne*, d'un nombre indéterminé de solennelles « déclarations » de bonnes intentions, et alimente de doctes et papelards débats sur la liberté d'expression, les droits de la personnalité, la protection de la vie privée, et toute cette sorte de choses.

Comme toujours lorsqu'une formule se fige en étant mise à toutes les sauces, le sens des mots se perd, se détourne, se restreint, finit par désigner tout autre chose, ici le *devoir de faire savoir*, pendant vénal du droit de savoir, qui donne aux professionnels de la mise sur la place publique l'*autorisation* de s'infiltrer dans les lieux secrets, entraver les efforts des pompiers, piétiner les traces d'un meurtre ou d'un accident – vous savez bien, cela se dit « polluer une scène de crime » –, compromettre une opération de sauvetage d'otages, puis le droit d'étaler sur les écrans des séquences d'images ridicules, odieuses ou horribles, en ayant prévenu – dans les trois secondes séparant cette benoîte recommandation de la première image de corps mutilés dévorés de mouches – qu'il fallait faire sortir les enfants, c'est la réponse-à-tout d'une bonne conscience qui couvre d'un catonien drapé la féroce course au *scoop* – n'oubliez pas, estimé Lecteur, ou apprenez, que le premier sens de ce mot est *pelle* (par exemple à ramasser les balayures, les crottes), voire *louche* (je vous en remets une).

Revenons donc aux mots, et à ce qu'ils disent quoi qu'on en dise, la réduction de *opinion publique* à *public*, qui pourrait passer pour anodine – *Mais qu'allez-vous chercher là, c'est la même chose, c'est dit sans y penser, Justement, voici ce que vous n'avez pas pensé, et qui* s'est pensé *sans vous*, pour *vous* –, ce rétrécissement désigne, puis isole, emphatise, en somme *constitue*, finit par *instituer*, pensez au « quatrième pouvoir », dans l'événement, le spectaculaire, le spectacle et les spectateurs, qui sont les gens qui ont payé pour voir du bien voyant, criant, saignant, et qui, ayant vu, sortent de la salle ou éteignent l'appareil de télévision, et pensent à autre chose, le public, c'est l'opinion publique sans opinion, c'est-à-dire les gens qui pensent et répètent ce qu'on a dit et pensé pour eux, en le leur présentant sobrement comme ce qui *va de soi à penser*, le *droit*, dans cette perspective, est celui de ne pas se poser de questions au delà de ce qui est donné comme *information*, de ne prendre le paquet, comme il est de bonne règle au Supermarché, qu'après s'être assuré que personne n'a touché à l'emballage, n'a soulevé un coin du – eh oui, quelquefois les mots se vengent et vendent la mèche – *conditionnement* pour y regarder de plus près, voire définitivement salopé et contaminé le contenu en y goûtant, et sans avoir payé, comble de l'horreur et de la – malhonnêteté, merci, c'est le mot que je cherchais.

L'indifférenciation – je pèse mes mots, vous le savez, et ne dis pas synonymie, on n'en est même pas là – qui fait passer en contrebande l'*information* pour un *savoir* est la vraie perversité de cette formule, car d'une part celle-ci hausse le dispensateur du discours et lui donne la posture de détenteur d'une connaissance et d'un jugement que, *bontà sua*, il, comme on dit, « partage » – c'est mis pour assène et impose –, et d'autre part érige son discours en vérité, analyses pertinentes, jugements fondés, prévisions pondérées, alors qu'il ne s'agit en fait que d'un montage de stéréotypes pseudo tout ce qu'on voudra, scientifiques, « colères de la terre », « furie des éléments », psychologiques, « donner un signal fort », « faire son deuil », politiques, « légitimes aspirations », « intérêts stratégiques », moraux, « corruption généralisée », sportifs, « opportunisme » – c'est dit *pour* sens de l'à propos ! –, « mental à toute épreuve », j'en passe, passons, lorsque la formule magique a été lâchée, le *public* en a eu pour son argent, le récit détaillé d'une attaque de train de banlieue, ou d'une joyeuse séance d'incendies de voitures, la recette pour fabriquer une bombe à partir d'une bonbonne de butane et d'une poignée de boulons font frissonner les uns et donnent des idées aux autres, c'est facile, et c'est le moyen de faire parler de soi, après quoi le présentateur ramasse ses papiers, on enchaîne sur le bulletin météorologique – précédé trois fois la semaine par le tirage d'une loterie –, puis sur l'émission de télé-réalité ou de faits-divers, deux sous-genres qui prolifèrent depuis quelques années, et qui à eux seuls illustrent la vanité de la grande formule, on sait tout de tout et de tous, mais ce n'est qu'un jeu, là encore le sens de fiction d'apprentissage est détourné, on sert au spectateur les plats tout juste dégelés de la restauration rapide, émoustillantes tentations d'adultère sur une île dite déserte, avec gros plan sur les bikini, épreuves à donner le frisson – araignées géantes et bains de boue collant les robes légères aux appas des concurrentes – dans une ancienne forteresse, avec magicien bien conforme

– conforme à quoi ? conforme –, reconstitutions, en images savamment floues, de beaux assassinats que chez nous au village aussi l'on a, soudain « coup de folie » ou méticuleuses conspirations familiales, ruses « diaboliques » et « erreurs fatales », les détails « révélateurs » s'accumulent, les « coups de théâtre », inattendus comme il se doit, et « décisifs » sans quoi ce n'en serait pas, à la suite desquels les enquêtes prennent « un nouveau cours », on s'y croirait, on y est, voilà, *on sait tout ce qu'il y a à savoir*, on est en mesure « de se faire son opinion », *comme un juré*, sauf qu'au bout du compte, *on ne risque rien* – et qui ne risque rien … Le public a le droit de savoir, mais n'a pas besoin de savoir qu'il ne sait rien.

EXÉCUTER

> II. A. – 1. Priver quelqu'un de la vie en vertu d'un jugement ayant un caractère légal. [...]
> 2. Tuer quelqu'un sans jugement, ignominieusement ou par esprit de vengeance.
>
> [*TLF*]

Le glissement du premier sens au second qui en est la négation – « en vertu d'un jugement », « sans jugement » – est illustré d'une façon fort douteuse, dans le *TLF*, par une citation d'Elsa Triolet, « L'officier boche, quand il m'a giflé, je lui ai craché au visage. Voilà que je me mets à trembler, quand je ne tremblais pas, alors... Il s'essuya et me dit : "Combien je regrette de ne pas pouvoir vous exécuter sur-le-champ !" » (*Prem. accroc*, p. 303), il est tout à fait clair que dans la bouche de l'officier allemand, *exécuter* a le premier sens, celui qui sous-entend le bon droit, le droit, le jugement, la sentence et l'*exécution* de celle-ci, car c'est elle qu'on exécute en mettant à mort le condamné.

Ce qui m'horrifie et contre quoi je m'élève, et qui me fait intercaler – avec la même obstination que quelqu'un de ma connaissance « s'il existe » chaque fois qu'il entend nommer Dieu – « assassiner » quand *il le faut*, c'est qu'il reste dans *exécuter* un insupportable relent de sens, l'ombre d'idée que c'est bien malheureux, d'accord, mais que la victime a peut-être cherché ce qui lui est arrivé, qu'elle n'avait qu'à ne pas faire ce qu'elle a peut-être fait, être ce qu'elle était peut-être, se trouver là où elle s'est trouvée, pas de chance, soit, mais ..., et qu'elle a été jugée, qu'en tout cas, aussi affreuse que soit l'idée, les choses ont été faites *dans les formes*, que des bourreaux n'ont fait qu'appliquer, sans y avoir de *responsabilité*, une décision prise par des juges selon des principes et pour des raisons, et cela, à mes yeux, change complètement ce qui devrait être la perception du forfait, puisque aujourd'hui, en raison de l'appauvrissement du vocabulaire de l'*information*, et du paradoxal rétrécissement de sens des mots passe-partout, *exécuter* signifie le plus souvent – s'agissant de massacres, et non d'application légale de la peine de mort, qui fait moins les titres des gazettes – *assassiner de sang-froid des gens sans défense* –, entendu à la télévision, « Les hommes avaient tous les mains attachées derrière le dos, ils ont donc été exécutés » –, mais la survivance du premier sens de ce verbe confère au second une résonance inacceptable, et qui doit être dénoncée.

FRANCE

Je rêve, comme tout bon Français, d'une France – j'entends une population – qui serait ethniquement pure, exempte de mélanges, croisements, panachages et même de simples présences allogènes, et où ne vivraient – ou du moins n'auraient droit de cité – que des descendants des Celtes, des Romains, des Huns, des Burgondes, des Francs, des Saxons, des Wisigoths, des Normands, des Basques, où en somme nous serions *entre nous*, sans alliages intempestifs, sans de ces « métissages » vantés et recommandés par des trublions eux-mêmes de douteuse extrace.

CODICILLE

Dans les couloirs du Métro, du RER, les halls de gares, se sont pendant quelque temps, au début du siècle, étalées de très grandes affiches – ce qu'on appelle une « campagne », à la ville ... –, je n'ai pas remarqué s'il y en avait sur les murs dans les rues, il serait compréhensible qu'il n'y en ait pas eu, question de prix de la surface publicitaire, mais aussi en raison du risque qu'elles fussent furieusement lacérées par d'autrement pensants, elles disaient en caractères haut de casse : « UN QUART DE LA POPULATION DE LA FRANCE

EST ISSUE DE L'IMMIGRATION », je proclame qu'une telle billevesée – baliverne, fadaise, sornette, faribole, calembredaine dirai-je même – est pire que *Moi j'aime pas les **** ou, comme je l'ai entendu de la bouche d'un pochard dans un bistro proche – je tiens à la précision – de la Bibliothèque Nationale, *Les *** sont la dernière race après les cochons,* pourquoi ? pour deux raisons, dont la première donne toute sa portée à la seconde, la première est que ce n'est pas un quart, mais toute la population qui, les Bretons et les Basques, je vous demande un peu, puisque déjà les Neanderthal et les Cro Magnon – un temps même, commence-t-on à croire, déjà mélangés entre eux –, hein, tous immigrés, par tous les chemins possibles, depuis Olduvai, attirés par les aises de la civilisation occidentale, l'eau courante, la médecine gratuite, l'école gratuite, la télévision, la laïcité, la démocratie, quoi d'autre, alors, voici la deuxième raison, et pourquoi colporter cette contre-vérité – cette baliverne, fadaise, *confer supra*, redirai-je –, pourquoi l'afficher juste à la saison où sur les murs s'étalent les incitations à aller visiter la Lozère ou l'Andalousie ou le Kamtchatka ou le château de Villandry pour un prix affirmé dérisoire, où l'on promet des tarifs de faveur pour téléphoner ou envoyer des sous à la famille dans une demi-douzaine et demie de pays voisins de l'Équateur dont les petits drapeaux s'alignent au rez-de-chaussée du placard, pourquoi ? mais bien sûr c'est parce qu'alors la France déborde de milliers de cars de touristes venus, eux, de tous les endroits où l'on croit qu'on rêve d'aller – où l'on nous affirme que vous et moi rêvons d'aller –, Katmandou, Kyoto, La Paz, et que c'est le moment de faire comprendre que le pays est aussi peuplé, le mot dit bien ce qu'il veut dire, jaillis de la terre même d'ici, d'autochtones, tout cela relève de la même cautèle, imposée par l'épidémie procédurière, rapportée des États Unis, de plaideries enragées engagées à tout propos, qui met en balance la nécessité d'avertir honnêtement de l'imminence d'une canicule, afin que la population se prépare, et celle d'en minimiser la gravité, afin d'éviter que la même population s'affole, n'achète plus que de l'eau minérale au lieu de sodas et de bières, annule ses réservations dans les stations de la côte, j'en passe, et que tout ce monde-là « engage des procédures » contre Météo France, pauvres météorologues, pris entre ceci et cela, et naturellement, tout le monde fait des gorges chaudes de leurs supposées erreurs de prévisions, qui ne sont qu'un pieux mensonge au chevet d'un grand malade, comme, j'y reviens, ces placards qui laissent penser que tout de même les trois quarts, et que par conséquent, vous et moi qui bayons devant, il y a trois chances sur quatre pour que nous soyons du bon côté – non, trouvez vous-même de quoi.

ICÔNE

Se dit des images saintes dans l'Église grecque.

[*Littré*]

Dans l'Église d'Orient, peinture religieuse sur panneau de bois, souvent rehaussée de métal précieux ou de pierreries, à valeur symbolique et sacrée. [...]
P. ext. Représentation artistique de la divinité ou de sujets à caractère religieux. [...]
LING. Dans la classification de Peirce : type de signe qui opère par similitude de fait entre deux éléments ; p. ex. : le dessin représentant une maison et la maison représentée.

[*TLF*]

Sur Internet :
– J[...] T[...] : Mon icône préférée ? C'est M[...] S[...] !
– Les icônes qui ont marqué la mode. Il est des femmes dont on se sert comme d'un point de repère, en matière de mode, d'élégance ou de grâce.
– Icône fashion.

On est encore assez près du sens initial, emblème, incarnation, image évocatrice, avec certains emplois, comme « C. B., nouvelle icône des lunettes Silhouette », qui peuvent parfois produire un effet cocasse, « [Mme T., ministre de la Justice] … l'icône du mariage pour tous », voire quelque peu irréel, « Le fils de l'icône de l'OM tué par balles à Marseille », de là à sauter, ou déraper, au sens de modèle, archétype, il n'y a pas grand effort – « … le fabricant de smartphone canadien véritable icône des téléphones mobiles » – peu importe que ce soit le fabricant ou le smartphone qui – et guère non plus pour se charger d'une nuance quasi juridique, de droit constitutionnel, « Mickey est devenu au fil du temps une véritable icône pour de nombreux artistes et créateurs », « …devenue une icône après sa mort, la princesse de Galles … », le mot est lâché avec « le *statut* d'icône de Lady Di », « Quel regard portez-vous sur votre *statut* d'icône ? », et désormais, on peut employer le terme pour rehausser n'importe quel galimatias, dans une progression vers la catachrèse absolue, je veux dire qu'il peut désigner n'importe quoi, comme truc, schmilblick ou ptyx, « C'est une icône du rock s'enfonçant dans une spirale autodestructrice » – on pense au char de l'État de jadis –, « L'icône anglaise de la branchitude raconte son univers dans son premier livre », ne dites pas que vous n'avez pas compris.

Dans la progression de ces significations, dans cette évolution qui n'en est pas une puisque c'est moi qui ai mis *mon* ordre dans un salmigondis de formulations contemporaines les unes des autres – les linguistes, savez-vous, appellent cela, je le disais quand je l'étais, un corpus synchronique –, il y a le tâtonnement sans doute à peine conscient vers une acception qui ne peut surprendre dans notre époque où un individualisme frénétique s'efforce de s'imposer, l'aspiration, que j'ai mainte fois décelée – voulu déceler –, à une légitimation, la reconnaissance, dans le plus hasardeux caprice ou laisser-aller, d'une position institutionnelle, officielle, voire d'une garantie transcendante, ici, ce qui est en jeu est l'affirmation qu'une pose singulière peut devenir emblème, modèle, justification, voire objet de culte, c'est-à-dire cible de rites qui affirment moins la vénération d'une exception, que la commune appartenance de ceux qui se prosternent ensemble, clonés devant l'iconostase des affiches et des pages de papier glacé, et dans le même temps persuadés chacun de son unicité absolue, de son accès direct au sacré de l'image, de sa conformité intérieure à l'image, créature qui se reconnaît et se proclame créée à l'image de – l'image qu'elle a contribué à créer –, l'icône, en fin de compte, est le commun portrait du *glamour* de la personnalité *people* et de la grise invisibilité du piéton de base qui paie les incrustations de nacre et d'émeraude.

Codicille

Un écrivain à grand succès du siècle dernier – authentique aristocrate, fils de duc, rien de moins, auteur de romans populaires fort généralement méprisés – expliqua un jour à la Télévision, avec une expression gourmande et sur un ton de sincérité qui ne trompait pas, en parlant de sujets, « Un bon roman, c'est une reine [brève pause d'emphase] *qui a des malheurs* » – c'était bien avant que Lady Diana ne devînt l'*icône* des princesses malheureuses –, et cela, à part la clairvoyance, la prévoyance de l'auteur en question, me suggère que tout comme, selon Ezra Pound, le signe *rouge*, en chinois, s'obtient à l'aide d'une combinaison des caractères représentant la cerise, la rouille, le flamant rose, le mot *icône* désigne l'image, la représentation sensible, peut-être l'émanation d'une Idée, le commun rapport de Mme T. à la nouvelle loi sur le mariage, de Mickey à tous les autres dessins animés, de Lady Diana au mépris et aux outrages de son mari, de sorte qu'au bout du compte, il n'est plus nécessaire de donner des noms, il ne s'agit plus d'individualité singulière mais d'essence, l'icône de l'O.M. et celle de la branchitude londonienne sont faites du même bois grossièrement taillé à coups de serpe et peint de couleurs criardes.

INCONTOURNABLE

Depuis que dans les années soixante toutes les villes de France ont été prises de la frénésie de construire des autoroutes destinées à faire passer au large la déplorable circulation automobile sans que celle-ci vînt – on ne disait pas encore polluer – encombrer, empester, assourdir les – ici un adjectif valorisant, *pittoresque*, ou *paisible*, ou *bourgeois* – *centre ville*, non, je ne mets pas de *-s*, ni à *centre*, ni à *ville*, le CENTREVILLE est une Idée platonicienne, il est unique comme le Dieu des religions du Livre, le milieu réel des agglomérations n'est guère plus que les crucifix et les statues de plâtre peint dans les églises, un à-peu-près pour les dévotions des idolâtres du samedi après-midi –, depuis, donc, l'invention de ces voies de contournement, la langue française a mis au point une acception conforme d'un adjectif jusqu'alors si peu prisé qu'aujourd'hui encore il ne figure pas comme chef dans le *TLF*, mais seulement dans un exemple, tiré d'un article de magazine de 1988, c'est dire, surtout au regard de son galimatiesque contexte – pur cuir.

> Restent les incontournables joyaux de l'identité affective, ceux qui vedettarisent sans cesse nos forts [*sic*] intérieurs, sur l'écran noir de nos nuits blanches
>
> (*Globe*, janv. 1988, p. 29) [*TLF*, *sub* VEDETTE]

Incontournable, donc, ce n'est pas inévitable, inéluctable, fatal, obligatoire, immanquable, assuré, obligé, forcé, indispensable, infaillible – comme le suggère mon « traitement de texte » – non, rien d'aussi dramatique, rassurez-vous, encore que l'enjeu soit souvent tout aussi dispendieux – ou « rentable » – que pour ces autres adjectifs, je veux dire que ce qui est incontournable, si on le contourne, on risque le pire, qui est de passer pour un je ne sais quoi, quelle idée de contourner Reims et sa cathédrale, Toulouse et la Daurade, le Centre Commercial du Centre ville – baste, quelle idée, vraiment, et donc, encore, ce qui est incontournable est ce dont on ne peut se dispenser si l'on veut correspondre à l'idée *standard* – oui, je sais, je le fais exprès – du spectateur moyen du monde, puisque en définitive, ce dont il s'agit, redisons-le une fois pour toutes, c'est de voir, regarder, mais surtout, si possible, photographier, pour – plus important que d'avoir vu – pouvoir, lors des *soirées entre amis*, prouver qu'on y était, c'est-à-dire qu'on avait bien vu l'émission de télévision qui en parlait l'an dernier, et su économiser les sous pour y aller.

Fort bien, mais dans le même temps, ou à peu près, en tout cas nous en sommes là et c'est ce qui compte, voilà pas que l'on entend *contourner la réglementation, la législation*, ce qui à première vue peut sembler anodin, mais bien moins anodin est que cette formulation, qui signifie que l'on évite tout simplement de tomber sous le coup de ..., par exemple en s'abstenant, a fini par devenir abusivement le synonyme, puis tout uniment le substitut à toutes fins, de *tourner* la réglementation ou la législation, or tourner une position ennemie, c'est bien la contourner, mais pour la *prendre à revers*, la surprendre, enlever la redoute, semer la mort et la désolation dans la smala, la détruire, remporter une victoire, gagner une guerre, simplement contourner eût peut-être été une de ces tactiques de *défense élastique* chère aux généraux vieillissants, et n'employer aujourd'hui que le plus long, le plus lourd, en somme le plus cher des deux verbes – juste pour montrer qu'on ne lésine pas sur les mots de plus de deux syllabes – aboutit à mettre dans le même sac la simple esquive et la cauteleuse manœuvre par laquelle, en conservant les apparences, voire les garanties de la légalité, on blouse la République, c'est-à-dire vous et moi, dans le même sac celui qui évite d'acheter une voiture de luxe parce qu'il n'a pas envie de payer un impôt somptuaire, et celui qui, parce qu'il n'a pas envie de payer un impôt somptuaire, monte une quelconque embrouille pour avoir la voiture de luxe et ne pas payer l'impôt, le premier contourne et passe son chemin, le second tourne et casse la baraque, mais dire contourner, au fond du fond, c'est, bien conformément à la religion nationale de la resquille, faire entendre que ce n'est pas si grave, je me rappelle ce quasi dicton des paysans de mon enfance, *voler l'État, c'est pas voler*, tourner la loi, ce n'est que faire un détour.

-ISER

Ce suffixe gréco-latin *-izein* > *-izare* connaît dans l'usage du commerce, de la politique politicienne, de l'information, une certaine faveur, il fournit des synonymes d'apparence technique, d'allure *pensée*, à des mots trop courants pour pouvoir frapper, arrêter, il insinue, à la remorque d'un radical insoupçonnable, des notions dont il vaut mieux ne pas trop pousser l'analyse, car elles naissent, à bien regarder – ou visent à les susciter –, d'attitudes ou d'aspirations pas toujours avouables, même si elles sont bien douillettement cultivées comme des péchés de province, voici quelques-unes des plus fades.

Fidéliser, que le *TLF* ne connaît pas, c'est par tous les moyens retenir une clientèle, la rendre dépendante – *accro* ou *addict* selon le registre de la conversation –, l'obliger, quand elle aura mangé, usé ou cassé ce qu'on lui a une fois vendu, à revenir et à demander la même chose, yaourt, lessive en poudre ou crème à bronzer, le comble de l'habileté consistant à vendre un produit censé faire disparaître ou cesser une gêne ou un bobo, et, puisqu'il ne sert à rien, que les pellicules ou les aigreurs d'estomac persistent, à convaincre la clientèle que c'est justement pour cette raison qu'il faut continuer la cure, on retrouve là un des sens les plus historiquement honorables, le gogo devient un *fidèle* qui, avec foi et espérance, fréquente le temple et fait ses dévotions dans l'abside du supermarché, et va, devant la caisse enregistreuse, avouer qu'il est retombé dans le péché, rides ou pellicules, là on lui délivre, avec l'autorisation d'emporter son morceau de pain bénit, un billet de confession, qui lui permettra de communier – dans l'universelle jobardise des indulgences, promotions et réductions au prochain achat.

Mémoriser, c'est censément appliquer une méthode, une technique pour se rappeler à volonté, complètement, utilement des listes, dates, nombres d'une utilité souvent douteuse ou limitée, d'une complétude illusoire ou chimérique, quand j'étais enfant, on apprenait la table de multiplication et la liste des chefs-lieux de département, aujourd'hui, on les mémorise – rectification : on ne prend plus la peine de les mémoriser, puisque « deux clics » suffisent pour afficher combien font neuf fois sept et quelles sont les deux sous-préfectures, à supposer, de Mayotte ou des Îles Éparses – ce qu'il est conseillé de *mémoriser*, c'est le code de votre carte bancaire, le code pour rallumer votre téléphone de poche, le code de la porte d'entrée de votre immeuble *sécurisé* (cf. infra), tout le reste, ma foi, vous pouvez le laisser traîner sur la place publique.

Personnaliser
1° *V.* ***a.*** Prêter une existence personnelle à une abstraction ou à un être inanimé.
2° *V.* ***n.*** Dire des personnalités. [Littré]

A. – *Vieilli, rare*

1. Donner (à une abstraction) les traits ou les sentiments d'une personne. […]

> **2.** *Empl. intrans.* Faire des attaques personnelles. [...]
> **B.** – *Usuel.* Donner un caractère personnel et particulier à quelque chose. [...]
> **1.** *Personnaliser le pouvoir.* Concentrer le pouvoir dans les mains d'une seule personne qui le représente aux yeux de tous. [...]
> **2.** Apporter à un objet (notamment à un objet de série) des modifications ou des marques personnelles qui le distinguent. [...]
>
> [*TLF*]

Depuis quelques années, à en juger d'après l'observation directe, « dans la rue » comme on dit, et dans le micro-radio-télescope de la vie en société qu'est la publicité télévisée, on *personnalise* beaucoup de choses, et les emplois de ce verbe se sont désormais concentrés sur l'acception B2, qui non seulement était encore à venir dans le Littré, mais a effacé les autres, que je n'ai jamais, quant à moi, entendues ni lues dans l'usage « ordinaire » de la rue et des gazettes – et pourtant il y aurait bien matière, je précise cela pour mon futur Lecteur, celui qui demain aura oublié, ou dans quelques dizaines d'années n'aura jamais su, que la *synchronie* où j'écris cette page est illustrée par de fort bruyantes querelles, polémiques, chicanes, voire, je cite, « chicayas », empoignades spectaculaires où abondent les « personnalités »

> **C.** – *Vieilli, rare.* Attaque personnelle, trait injurieux à l'adresse de quelqu'un. [...] [*TLF*]

Tout est susceptible d'être personnalisé, à la seule condition, tellement évidente que les traités consacrés à la question omettent presque toujours de le mentionner, que ce qui le rend tel soit visible, je dirai même ne puisse pas ne pas être vu – sac à provisions, ce qu'on appelait jadis cabas, tee shirt, casquette, « coque » pour téléphone de poche, bouteille de soda, et jusqu'à cet objet – mais est-ce un objet ? – qu'on dirait inventé pour illustrer la notion de fabrication en série, l'automobile familiale, dans tous les cas l'objet est, sinon réduit – il peut continuer à « servir » *comme s'il n'était pas* personnalisé –, du moins employé à être le support du « marquage », ornement, stigmate, images de toutes espèces, attendrissantes – frimousse de chaton ou de bébé –, provocantes – tête de tigre ou contre-plongée partant du poing de Batman –, faussement vantardes – vue d'une île du Pacifique, avec cocotiers et cocottes, calligraphie d'un nom de ville improbable, Astana ou Nuuk, « logo » et devise d'une illustre université, M.I.T. ou Witwatersrand – où il est bien entendu qu'on n'a jamais mis le pied –, pour les automobiles, noms de célébrités, Picasso, ou désignations évocatrices de féminité et d'exotisme, de préférence africain et asiatique, la forme à mes yeux la plus paradoxale, qu'on voit surtout appliquée à des fringues et à des voitures, est tout simplement le nom et l'insigne éventuel du fabricant, la *marque*, mais alors que jusqu'il n'y a guère, cette signature se réfugiait à l'intérieur du col de la chemise ou du blouson, dans le creux d'une aile de la voiture, en petits caractères dans le coin inférieur gauche de, désormais cette proclamation, dont les dimensions ont crû démesurément, s'étale comme un slogan sur une banderole de manifestants, et fait de la personne qui porte le vêtement, traîne la valise à roulettes ou conduit la voiture, un homme sandwich d'un nouveau genre, qui *a payé le droit* de faire de la réclame pour le fabricant, ultime conquête de l'économie libérale triomphante.

Ce phénomène illustre ce qui n'est qu'en apparence un paradoxe, ou une contradiction – la vie en société abonde, certes, en véritables apories, mais ici, c'est au contraire un développement tout à fait spontané, une fois qu'a été déclenché le mécanisme de ce qui est à la fois moins et plus que mode –, je veux dire que la recherche de la personnalisation pourrait sembler contredire, voire viser à corriger le grégarisme caractéristique de notre espèce, l'aspiration à s'agréger, se fondre dans une masse, appartenir, se définir par des traits exhibés en amples marées d'étendards ou de peintures de guerre, qui se manifeste dans de grandioses cérémonies dignes des âges obscurs, matches de football ou de rugby, concerts de musiques dans les mêmes stades – où en d'autres circonstances on peut aussi parquer les opposants avant de les exterminer –, marathons que chaque ville *se doit d'*organiser périodiquement, toutes scansions de cycles qui itèrent les divers calendriers et multiplient les occasions de défilés massifs, avec danses en costumes, pétards, dragons et cerfs-volants, il y a désormais, partout, plus d'un Jour de l'An dans l'année – Muharram, Têt, Tsagaan Sar, Rosh ha-shanah, Losar, plus tous ceux que j'ignore –, or donc, que *fait* la personnalisation devant ou contre ou avec cette uniformisation retentissante ?

Elle la renforce, lui donne son sens et sa portée, et y puise sa propre justification, dans le même temps où l'individu aspire à se fondre et se confondre, il est bien connu que les esprits grincheux de notre temps ont beau jeu de dénoncer un individualisme forcené, dans tous les domaines et de toutes dimensions, égoïsme aveugle des « jeunes » qui ne cèdent plus leur place et ne vous tiennent plus la porte, ne parlons pas de vous aider à hisser votre valise, cynisme des marchands, des politiciens, des gens de plume de tout poil, recherche d'une « originalité » à tout prix, mais de préférence *en solde*, cette magnifique invention qui permet, par un tour de passe-passe génial dans sa simplicité, à tout un chacun de péter plus haut que son cul en arborant – à prix judicieusement calculé, gonflé pour pouvoir être réduit – un signe supplémentaire, une *distinction*, sur fond d'uniformité, de conformité, d'unanimité *rassurante,* qui sans risque sous-entend que vous avez – c'est-à-dire, dans un monde où être se réduit à avoir, ou avoir suffit à définir l'être –, que vous *êtes* quelque chose que votre prochain – l'autre, dit-on plutôt aujourd'hui – n'a pas, quant à ce que lui a peut-être que vous n'êtes pas, c'est-à-dire est peut-être que vous n'avez pas, ce n'est pas votre affaire, toute différence *se doit de* se laisser appréhender par celui qui y prend garde comme la preuve et le signe d'une supériorité, dans quelque domaine qu'elle s'exerce, et surtout *ne s'exerce pas,* restant à l'état de virtualité, de disponibilité, de droit, ainsi, *personnaliser,* c'est signifier que *All animals are equal but some animals are more equal than others,* et que moi je fais partie de ceux qui sont plus égaux.

Et enfin, un petit « problème » – au sens « propre » du terme, une question à examiner, à laquelle essayer de trouver réponse ou solution –, il est entendu que même fabriqués en séries de milliers, on pourrait sans risque aller jusqu'à des millions, le risque est mince, dans une population de quelques milliards d'habitants, que deux individus portant le même tee shirt *Fuck 'em all* se rencontrent au coin d'une rue de Pont-à-Mousson, Gaborone ou Port-Vila – je me rappelle le tumulte qui agita quelques jours, A.D. 1960 *ca,* l'Italie tout entière lorsque dans une soirée de festival quelconque, les deux grandes actrices alors férocement rivales Gina Lollobrigida et Sofia Loren se retrouvèrent face à face *vêtues de robes identiques* –, mais si cela se produisait, que se passerait-il ? je suis prêt à parier que chacun, s'efforçant autant que possible d'avoir l'air de ne rien remarquer, *se* passerait frénétiquement en revue et déciderait que mais ma casquette ou mon jean, et tirerait de long sans demander son reste, laissant – chacun l'autre, j'insiste – l'autre sur le – parfaitement.

Rentabiliser est devenu la grande affaire, et je me rappelle un article du *Monde* – A.D. 1970 *ca,* alors que, sous la direction d'Hubert Beuve-Méry ou de Jacques Fauvet, il n'avait pas encore tout un *Cahier Économie* –, où, à propos de la suppression de lignes de chemin de fer locales au motif qu'elles n'étaient plus *rentables,* était fort sérieusement posée la question de savoir si un service public doit l'être (v. Client), aujourd'hui cette question est devenue malsonnante, mais au fait que signifie, s'agissant d'un *service, rentabiliser* – « faire en sorte que soit bénéficiaire une opération financière, une entreprise, une exploitation » [*TLF*] ? –, une seule chose, s'assurer un bénéfice pour « investir », c'est-à-dire non pas faire distribuer les lettres, comme *in illo tempore,* en vingt-quatre heures d'horloge, non pas passer plus de temps à vérifier les boggies, les freins, les aiguillages, les caténaires afin que les trains arrivent à l'heure, mais tondre l'*usager* devenu « client » pour pouvoir boursicoter.

Revitaliser, je l'ai vu pas plus tard qu'hier – veille du jour où, Lecteur, … – sur une pancarte qui proclamait la « Revitalisation du centre ancien … », ce terme est fort goûté des publicités de cosmétiques et d'eaux minérales, cela signifie effacer les rides, rendre l'élasticité des vingt ans à la peau, la souplesse et le brillant *idem* aux cheveux, mais entendons-nous, en « nourrissant » les tissus *et cœtera,* et voilà un synonyme tout trouvé pour *rénover* ou *rajeunir,* le « centre ville » est présenté comme une dame d'âge mûr qui ne le paraîtra plus quand on aura *ravalé les façades* – par un juste (?) retour des choses, c'est ce qu'on dit aussi, mais pas dans le même registre, pour les vraies dames au miroir.

Scolariser, inconnu de monsieur Littré, utilisé, dit le *TLF,* en 1904 par Léon Frapié, au sens de « soumettre (quelqu'un) à la discipline scolaire », reparaît en 1947 dans *Esprit*, et signifie alors « donner une instruction scolaire à », c'est le sens qu'il a enc..., mais non, aujourd'hui, après que le ministère de l'Instruction publique, n'instruisant plus, est devenu en 1932 *idem* de l'Éducation nationale, on devrait l'appeler, puisqu'il n'éduque plus non plus, *ibidem* de la Scolarisation, c'est-à-dire de la simple obligation d'enfermer – enfin, enfermer ... – les enfants jusqu'à seize ans, pour les dégoûter de l'orthographe, de l'histoire, les dissuader une bonne fois pour toutes d'ouvrir un livre, les convaincre de l'inutilité d'aller voter, remarquez qu'on parle surtout de la scolarisation des jeunes gens des banlieues, qu'on pose la question de la scolarisation des enfants étrangers en situation irrégulière, qu'on trompette à l'envi le *droit* – « faculté reconnue, naturelle ou légale, d'accomplir *ou de ne pas accomplir* un acte », disait Littré, c'est moi qui souligne – à la scolarisation, foin des formules caduques comme instruction obligatoire, gratuite et laïque, la gratuité, hein, passons, et la laïcité commence à sérieusement défriser tout le monde, alors vous allez voir que tôt ou tard, de bons esprits, *formés* – dit-on, ni instruits, ni éduqués – dans des *établissements* – pas des écoles, collèges, lycées –, trouveront le moyen d'appeler autrement la scolarisation, un peu de patience.

SÉCURISER est heureusement absent du *TLF*, sans doute pas pour longtemps, sur Internet, avant toute définition, deux lignes proposent des remèdes miracles pour *** votre ordinateur, à quoi fait suite

> Sens 1 *Tranquilliser, rassurer*. Synonyme *calmer*.
> Sens 2 Rendre plus sûr, renforcer la sécurité d'un lieu ou d'une chose.

où l'on voit que le second sens – imprimé en romain – a récemment et complètement supplanté le premier – la menue distanciation de l'italique dénonce l'archaïque et l'obsolète –, désignant des activités plus *rentables*, comme installer des alarmes électriques, des fermetures à code et des anti-virus vraiment efficaces, alors que le premier sens ne désigne tout au plus que de gratuites parlotes – la parole vénale, du psychanalyste ou du journaliste « d'opinion » ou du politicien, n'étant vraiment pas, par destination, destinée à « tranquilliser, rassurer » –, constatons en outre que ce second sens n'est renforcé d'aucun synonyme, ce qui signifie clairement que c'est une action sans alternative, affaire de spécialistes, de tarifs, de garanties, de gros sous, quoi.

Internet propose, avec une largesse digne d'une meilleure cause, une boîte de comprimés d'usage de ce verbe, où je trouve *sécuriser* « sa frontière nord », « son royaume », « les États pontificaux », « le périmètre environnant », « la route des fourrures et des peaux », « la Saxe-Anhalt », « ses frontières », « le Bosphore et les Dardanelles sont *sécurisés* », « *sécuriser* les ports de la Manche », « il *sécurise* son pouvoir en organisant une purge sanglante », « Israël avait *sécurisé* sa frontière nord ».

On remarquera que presque tous les sens – huit ou neuf sur onze exemples – impliquent l'interdiction de franchir une limite ou de venir occuper – ce que le Tasse, dans la *Jérusalem délivrée*, appelle *ingombrare* – un espace, et ce glissement de sens vers une acception désormais dominante est une illustration du fait que l'homme est plus que jamais un animal territorial et que la principale peut-être de ses craintes est aujourd'hui de voir son semblable envahir son espace, c'est-à-dire le vide qui sépare les écouteurs, fichés dans les oreilles, qui rattachent celles-ci à l'appareil, quel qu'il soit, qu'on brandit à deux mains devant son nez, autant que pour se repaître de ce qui s'y affiche, pour montrer qu'on l'a.

Stigmatiser, commençons, s'il vous plaît, par le commencement, mon échelle, ou gradation, de ce que, moi, j'appelle *stigmate* – et qui par conséquent vous aidera, lecteur, à comprendre ce que, moi, j'entends par là –, les uniformes, blouson à capuche rabattu sur les yeux, même sous la canicule, Schtreimel et redingote à col de fourrure par le même temps, qamis blanc et calotte de dentelle ostensiblement arborés le vendredi pour prouver qu'on vaut mieux que, les insignes, rubans, rosettes, rosettes sur canapé, épinglés au revers des vestes, les petits appareils de la taille d'un paquet de cigarettes, reliés aux oreilles par un fil et tenus au creux de la main, et puis les boucles d'oreilles, clous plantés au coin des lèvres, des paupières, dans une aile du nez, et puis tatouages, discrets à la saignée du poignet, entrevus au bas du dos exhibé entre tee-shirt de la taille au-dessous et jean méticuleusement déchiré, largement étalés sur des biceps et des mollets offerts à l'admiration publique, tout cela, donc, allant de ce qui peut – pourrait – aisément être ôté à ce qui, littéralement, vous colle à la peau et finit même par y entrer, et qui par conséquent vous définit, de manière plus ou moins – du plus au moins – remédiable, loulou encore en quête de reconnaissance par la bande de l'escalier C, hassid ou vrai croyant tranquillement redresseur de torts, meussieu proclamant qu'il n'est pas n'importe qui – je porte obstinément ma rosette violette sur canapé –, jeune unisex constamment branché sur son réseau de compains, partageant avec eux le même goût pour les prothèses et les implants, quasi-robots de plus en plus perfectionnés, qui absorbent de plus en plus intimement

La lettre soc'iale écrite avec le fer,

Vigny, vous vous en souvenez, pensait à la fleur de lys imprimée au fer rouge sur l'épaule des forçats et des putains, dans les cas dont je parle, ce sont, pour ceux qui les arborent, des signes de reconnaissance, de ralliement à l'adresse de leurs semblables, de défi et d'appel à la désapprobation et à la dérision envers tous les autres détestés, ah, ces voyous en capuchon, les bourgeois c'est comme les cochons, ces maniaques du téléphone « portable », du piercing, ces tatoués qui sont ou en attendant de l'être se font passer pour d'anciens taulards, ainsi chacun peut en *stigmatiser* un autre, à la petite semaine, tandis que dans de plus grandes occasions, on s'en prend, de la même façon mais avec encore meilleure conscience, aux musulmans ou aux Roumains, les gazettes déplorent – voire stigmatisent – cette stigmatisation, qui, ne manquons pas de le souligner, fonctionne à double détente : on relève une appartenance ou une autre – nationalité, âge, religion, voire vêture – et on en fait le signe d'une différence, d'une affectation, d'une ostentation, d'une provocation, d'une menace, dès lors désigner de cette caractérisation devient une stigmatisation, la collation d'un *titre* infamant – musulman, donc, ou Roumain, ou jeune, ou blonde –, et ceux qui prononcent ces mots avec ne serait-ce qu'un soupçon d'intonation suspecte, intolérants, racistes, belles âmes, on les stigmatise.

> *VISUALISER*,
> Rendre sensible à la vue ce qui n'est pas naturellement visible. [...]. *P. anal.* Se représenter mentalement une image visuelle qui n'est pas présente.
>
> [*TLF*],

est un équivalent « technique » et intimidant de *se figurer*, *imaginer*, auxquels il ajoute une nuance d'évidence, de nécessité, de vérité, sur Internet « visualiser et analyser des données », c'est leur conférer une qualité de perceptibilité intelligente, « visualiser votre carrière », c'est la doter d'un surplus de plausibilité, de sens, de « chances », et c'est aussi *vous* doter d'un supplément de clairvoyance, qui vous fait mériter de percevoir plus finement ce qui se présente à vous, ce qui *vous est présenté* sous des espèces plus convaincantes, car disons-le tout net, tout au bout du compte, c'est (faire) voir pour (faire) acheter, – les yeux fermés, donc, puisque visualiser est voir sans avoir besoin de regarder, avec les yeux de l'âme, n'est-ce pas, ou de ce qu'elle est devenue – ce qu'ON nous dit qu'elle est, avant que nous nous posions la question, pour nous dispenser de nous la poser.

PROBLÈME, SOUCI

Au cours des dix dernières années du siècle passé, celui qui était sollicité d'un service, d'un renseignement, au café à la commande d'un café, au marché d'un kilo de pommes, au bureau de tabac d'une plaquette de timbres, sa réponse fut longtemps « Pas de problème », suivie d'ailleurs d'une exécution plus ou moins nonchalante de la demande, certains, d'abord les « jeunes » – espèce mutante de plus en plus étrangère, aux mœurs et au langage de moins en moins compréhensibles –, puis de moins jeunes qui, craignant de rester sur le quai à regarder les autres agiter de petits drapeaux aux portières du train de l'Histoire, s'efforçaient de faire signe du pouce en espérant un arrêt à leur gare désaffectée, sont même passés à adopter, venu du plus indigent des dessins d'animation américains pour petites heures de la Télévision, popularisé par monsieur Muscle dans *Terminator 2* (1991), *chicanisation* – et version avouée comme *pseudo-Spanish* ou *Mock Spanish* – du *No problem* anglo-américain, un « No problemo » apocryphe et philologiquement du plus mauvais aloi, puisque du grec à l'italien, au castillan et au portugais, jusqu'au roumain et même au russe, c'est problema, *problema, problema, problema, problemă, Проблема,* et certainement pas ce méprisant *-o* pseudo-latino, qui me rappelle les *crayoné* et les *garsoné* dont les imbéciles, au temps de mon enfance, interpellaient les « macaronis » – avec un *-s* s'il vous plaît.

Puis, au cours de la première décennie du nouveau siècle – que ces formules sont donc pompeuses ! quelques années plus tard, en somme –, cette expression, sous ses deux formes, a été complètement supplantée par une autre qui pour une fois ne semble même pas d'origine américaine, ni sportive, ni boursière, ni militaire, qui a fleuri sur on ne sait et ne saura jamais quel terrain, terreau, fumier de langue ou d'anecdote, recueillie au vol par quel tribun, baladin ou gladiateur, « Pas de souci », qui peut se conjuguer – on dit aujourd'hui *décliner* –, comme jadis le problème, en « J'ai un souci », « Y a un souci », variations qui révèlent un fait à première vue inaperçu, et à seconde vue exposé aux démentis les plus indignés – *Qu'allez-vous chercher*, n'est-ce pas (*air connu*) – vous allez voir.

À première vue donc, on pourrait penser que le passage de « Pas de problème » à « Pas de souci » s'entendrait comme de *Cela ne me pose pas de problème de vous satisfaire* à *Ne vous faites pas de souci, je m'en occupe, ci penso io*, je pourvoirai – autrement dit représenterait un progrès, d'un point de vue égoïste-altruiste – *je* peux *vous* aider – à un autre, altruiste-altruiste – *vous* allez être satisfait (*par moi*, en second plan), ne vous inquiétez pas –, une humaniste évolution, de la froide considération intellectuelle de données impartialement pesées, problème, à la sympathie, empathie, au partage d'une préoccupation, à la compassion, sauf que les variations, justement, que j'ai mentionnées ci-dessus, démentent cette vue optimiste, édifiante, prêchi-prêcha et, on a tôt fait de s'en aviser, contraire à l'évolution générale des mœurs et – si c'en est – des idées, voici : « Pas de souci », en fait, signifie, *Votre demande ne me cause aucun souci*, et que, foin des capacités et des moyens que l'on aurait ou non de prêter assistance à son prochain – problème –, *lui signifie* que sa requête ne me fait ni chaud ni froid, que je n'ai pas vraiment à m'y attarder, ce qui – comme il est amplement démontré dans les faits – n'engage à rien quant à la suite à donner – *Pourriez-vous m'apporter une carafe d'eau ? – Pas de souci,* dessert, café, addition, de carafe d'eau, point, *J'ai joint une enveloppe timbrée à mon manuscrit, pourrez-vous me le retourner s'il est refusé – Pas de souci,* et le paquet – tout juste déballé pour décoller le timbre, tout de même – finit à la corbeille, *Vous me nettoieriez aussi le pare-brise, s'il vous plaît ? – Pas de souci,* et on repart, vidange grassement – oui – payée, en voyant le monde à travers une brume jaunâtre, sous un regard dont la bienveillance est nourrie de la satisfaction du travail bien fait.

Un fait, disais-je, non, deux, le second tout aussi instructif que le premier, et ni plus ni moins contestable, alors si vous êtes d'esprit contrariant, continuez à lire, vous allez trouver de quoi hausser les épaules, ou un sourcil, ou vous hausser le cou pour être le premier à crier haro sur le prétentieux je-sais-tout qui prétend tout savoir, moi je veux bien, mais tout de même :

PROBLÈME.
En général, tout ce qui est difficile à expliquer, à concevoir.

[*Littré*]

ÉPISTÉMOL. Question à résoudre par des méthodes rationnelles ou scientifiques.

[*TLF*]

SOUCI.
Soin accompagné d'inquiétude.

[*Littré*]

> État d'esprit plus ou moins douloureux, permanent ou répété, de quelqu'un qui s'inquiète à propos d'une personne ou d'une chose à laquelle il accorde de l'importance.
>
> [*TLF*]

Sans même déranger *ÉPISTÉMOL.* de sa poussiéreuse encoignure, on voit bien que *expliquer, concevoir, rationnelles ou scientifiques*, c'est menace de réflexion, d'analyse, de martel en tête, ce qui, vous en conviendrez, est généralement beaucoup pour une carafe d'eau du robinet, je vous accorde que l'*inquiétude, permanente* ou *répétée*, à propos de quelqu'un ou quelque chose d'*important*, relève de l'exagération – oui, je sais, dans les deux cas, on a dit « pas de » –, quoi qu'il en soit, d'une formule l'autre, on est fort opportunément passé d'une réaction, ou de son refus, de caractère logique, cognitif, intellectuel, comme vous voudrez, potentiellement objectif, neutre, généralisable, kantien en un mot –, si tout le monde etc., eh bien ce serait du pareil au même, à une réponse apparemment, comment dire, plus *impegnativa* – dommage, le mot n'a pas d'équivalent en français –, c'est mon affaire, je (ne) prends (pas) la chose à cœur, je la regarde de toute ma subjectivité, et en fin de compte, ne m'en préoccupe plus, votre carafe d'eau, votre pare-brise, hein, ce que ça prouve ? qu'au moins quand on vous demande quelque chose, vous étant en un premier temps exempté de devoir y réfléchir, vous vous octroyez en un second le droit de n'y plus penser, « Pas de souci » est tout près de signifier *Je ne vais pas m'embêter avec ça, alors ne m'embêtez plus avec ça*, j'exagère ? pas de souci, pensez à autre chose, et moi aussi.

PROTHÈSES, GREFFES ET STIGMATES

PROTHÈSE : A. – *CHIR. ORTHOP.* 1. Pièce, appareil destiné à reproduire et à remplacer aussi fidèlement que possible dans sa fonction, sa forme ou son aspect extérieur un membre, un fragment de membre ou un organe partiellement ou totalement altéré ou absent.
GREFFE : 2. *P. anal.*, *CHIR.* Opération par laquelle on déplace un tissu ou un organe de sorte qu'il continue à vivre par les connexions qu'il contracte avec une autre partie du même individu (autogreffe) ou d'un individu différent (hétérogreffe).
STIGMATE : I. A. – Marque durable sur la peau. [...]
1. *HISTOIRE* a) *ANTIQ. ROMAINE.* Marque qu'on faisait au bras des soldats. [...]. Marque faite au fer rouge sur un esclave. [...] b) *ANC. RÉGIME.* Marque faite au fer rouge sur l'épaule des galériens, des voleurs [...].
2. *RELIG.*, *au plur.* Les cinq plaies de Jésus crucifié ; les mêmes plaies portées par certains mystiques[...]
B. – *P. anal.* ou *au fig.*, *littér.*, gén. *au plur.* Marque visible, signe apparent de quelque chose de pénible, d'accablant ou d'avilissant.

[*TLF*]

Les romans de la *science-fiction* d'avant-hier mettaient en scène des chevaliers en armure ou des cow-boys et Indiens du futur, dans des *Nautilus* ou des obus d'Impey Barbicane au trait juste un peu forcé, ceux d'hier et d'aujourd'hui préfèrent les mutations, les superpouvoirs, les hybridations, une technologie qui, au lieu de prendre les hommes comme ils sont, les robots comme des robots ménagers et les extra-terrestres comme des super-gorilles ou au pire des ultra-pieuvres, prend à tâche de combler la discontinuité – supposée, mais de plus en plus difficile à définir, voire à concevoir, à se figurer – entre homme et animal, homme et machine, homme et nature, homme et homme, de sorte que les implants, les engrammes, l'injection de – ? faux ?, voir le film *Total Recall* – souvenirs de vacances ou de crimes ou d'amours interstellaires remplacent les duels d'artillerie « spatiale » qui n'étaient que des Midway au pantographe, bon, tout cela, c'est le fond de tableau, le décor devant lequel, désormais, nous – façon de parler, pas moi, puisque j'en parle, pas vous, puisque vous entendez ce que je dis – paradons pour nous-mêmes, enfermés dans notre bulle de communication illimitée en temps, en espace, en argent, mais oui, je vais m'expliquer.

L'universelle prothèse formée de deux petites boules à enfoncer dans les oneilles – prophétique Jarry –, reliées par deux fils à un boîtier qui tient – qu'on tient – au creux de la main, et sur lesquels le regard reste vissé, aide tout un chacun à ignorer, avec méthode et persévérance, le reste du bétail ahuri des humains – le réverbère qu'on effleure, la porte battante qu'on pousse de l'épaule mais qu'on n'a évidemment pas le temps de retenir, à quoi bon ?, le siège libre sur lequel on fond comme sur sa proie le milan –, ne laisse même pas voir, juste éviter, dans une périphérie floue et inconsistante du cercle visuel, les obstacles au recueillement dans lequel on flotte, le sujet, qui n'est pas où il est,

est en revanche où il n'est pas, à l'universelle question, qui a remplacé toute autre salutation, *T'es où, là ?*, il répond non pour dire où lui-même se trouve, mais pour que son correspondant invisible, aspiré comme par une tornade de film catastrophe, soit projeté, de son indifférent, fastidieux *ici*, vers le *là* de son correspondant à lui, celui dont je parle, le plus vigoureux des deux s'échappera donc de sa petite sphère pour aller remplir celle de l'autre, et à longueur de journée je croise, mais eux ne me croisent pas, tour à tour de véhéments monologuistes – le patron jamais content, les collègues jaloux, le petit ami jamais assez prévenant, la meilleure amie qui naturellement est la pire des garces, le chat qui, le Ø – et des écoutants en train de couler à pic qui coupent de quelques, hon ... hon, de longs silences, enfin pas vraiment silences, on entend, si l'on tend l'oreille, lors des arrêts de l'autobus ou du métro, un chuintement, comme quand on approchait, enfant, un coquillage de son oreille, aujourd'hui, c'est un appareil qui, répétons-le, est « destiné à reproduire et à remplacer aussi fidèlement que possible dans sa fonction, sa forme ou son aspect extérieur un membre, un fragment de membre ou un organe partiellement ou totalement altéré ou absent », l'oreille, justement, dont la fonction a changé, garantir de la pluie l'appareil à écouter.

Ces prothèses sont si bien fixées – mieux que les bras ou jambes artificielles qui irritaient le moignon et parfois, par temps humide, grinçaient et se grippaient, ce qui jetait un froid dans la conversation – qu'elles se transformeraient aisément en greffes, quelle différence, vraiment, entre ces clous ou ces anneaux plantés dans les ailes du nez, aux commissures des lèvres, à la limite de la tempe et de l'orbite, et les pastilles qui obstruent les oreilles ou parfois, au bout d'un appendice recourbé comme une queue de scorpion, viennent se coller contre les lèvres, mais quelque chose a changé, autrefois, les membres artificiels étaient en majorité des bras, des mains, des jambes mis là pour la symétrie, pour ne pas contrister la famille ou les amis, inertes, inutiles, – et les autogreffes de tissu intact sur un visage ou un membre brûlé, d'un cartilage à la place d'une oreille arrachée, plus récemment d'un doigt coupé par accident, les hétérogreffes d'un rein, d'un cœur devenaient une partie vivante d'un corps vivant, aujourd'hui, la prothèse a – et à vrai dire transmet et impose – sa vie propre, le téléphone dit « portable » ou l'appareil à musique fonctionne comme un régulateur cardiaque – c'en est un – tant que sa pile fournit du courant, la greffe, ce qui vous est définitivement chevillé au corps, n'est qu'une excroissance dont la principale fonction est de vous désigner comme membre d'une espèce mutante dont les individus se reconnaissent, de même que dans les bons vieux romans, à leurs mains palmées ou à leur troisième œil derrière la tête.

La prothèse, on peut l'enlever, par exemple pour dormir, voyez la première phrase de *Lac*, de Jean Échenoz –

> Le téléphone a pu sonner deux fois, Vito savait qu'il ne décrocherait pas. Il remettait sa jambe avant son pantalon, comme tous les jours au saut du lit – rien de bon de toute façon n'arriverait plus jamais par téléphone, et puis n'importe comment c'était sa jambe d'abord. –

aujourd'hui, on pourrait entendre tambouriner à la porte – *Monsieur! un paquet, il faut signer*, ou *Police, ouvrez!* – ou même voir s'avancer la Dame – en déshabillé vaporeux, portant, tout sourire, *Petit déjeuner!* un plateau chargé de porcelaines et d'argenterie –, n'importe comment, c'est mon téléphone d'abord, les greffes, clous, anneaux sont inamovibles, on n'enlevait pas son cœur d'occasion ni son rein de seconde main pour dormir, même si aujourd'hui comme autrefois, on peut sentir, en tâtant du bout du doigt, une trace de la bouture de l'élément étranger, une légère boursouflure, à peine sensible, pas même douloureuse, juste un rappel que ce qui est là est à la place de quelque chose qui n'y était pas, d'un rien qui manquait.

Inamovibles, disais-je, les greffes, mais de fait seulement, tandis que les stigmates le sont de droit, discrète rose au creux d'un poignet, au-dessus d'une cheville, papillon au creux des reins, les appendices des ailes s'allongent, oui, bon, vous voyez ce que je veux dire, provocantes toiles d'araignées sur le cou et le thorax, serpents – ou ce qui y ressemble, vous m'avez compris – sur des biceps allusivement dilatés, manifestes plus ou moins ostentatoires, fille amoureuse proclamant sa servitude volontaire, comme disait l'autre, intellectuel aspirant à une petite allure casse-assiettes d'apache de beau quartier, de pirate d'eau douce, marques qu'une manche, une chaussette escamotent, ou braillarde proclamation de voyoutisme, insignes de grades ou décorations de la guerre sociale, *Moi monsieur, ces tatouages, je me les suis fait faire en prison, j'ai été en prison, moi, je m'en vante, je suis un dur, laissez-moi le haut du pavé* – ils ne le diraient pas en ces termes –, je ne vois qu'une différence entre les prothèses, les greffes et les stigmates, mais ce n'en est pas une, vous allez voir pourquoi, on peut un jour en avoir assez de s'entendre corner aux oreilles les jérémiades de la copine ou les vantardises du compain, les récriminations de la mère ou les menaces de celui à qui on doit de l'argent, et s'arracher des oreilles les écouteurs, jeter le téléphone au fond d'un tiroir, annuler son abonnement, et voir le monde sous un jour nouveau, on peut, ayant gagné le gros lot d'un petit emploi à la Poste ou aux Transports urbains, voire comme gardien de nuit ou vigile de jour, obtempérer au paternel conseil du chef et extraire les clous et anneaux, il ne restera qu'une petite cicatrice qui finira par s'effacer, mais on ne peut pas, n'étant plus amoureuse ou l'étant d'un garçon un peu coincé, ou ayant à passer un concours pour une profession boutonnée, voire ayant décidé de se ranger, de chercher un emploi de confiance, d'épouser une fille bien sage, on ne peut pas, non, effacer les stigmates, par définition ils vous tiennent à la peau, vous les avez dans la peau plus que jamais aucune allumeuse de plus ou moins mauvaise vie, bien, c'est une différence, mais essayez un peu de faire renoncer celui-ci à son téléphone, celle-là à ses *piercings*, il serait plus facile d'arracher la peau à ce tatoué, ce sont de grands invalides, et tiens, à la réflexion, c'est sans doute pour cette raison que dans les autobus, ils se dirigent tout droit vers les places réservées aux infirmes, éclopés, escagassés, et s'y maintiennent envers et contre tout, avec la tranquille tranquillité du bon droit, tandis que les vieux messieurs arthritiques, les vieilles dames essoufflées, les jeunes enceintes jusqu'aux yeux, bien conscients tous d'être moins atteints, accordent sans protester la *priorité* à ces victimes de guerre de la guerre du quotidien.

QUI A MAL TOURNÉ

Je m'étais jadis amusé, avec mes enfants, à énumérer des *Choses qui n'existent pas* – parce qu'elles ne font jamais les titres, ni même les entrefilets des gazettes – c'était, entre autres dont je n'ai plus souvenir, *Un étranger en situation régulière, Un train qui arrive à l'heure,* pour une jeune fille, *De bonnes fréquentations,* je bute aujourd'hui à l'inverse mais, me semble-t-il, un peu dans le même ordre d'idées, sur *ce qui a mal tourné,* qui me suggère une remarque et une question, la remarque est que si l'on cherche au chapitre « Actualités » d'Internet, ou si l'on écoute les « informations » télévisées, on peut établir sans la moindre difficulté, comme dans un supermarché parfaitement approvisionné, aux rayons rationnellement disposés, une liste d'événements de plus ou moins grande ampleur, publics ou privés, qui constitue un tableau bien édifiant de la vie moderne – un regard, une discussion, une scène de ménage, une sortie familiale, une fête, un saut à l'élastique, une finale sportive, un cambriolage, un contrôle d'identité, une opération militaire, *chi più n'ha più ne metta* –, la vie de famille, le voisinage dans les barres de HLM, les sorties de fin de semaine, les exploits imbéciles pour se faire valoir devant les compains et les demoiselles, les grand-messes du football et autres jeux de gladiateurs, et puis les petits ou grands larcins, le soupçon généralisé d'avoir affaire à un trafiquant de drogue ou un voleur de voitures, jusqu'aux expéditions plus ou moins bien organisées contre diverses sortes de malintentionnés, marginaux, subversifs et autres *ejusdem farinae* –, bon, jusque-là, nous informer de *ce qui a mal tourné* est plutôt instructif, voire édifiant, et, sinon rassurant, du moins nous en apprend sur les risques de la vie dite normale, nous donne le sentiment, pas si désagréable tout compte fait, de vivre sinon dangereusement, du moins de façon quelque peu aventureuse – voire, pourquoi pas, aventurière –, sans même avoir à trop se guinder, on peut à tout moment, presque à volonté, se dire, tiens, là, *ça pourrait mal tourner* – ce voyou qui me bouscule presque pour monter avant moi dans le bus, cet « agent de sécurité » qui me regarde de travers parce que je sors du magasin avec un sac, cet autre qui s'apprête visiblement à me sauter dessus si jamais mon trousseau de clés fait sonner le portique d'entrée, cette façon que j'ai de traverser hors des clous, mon refus de répondre à un laveur de pare-brise au feu rouge, j'en passe –, oui, ça pourrait.

Et maintenant, la question, comme *les bonnes fréquentations* de la jeune fille de jadis, ou *l'étranger en situation régulière, le train arrivé à l'heure* de jadis, naguère et aujourd'hui, relisez la liste ci-dessus, ajoutez *qui a bien tourné,* et demandez-vous pourquoi ce sont des choses qui n'existent pas, ou à tout le moins demandez-vous ce que serait, je répète, un regard, une discussion, une scène de ménage, une sortie familiale, une fête, un saut à l'élastique, une finale sportive, un cambriolage, un contrôle d'identité, une opération militaire *qui a bien tourné* – moi, je prétends qu'il y a de quoi donner le frisson.

REBONDIR

Outre son sens matériel – une balle, par exemple – et quelques sens immédiatement dérivés enregistrés par le *TLF*, ce verbe a d'abord signifié, il y a une dizaine d'années, *se reprendre*, et notamment *retrouver du travail après avoir été licencié et avoir traîné au chômage*, l'image était celle de quelqu'un qui a coulé à pic, et qui, en touchant le fond, d'un coup de talon énergique, réussit à *refaire surface*, dans les dernières années, cette acception a quasiment disparu, d'abord parce que le coup de talon qu'elle désigne ne se produit plus guère, et ensuite parce que le verbe a migré des émissions édifiantes sur les moyens de *s'en sortir*, à ces débats télévisés sur des sujets qui sont « dans l'air », comme le proclame le plus intéressant d'entre eux, où les participants sont toujours d'accord, et où l'on entend souvent l'un d'eux proclamer qu'il va *rebondir* sur ce que vient de dire son voisin, ce qui signifie saisir la balle, juste à temps, avant un second rebond, comme à Roland Garros, pour dire la même chose autrement, renchérir, briller d'un éclat de reflet, voire hypocritement critiquer, restreindre, contredire en profitant de la *vitesse acquise* – et à y regarder de plus près, soyons juste, ce sens rappelle fort celui que je mentionnais au début de cette note, je m'explique, mon voisin vient de parler, il a dit des choses pleines de bon sens, incontestables, définitives, qui *coupent court* sur la question, et en somme *me mettent au chômage*, alors, touchant le fond, je fais la seule chose qui me reste, je *rebondis*, lui donne raison, fais chorus, souligne, amplifie, et ensuite, je peux dire n'importe quoi, si jamais il venait à l'idée de quelqu'un de le contester, la réponse implicite serait, *Mais ce n'est pas moi, c'est lui qui l'a dit* – c'est en cela que réside tout l'art du débat.

CODICILLE

Je ne m'étais pas avisé plus tôt – je viens de voir des images de l'épreuve « olympique » du *trampoline*, je vous demande un peu ... – que *rebondir* suppose soit un *corps* élastique – la balle contre un mur d'autrefois –, soit un *support* élastique – comme le *trampoline*, justement – et donc, la question qui se pose au second degré est, que se passe-t-il lorsqu'une conscience élastique *rebondit* sur les propos élastiques d'une autre – eh bien, il se produit l'*effet de résonance* dont on nous expliquait en physique, en classe de Seconde, qu'il permettrait de fracasser une lourde porte pour peu qu'on la pousse du doigt dans le sens où elle va déjà –, comme chacun sait la meilleure façon de contredire, de réduire en poussière l'argument de l'autre, est de rebondir, de l'approuver hautement, de se l'approprier pour en arriver à faire croire que l'autre a justement dit le contraire de ce qu'il a dit.

SANCTUAIRE

Cet anglicisme, *sanctuary*, refuge, sens qui remonte au XIVe siècle, par allusion à l'inviolabilité de l'église pour qui y cherchait asile, a désigné à partir des années soixante-dix du siècle dernier toute zone de sûreté, d'abord « naturelle » – « La valeur écologique d'un « sanctuaire » naturel tient à son inviolabilité » (*La Vie du rail*, 30 juin 1974), –, puis militaire – « Puisque le « sanctuaire » total n'est plus possible, il faut lui substituer ... ». (*Le Nouvel Observateur*, 7 juin 1976, p. 36, col. 1), *cit. TLF* – remarquez, encore à ces dates, les guillemets.

Dans les deux ou trois décennies suivantes, le terme a été complaisamment employé par les journaux en tous genres, écrits et parlés, tout particulièrement à propos de bandes soi-disant révolutionnaires, Khmers rouges ou Sentier lumineux, notamment quand celles-ci commençaient à perdre du terrain et cherchaient à se retrancher dans des zones dont elles pussent plus aisément défendre les accès.

Le curieux est que depuis quelques années, on entend – en tout cas, moi, j'entends – beaucoup moins ce mot, qui semble être un peu passé de mode, comme le sont, justement, les formations de sanglants amateurs à propos desquelles on l'utilisait: je ne l'ai pas remarqué dans les nouvelles et les reportages parlant d'organisations plus

« sérieuses », les talibans afghans, les terroristes dits djihadistes, entre Syrie, Libye, Niger, Mali, Algérie.

Pour comprendre ce gain, puis cette perte de faveur, il faut remarquer que l'ambivalence du terme, sa connotation religieuse plus sensible dans le français qui l'empruntait qu'en anglais – l'effet de re-métaphorisation des catachrèses que j'ai déjà mentionné (v. DEUIL) –, conférait à la réalité désignée, dans la perception des lecteurs-auditeurs-spectateurs, une sorte de noblesse et de légitimité, un petit capital de sympathie gratuite, une touche de *Fort de Mazagran* et de maison des *Dernières cartouches* – rappelez-vous les tableaux de Jean-Adolphe Beaucé et d'Alphonse de Neuville, dans le *Petit Larousse illustré* –, pourquoi pas de Fort Alamo, de Camerone ou de plateau des Glières, même pour les moins entichés de révolutions populaires, une sorte de rachat, voire de sanctification par le courage malheureux, le sacrifice de soi, un paradoxal baptême *in articulo mortis* des sans-dieu, juste et miséricordieux triomphe de la vérité, dès lors il n'est pas difficile de concevoir pourquoi aujourd'hui les plus épais des journaleux et des téléviseux – même si c'est, bien sûr, inconsciemment, même si ce serait bien tentant pour désigner les sourcilleuses montagnes des Ifoghas et du Hoggar, le rucher de grottes du Djebel Châambi – ne se permettent pas l'emploi de ce terme à propos des féroces imbéciles qui s'y retranchent comme dans un – *sanctuaire* justement, attendant dans l'enthousiasme, comme me le dit mon bon ami Z. H., – qui a lu comme il faut le livre dont ils se réclament comme d'autres d'être blancs ou hétéro – le moment de rejoindre, kalachnikov en bandoulière, chacun ses soixante-dix vierges.

SULFUREUX

À relever à la télévision *passé sulfureux* (du « dépeceur de Montréal », rien de moins), dans un « dictionnaire » du réseau Internet, qui glose « Hérétique, démoniaque », *réputation sulfureuse* (des Bacchanales), *contexte international sulfureux* (cause des guerres de religion), *vie sulfureuse* (du Caravage, qui « lui attire des ennuis avec les tenants de l'ordre moral »), *sulfureux parfum* [sic!] *de scandale* (de la série des *Claudine*), *sulfureuses campagnes de publicité* (Calvin Klein), et dans le journal *Aujourd'hui*, 15/10/2012, *la sulfureuse comptabilité des financiers suisses*, à comparer avec ce que dit le *TLF*: « Qualifie une pers. ou une chose qui évoque l'enfer, le diable, qui a qqc. de diabolique », on prend la mesure de la cafarde – dirait Genette, je le dis aussi – patelinerie que révèle l'emploi de ce terme, *sulfureux*, donc, dans notre monde bien affranchi des superstitions et des terreurs archaïques des religions, veut dire *diabolique*, or qu'est-ce qui est diabolique? Bacchanales, le Caravage, les *Claudine*, Calvin Klein, contre le « contexte » – lui aussi mot d'époque – des guerres de religion, quarante-quinze pour le sexe, l'érotisme, les femmes déshabillées, cette sorte de chose, comme manifestation préférée du Malin et réalisation typique de l'Enfer – plutôt que les guerres et, dont on ne parle pas, apparemment, l'utilisation des bombes au soufre, la balle de match, ce sont les financiers suisses, on s'en serait douté.

TOLÉRANCE

Quand j'entends le mot *tolérance*, je sors mon revolver. Car la tolérance, le fait de *tolérer*, est ainsi défini dès la première ligne dans le *TLF*: « Ne pas user, *souvent avec condescendance*, du pouvoir, de l'autorité que l'on détient pour interdire quelque chose, pour empêcher de faire quelque chose » (c'est moi qui souligne). Le droit, c'est celui d'être ici et d'y être chez soi, le pouvoir c'est celui d'en chasser l'*autre*, ou de l'asservir, ou au moins de lui imposer un statut d'infériorité qui nous donne barre sur lui, ilote, métèque, *dhimmi*, voilà pourquoi je refuse absolument la *notion* que le *mot* de « tolérance » sous-entend, d'autant plus perversement que c'est de manière subreptice, subconsciente, subliminale dans toutes les formulations qui en usent. Si je dis: *Quand vous dites* tolérance, *vous affirmez votre supériorité, et votre mérite de ne pas la faire peser, ce qui est la pire façon de la faire peser*, on me répond avec indignation: *Mais qu'allez-vous chercher, la petite bête, midi à quatorze heures, noise aux meilleures volontés*, indignation qui constitue la plus sûre confirmation, juste avant la contre-attaque triomphante, en termes qui ont fait leurs premières preuves à l'école primaire: *En fait, c'est vous qui* ..., c'est celui qui le dit qui l'est, etc., ah oui, et les maisons de tolérance, alors, vertueusement vitupérées en 1946 par une dame qui, trente ans auparavant, avait été elle-même *tolérée*, et qui, on la comprend, n'aimait pas s'en souvenir et ne voulait pas qu'on s'en souvînt, et donc, on passa de la tolérance des maisons répertoriées, de la mise en carte, des visites médicales obligatoires, à l'abandon sur l'asphalte, à la tolérance inavouée des officines d'abattage des bas quartiers et des cocons à dorures, cristaux et peluches des beaux quartiers, à la tolérance des vilains messieurs et des trop belles madames, échangées comme devant, ces tolérances voilées d'intolérance, contre des balançages et des pots-de-vin – pardon, des confidences et de menues libéralités.

Codicille

Une contre preuve éloquente de ce que je viens de rappeler est donnée par un autre usage qu'à ma connaissance personne ne relie à cette notion tant vantée, ce qui donne à supposer que dans la conscience (?) ordinaire il s'agit – si jamais on y pense, ce qui est assez peu probable – de deux homonymes, je parle de l'acception policière de *tolérance* – limites de vitesse, interdictions de stationnement –, écart entre la stricte application et un relâchement aux frontières vagues, quelques kilomètres à l'heure au delà de la limite, combien ? cinq ? dix ?, quelques minutes sur un emplacement interdit ou réservé, combien ? un quart d'heure ? une demi-heure ? en fait, à vott'bon cœur, m'sieu l'agent, selon l'humeur ou la situation en fin de mois du carnet à souches, sauf dans l'expression, récurrente en temps d'élections, de *tolérance zéro*, essayons de transposer, la tolérance pour *un peu* de hâle de la peau ou de foulard sur la tête ou de voile devant le nez, la *tolérance zéro* pour – pour tout ce qui est *différent*, sans les nécessaires compléments de cet adjectif, *différent en* ou *par*, différent de, puisqu'il vont de soi, différent *de moi*, différent par *ce qui me passe par la tête*, coupe de cheveux, coupe des vêtements, continuez sans moi.

TOUT SE PASSE COMME SI

C'était la formule fétiche d'un de mes « maîtres », façon de parler, à la Sorbonne, elle introduisait les étourdissants paradoxes sur lesquels il échafaudait ses cours, *comme si* Foscolo (1778-1827) avait lu Heredia (1842-1905), *comme si* le Tasse avait connu Racine, ou Ossian, élégants anachronismes, allusions savamment elliptiques à des auteurs de nous évidemment inconnus, Locke ou Stirner, rapprochements entre des passages manifestement disparates et des écrits de genre et de destination à première vue sans aucun rapport, une application pédagogique réellement *créative* – peut-être imprévue de son auteur – de la fameuse formule de Reverdy,

> L'image est une création pure de l'esprit. Elle ne peut naître d'une *comparaison* mais du *rapprochement* de deux réalités plus ou moins éloignées.
> Plus les rapports des deux réalités rapprochées seront lointains et justes, plus l'image sera forte – plus elle aura de puissance émotive et de réalité poétique...

ce fut un jour une page de Baedeker au moyen de laquelle ledit maître tourna en ridicule – rapports lointains et justes ! – le commentaire que j'avais, moi, tourné de mon mieux, en honnêtement myope pousse-cailloux de l'Agrégation, d'un éloge de Zacynthe dans *Les Grâces* de Foscolo –

Bella è Zacinto. A lei versan tesori
l'angliche navi ; a lei dall'alto manda
i più vitali rai l'eterno sole ;
candide nubi a lei Giove concede,
e selve ampie d'ulivi, e liberali
i colli di Lieo : rosea salute
prometton l'aure, da' spontanei fiori
alimentate, e da' perpetui cedri.

(*Belle est Zacynthe. Lui versent des trésors*
les navires d'Albion ; d'en haut lui envoie
ses plus vivifiants rayons le soleil éternel ;
de candides nuées Jupiter lui concède,
d'amples forêts d'oliviers, et, libéraux,
les coteaux de Zagrée : une santé fleurie
promettent les zéphyrs, par les vivaces fleurs
nourris, et par les cèdres perpétuels.) –

beauté et fertilité du paysage encore naturel, salubrité de l'air, riche commerce maritime, un compendium d'idéaux dix-huitième siècle nourris d'allusions mythologiques, furent ramenés, avec un sens très sûr des effets – une des conditions principales du succès professoral – aux versets et répons ponctuant les processions du *Grand Tour*, le tout d'une voix cassée qui imposait à la salle un silence de messe basse.

Tout se passe comme si est resté pour moi, qui n'en ai jamais usé, la formule magique de la poudre aux yeux, l'insolente affirmation que l'on se moque bien de savoir si ce que l'on dit correspond le moins du monde aux faits observés, aux hypothèses à vérifier, aux raisonnements à conduire aussi honnêtement que possible, un jeune logicien de ma connaissance, dès ses années de Lycée, m'entendant rappeler cette formule, la commenta d'un définitif *Ce qui ne prouve pas que tout se passe comme ça.*

C'est la formule de l'analogie superficielle et de la pensée magique, ressorts bien connus de la critique littéraire, source inépuisable des charmes illusoires de la littérature, dans le meilleur des cas, masque jeté en pâture aux regards de la foule qui se presse sur le passage de la procession et, la prenant pour un cortège de carnaval, s'arrête un instant et regarde les figures de carton-pâte, croit reconnaître sans s'aviser le moins du monde que le but secret de l'étalage est de préserver, de réserver le mystère, de donner l'occasion, qui voulût la saisir, de questionner les monstres dérisoires et les mièvres héros, pour ne recevoir d'eux, en manières de réponses, que d'autres questions, mais, celles-ci, révélatrices.

C'est aussi ce qu'on appelle en italien un tonneau de fer, *una botte di ferro*, où l'on est en parfaite tranquillité, si un fâcheux s'avise de contester un rapprochement acrobatique, un enchaînement scabreux, un anachronisme impudent, un détail contre-factuel, un paradoxe vraiment cousu de fil blanc, ah, mais non, entendez-moi, je n'ai pas dit que c'était ainsi, mais c'est comme si, et c'est vous qui avez tort de prendre les choses au pied de la lettre, un peu d'imagination, que diable, et l'on reprend le fil du discours, l'air faraud, confirmé même dans son imposture par ce qui s'était naïvement imaginé en être la dénonciation.

Et c'est enfin une curieuse opération, magique elle aussi, qui destitue ce dont on parle de sa réalité pour l'ajuster à un vraisemblable, voire un labile nécessaire de commande, de circonstance, de commodité, de complaisance, de vénalité, le mal d'ailleurs la plupart du temps n'est pas si grand, puisque la conséquence la plus courante est de s'accommoder du peu de réalité de la réalité, et de lui substituer, ne serait-ce que l'espace d'un instant, et pas nécessairement – nécessairement, tiens ! – de manière bien intelligente, un peu de *sens* – à la mesure de ce qu'on est, cela va sans dire – et pour une fois, *pas plus que* CELA ...

THÈSES DE *PLUS QUE CELA*

Les « thèses » que l'on va lire sont en apparence un résumé du « chapitre » auquel elles sont attachées, mais, rédigées *après* celui-ci, comme il est de règle pour tous les préambules, avant-propos, introductions, préfaces und sofort, elles en enregistrent une (re ?)lecture, qui n'est pas une hypocrite *autorisation* d'interpréter dictée au lecteur, mais une usurpation du rôle de celui-ci par l'auteur, et une invite à s'engouffrer dans la béance qui parfois – souvent, je l'espère – sépare le dire rétrospectif – *je dis que j'ai dit que* – du dit « réel » – *il dit:* (construire comme impersonnel, *il pleut, Ça dit*) –, et, conformément à tout ce que j'ai dit d'écrire et de lire, à *continuer.*

L'auteur devenu lecteur, ci-après, commence à continuer, vous, Lecteur, continuez – constatif? impératif? à vous de jouer – pour devenir auteur.

PRÉAMBULE

Écrire d'écrire, biographie – Tout énoncé sous-entend ou formule variablement une « présentation » *reconstituable* de son *auteur.*

À quoi bon quoi – Réfutation de l'objection que *Il est inutile d'écrire.*

(Auto(bio))graphie – Différentes *approches* de l'écriture *comme* autobiographie : de l'autofiction à l'aphorisme.

L'IMMENSITÉ

L'immensité spirituelle – L'immensité spirituelle révélée par l'écriture est celle du langage.

Logos, Verbum, Verbe – Le langage est la preuve de Dieu. Ἐν ἀρχῇ ἦν ὁ λόγος.

Der Innenwelt der Aussenwelt der Innenwelt – Le langage est intérieur à moi qui suis intérieur au langage, je suis intérieur au langage qui est à l'intérieur de moi.

Ressources du contresens – Le contresens dote le « vrai » sens d'une résonance *supplémentaire.*

Autrement dire – Comment et pourquoi chercher à dire *autrement.*

Rabâchage – Réfutation de l'objection que *Tout a été dit.*

Fétiches, casseroles, sésame – L'écriture est la *préférence* pour certains mots, pour qu'ils disent *plus que* CELA. Elle est le *contraire de son contraire.*

INTERMEZZO

Le piton et le donjon – Comparaison de l'écriture *dans* le langage avec la construction d'une forteresse au sommet d'un roc.

Poussières d'images, lecture, continuer – Comparaison de l'écriture avec la vision-construction de formes dans une surface d'apparence bigarrée.

PRATIQUES

Écrire à … – Différences entre l'écriture « à la plume » et l'écriture à la « machine ».

Retouches – L'écriture est dans la retouche, qui est de laisser les mots *venir à moi* pour dire *plus que* CELA.

Est-ce que ce mot existe ? – Fondant l'*autorité* du dictionnaire, c'est l'auteur, *auctor*, augmentateur, qui fait souverainement *exister*, et par conséquent *être* les mots.

Commentez et discutez – L'art français de la dissertation éduque à l'esprit *de* critique et *autorise* la pratique de *dire n'importe quoi.*

Hommage – Formes « littéraires » du rite social de l'hommage.

ÉTONNEMENTS

Mots et choses d'époque – Les mots qu'une époque préfère pour rehausser sa *réalité* disent *plus que* CELA – ? approchent de son *être* ?

De quoi s'étonner – Les scies, les cuirs, les euphémismes, sont des fissures de la langue à qui le langage fait dire *plus que* CELA.

Bon livre – Un bon livre est un livre qu'on lit les yeux fermés.

Client – L'usager devient client quand le service devient marchandise.

Culte – Les objets de culte confessent la religion recherchée.

Deuil – La souveraine technique fait objet de spécialisation et de commerce même des sentiments.

Droit de savoir – L'information sur tout est le moyen de banaliser et futiliser l'exceptionnel, et de « faire passer » le banal et le futile pour de l'exceptionnel si ce dernier vient à manquer à l'heure du journal télévisé du soir.

Exécuter – Ce verbe a fini par ne plus *vouloir dire* ce qu'il signifiait, et par dire le contraire de ce qu'il voulait dire.

France – Définition de l'aspiration au sentiment de l'identité et de l'appartenance.

Icône – La *promotion,* à tous les sens du terme, d'un objet, personne ou chose, qui le brandit en bannière d'un fait social, participe de la recherche du sacré, menacé par la faillite des religions.

Incontournable – Remplaçant *tourner,* le verbe minimise la tactique militaire en manœuvre d'évitement, et réduit la guerre qu'est la vie en société à un gymkhana d'autoroute un jour de « grand départ ».

-iser – Les verbes formés au moyen de ce suffixe renchérissent sur la notion de base en lui conférant une résonance technicienne et « scientifique », et une portée « économique », c'est-à-dire marchande.

Problème, souci – L'absence proclamée du second, qui a remplacé celle du premier, dissimule, c'est-à-dire révèle, une aggravation de l'individualisme et de l'égoïsme.

Prothèses, greffes et stigmates – Ces pseudo-écritures sont plus ou moins indélébilement tracées sur un corps pour lui faire dire *plus que* CELA.

Qui a mal tourné – Ce qui a mal tourné étant fait objet d'intérêt, on peut se poser la question de savoir ce que signifie *bien tourner*, et d'identifier ce qui le peut.

Rebondir – De l'élasticité de la pensée et de la morale.

Sanctuaire – Encore un indice de la recherche de légitimation, voire de sacralisation de comportements qui justement Ø

Sulfureux – Les désignations de ce qui peut être considéré comme diabolique disent *plus que* CELA.

Tolérance – Ce mot, qui n'est plus que le contraire de son contraire, finit par signifier ce contraire même, et doit être banni du vocabulaire des gens honnêtes.

Tout se passe comme si – La formule fétiche de la pensée-à-peu-près guide tout doucement celle-ci vers l'automatisme et la non-pensée.

LIVRE II

TITYRE SOURIT

(1987)

AVANT-PROPOS

Pendant quelques mois, il y a vingt-cinq ans de cela, j'ai noté au jour le jour (mais ce n'est pas un « Journal »), entre le 30 IV *et le 6* VIII *1987, des réflexions sur la poésie, appuyées sur des lectures d'occasion, et destinées, pour dire vrai, à* me *justifier ce que je croyais – j'avais des excuses –* être écrire.

Avec naïveté et outrecuidance, j'y dialogue avec my betters, *leur donne raison ou tort, mais je voudrais affirmer ici qu'à l'égard de tous ceux que je discute, je n'ai jamais éprouvé, et cela ne fait que croître, qu'une profonde et humble gratitude.*

Voici que je reparcours un chemin longtemps délaissé, me répétant le mot de mon inoubliable ami Remo Teglia : « Com'ero bischero l'anno scorso ! Quelle andouille j'étais l'année dernière ! »

Les chiffres entre [...] *renvoient aux pages du cahier manuscrit et servent pour les éventuels renvois. J'ai supprimé certains développements, trop techniques (je professais alors la linguistique à l'Université), ou dénués d'intérêt (général), ainsi que quelques passages utilisés dans des écrits déjà publiés ; et j'ai intercalé ajouté quelques remarques, notées :* [2008. ...]*).*

2013

Un hydrophile vint à passer. Je ne pus retenir une pensée poétique et, sortant un nouveau feuillet de ma poche, j'écrivis : Tityre sourit.

André Gide, Paludes

Nul poète, quand il écrit son Art Poétique, ne peut faire autre chose qu'expliquer, rationaliser, défendre, sa technique personnelle, ou lui préparer la voie. Il se peut qu'il pense établir des lois pour toute la poésie, mais ce qu'il a de valable à dire est presque entièrement au sujet de la façon dont il écrit lui-même, ou dont il aspire à écrire.

Thomas Stearns Eliot, Essais

Ce n'est pas ce qu'écrit un auteur dans son journal qui présente la plupart du temps un réel intérêt, mais que ce soit écrit par cet auteur qui s'est, par ailleurs, distingué.

Paul Reverdy, Le livre de mon bord

[1] **Narcissisme**

Ce que Narcisse cherche et trouve *dans l'eau* (chez Ungaretti, peut-être chez Valéry), c'est son *moi originel*, prénatal. Cela cadre aussi avec la recherche, dans le moindre et plus trivial événement, de la *dimension* mythique, dont il est clair qu'elle commande – prédétermine ou préforme – notre perception du réel: c'est un programme mémorisé (*via* les contes, etc.) d'*interprétation* du contingent *dans* le nécessaire. La biographie du *monsieur*, qui n'intéresse personne si elle est individuelle, exceptionnelle, [2] peut être typique, contribuer à faire voir le mythique dans le quotidien (Eliot). Il n'est pas besoin pour cela d'anoblir son anecdote – comme le fait, noblement d'ailleurs, Saint-John Perse.

*

[3] **Champ sémantique**

Un champ sémantique a un sème *construit* commun: qu'on pense au jeu proposé aux enfants, de *trouver l'intrus* dans une liste de mots. Mallarmé, dans les *Mots anglais*, et à peu près tous les poètes par la rime et les échos, assignent à des unités phoniques (phonèmes ou configurations) la fonction de *marquer* ce sème. Et on extrapole vers le symbolisme des sons, jusqu'aux psychanalystes, qui n'ont pas été les moins naïfs.

*

[4] **Propriétés phoniques et cohérence du texte**
Si, de quelque façon que ce soit, les propriétés phoniques sont *pertinentes* (v. *supra* pour le sens, mais plus généralement pour la *cohérence* du texte), alors chaque *mot* (une fois pour toutes cela va du phonème à des configurations assez étendues) s'extrait de, puis se détache sur le « fond » des mots qui lui *ressemblent* (phoniquement et/ou sémantiquement), Chercher ses mots, ce n'est pas ici (au du moins pas seulement) cerner le sens préexistant, c'est ajuster son et rythme, et, ensuite, *accepter* (*accipere*) du sens, qui « rémunère ». Jusqu'au lapsus. [5] Les propriétés phoniques – qui ne sont ni immuables ni universelles – sont, en raison de l'arbitraire *synchronique* du signe, *disponibles* (prêtes à être disposées) pour le déploiement de *champs sémantiques textuels,* indépendamment du *sens actuel,* qui d'ailleurs peut *re*-servir.

*

[6] **Mot, emploi actuel, mémoire**
Chaque mot que nous utilisons charrie *en* lui les millions d'années de pratique du langage. Cette charge énorme peut donner lieu à tout moment à la réactivation de quelque constituant de sens. On pourrait avec quelque abus (mais est-ce si sûr ?), considérer cela comme une *mémoire* des mots, qui se réveille de sa latence quand ils se trouvent dans certains contextes. Ordinairement, nous nous contentons d'une parcelle de cette énorme (je répète) mine de sens ; c'est ce que j'appelle s'entendre *par défaut.* « Dans les conversations courantes, nous nous exprimons à peu près, nous nous entendons à peu près. » (Belaval, *La Recherche de la poésie,* 37). « Il suffit de lire un poème, un discours ou le texte d'une réclame, d'entendre un débat politique ou une querelle de ménage, pour apercevoir que la moindre de nos démarches met en jeu bien plus d'arguments et de raisons

que nous ne sommes capables d'en saisir, ou seulement d'en *comprendre*. Leur ressource nous échappe. » (Paulhan, *Les Fleurs de Tarbes*, 102) [suite p. [170]].

*

[9] **Effets d'infini**

« La recherche de la poésie est d'arriver à obtenir des effets d'infini. » (Ungaretti, *Leçon sur Leopardi*). Ungaretti dit avant cela : « Le mot même « infinito » dans l'idylle du même nom, a valeur d'ironie, puisque l'infini est tel que l'homme ne peut le concevoir qu'à travers les choses physiques. » (*id.*)

*

Chercher ses mots, balbutier

Mon idée de ce qu'est la poésie est plus ou moins contenue dans le poème « le carnaval des calembours ». Et je m'intéresse à certains procédés syntaxiques, comme la reprise, un peu en amont, d'une [10] phrase qui avance ainsi sur le mode du tango, deux pas en avant, un pas en arrière, c'est le procédé de *Si tu t'imagines* de Queneau). Il y a de cela dans « voyage en orient » (« il aura ... »), « poème de reconnaissance »... (« Charybdes et Scyllas..., je tartare ou burgonde »), dans le poème en cours sur l'exil (« sur l'inépuisable sujet »), ainsi que dans le tourbillon de « de celui-ci ». C'est une sorte de balbutiement, qui mime aussi l'effort de *chercher ses mots*). Je montre un peu de la gangue qui entoure le mot détaché du fond (comme Michel Ange !). Le procédé a été également illustré par Tardieu et par Beckett (« Comment dire »).

*

[12] **Plurilinguisme et reconquête de la tradition**

Pétrarque parlait probablement en provençal. et était plus à l'aise en latin qu'en toscan. C'est en latin qu'il annote ses rimes toscanes, comme plus tard, Solomos en italien ses vers grecs, v. Seferis, *Essais*, p. 287. n. 8 de Denis Kohler. Foscolo, arrivé à Venise à l'âge de treize ans, avait pour langues le grec maternel et le vénitien paternel : le toscan classique qu'on appelle italien était une langue étrangère. Manzoni, père de la langue italienne moderne, a dû désapprendre (littérairement parlant) son milanais, apprendre le toscan (ce qu'il a appelé, le faisant passer en proverbe, *risciacquare i panni in Arno*, rincer ses frusques dans l'Arno) ; il a gardé son français. Pessoa, Cavafy, ont eu à pratiquer l'anglais à une période décisive de leur existence : celle où on commence à avoir consciemment cette relation au langage, jusque-là vécue dans l'euphorie de l'apprentissage et du jeu, qui conduit certains à écrire, d'autres à composer des chansons rock, d'autres à tracer des graffiti, etc. Quant à Cavafy, « il utilisait l'anglais dans sa correspondance, dans ses commentaires de textes, dans ses notes, pour les titres de ses dossiers. » (Seferis, *Journal*, 173 ; sur Solomos, Calvos, Cavafy, *Essais*, 132 sqq.) Ungaretti n'a quitté l'Égypte qu'à vingt-quatre ans, et ne s'est définitivement installé en Italie qu'à passé trente ans. Il a fait ses études en français, a écrit en français autant qu'en italien, et ne s'est définitivement décidé, en poésie, pour l'italien qu'en 1919, après sept ans de « vie littéraire ». L'italien, quelques-uns de ses plus grands écrivains sont *venus à lui*, et de loin.

*

[13] **Dictionnaire de rimes**

Le dictionnaire de rimes est à la poésie ce que le papier calque est au dessin. Il y a peut-être des équivalences (les analogies seulement apparentes ne me passionnent plus beaucoup) plus justes. Par exemple, que le dictionnaire de rimes fût ici quelque chose comme une règle (je parle du morceau de bois ou de fer, ou de plastique : quand j'étais en Sixième, notre professeur d'histoire nous obligeait à tirer les traits sans nous servir d'une règle).

*

[16] **Citations**

Dans mes écrits linguistiques, les citations correspondent aux cas où quelqu'un a dit ce que j'ai besoin de dire là, et où je n'ai pas mieux à dire. Dans les poèmes, la citation est une réminiscence, parfois recherchée systématiquement à sa source, quand ma médiocre mémoire ne me livre qu'une bribe à peine reconnaissable. Parfois je me dis : il doit y avoir chez *X* quelque chose sur *y;* et je vais à la pêche. D'autres fois, c'est le souvenir d'un ou deux mots, ou même le rappel d'une idée ou d'une construction, mémoire alors seulement abstraite, un concept, un contraste, un parallèle, un oxymore. Qu'elle soit de moi ou d'autrui, la citation étend la portée du [17] discours en cours, comme une couleur d'aquarelle va mordre sur une autre ; et comme on fait un détour ou s'attarde un instant avant de reprendre le fil du discours ou le cap de la route. Les citations montrent aussi par échappées quelle somme de paroles – dont la plupart me resteront inconnues – pèse sur la formule la plus triviale et la moins problématique. Elles peuvent jeter une suspicion de répétition (le plagiat relève de la marchandise) sur les formules mêmes que je prends et donne pour miennes.

Seferis, *Essais,* écrit à propos des citations d'Eliot : « Cette particularité technique relève à mes yeux bien plus d'un sentiment de solidarité que d'un penchant pour l'hermétisme. Eliot n'est pas un créateur isolé, il appartient à une tradition qu'il a lui-même définie par les choix. Le ton si particulier qui lui est propre fait naître avec lui d'autres voix qu'il colore et met à son diapason bien qu'elles gardent leur indépendance [...] Empruntant à leur personnalité, il renonce à la sienne propre, mais en l'enrichissant d'une ample profondeur de champ [...] Je présume que ce qu'a avant tout recherché Eliot par ces vers qu'il cite, tels quels ou en les modifiant, c'est l'humus commun que le poète pouvait trouver jadis dans le fonctionnement naturel de la mythologie. » (*id.*, 243-5). [suite p. [160]]

*

[18] **Dérapage des citations**

Le dérapage des citations (p. ex. dans « papiers perdus », « sur l'inépuisable sujet », et ailleurs), à la fois marque la déférence (i.e. déférer à), l'ironie (pour qui pratique cette déférence [y compris moi]), et *représente* le défaut de mémoire, le lapsus, la fausse étymologie, ces « fautes » par lesquelles les usagers font évoluer les langues.

*

[20] **Schèmes, figuration, méthode**

Sur la même musique, on met des paroles et on fait « danser » (ou marcher au pas; enfin, se trémousser) des corps – pendant la guerre on a chanté des deux « côtés » *Lili Marlène*... Sur les mêmes schémas, on construit une maison dans laquelle des gens auront des comportements partiellement formalisés par lesdits schémas, on peint une *Annonciation* ou *Night hawks* (tableau du sublime Edward Hopper), ou on construit un récit.

Donc ce qu'on appelle le « sens » et qui n'est le plus souvent que la *figuration*, est un habillage des schèmes sous-jacents (comme le corps est sous-tendu par divers principes de cohésion, moléculaires, cellulaires, code génétique). C'est ce Nombre, ce Chiffre (ses noms sont multiples, comme ceux de Dieu, puisqu'il est, me semble-t-il, la cible du même appel), qui est l'*objet* même des discours non contingents, dont le 'message' ne s'épanche pas dans l'espace hors communication, qui d'une certaine manière est *la méthode qu'ils contiennent*, dont ils sont l'actualisation, et qui est leur principe génétique de *cohésion*. Il s'agit, par exemple, de méthode de penser pour affronter, percevoir, construire, contrôler ou du moins comprendre le monde, dans la [21] poésie-incantation traditionnelle.

*

[27] **Analogie**

Je ne peux *plus* me laisser aller, par exemple, à l'humanisation d'animaux (v. le poème « larmes de crocodile ») ou objets. L'analogie qui n'est que superficielle ne peut me satisfaire longtemps ; celle qui révèle ou suggère un diagramme sous-jacent commun, qui est un instrument *cognitif* de *commensuration*, me semble plus 'vraie', plus plausible. Je peux donc la rechercher. Cela ne signifie pas que je renonce à, ou plutôt que j'aurais résolu de me passer définitivement et complètement de « la chevelure des forêts » ; mais je mettrais quelques conditions, dont voici les premières qui me viennent à l'esprit. Une analogie serait acceptable, c'est-à-dire mérite examen :

(a) si c'est un *cliché* (citation sans auteur) ou *a fortiori* une citation ;

(b) si elle repose sur des éléments *linguistiques* (étymologie, phonisme) ou cognitifs (encyclopédie naïve) qui peuvent, chez un locuteur compétent, suggérer l'analogie ; on reproduit alors un acte linguistique plausible, même si son contenu est douteux ;

(c) si elle est *ironique ;* cette condition est facultativement combinable avec les précédentes. Les recherches d'apparentements phoniques – si elles ne se dissolvent pas en naïvetés parétymologiques – me semblent légitimes, parce que les mots phoniquement semblables s'évoquent réciproquement (comme en témoignent le lapsus et le calembour), et que du sens [28] peut *en résulter* (v. Tardieu). Il faut résister aux tentations quasi mystiques d'y rechercher un *avant*, un plus vrai, un originel. De cela, bien sûr, a donné un mémorable exemple, Mallarmé. Mais aujourd'hui, *Les Mots anglais* ne valent pas plus que *Rrose Sélavy*, et même moins parce qu'ils ne sont pas ironiques. Donc, pas d'avant, mais l'*après* qui résulte de l'*acception* de tels mécanismes, est un fait d'*usage*, et qui souvent *fait droit*. Et il reste possible de lire *Les Mots anglais* en y suppléant l'ironie que n'y a pas mise Mallarmé. Si dans X mille ans, on trouvait seulement *Rrose Sélavy*, un ethnologue y verrait peut-être, un *Tao te king* ou un *Popol Vuh*. Tout ce qui se ressemble aujourd'hui dans les langues n'est pas ressemblance de *langage*, mais accidents de surface, dont la plupart couvrent, et cachent, des structures réelles, au lieu de révéler des propriétés. Mais les usures et les multiples médiations sont aussi commandées par des diagrammes *connaissables* (p. ex. l'économie des changements phonétiques, ou certaines constantes d'évolution sémantique ou grammaticale) (suite p. [116], [157]).

*

[29] **Flottement du sens**

Dans la communication ordinaire, il y a peu d'alternatives : un petit nombre de constructions syntaxiques et de lexèmes à peu près équivalents, les opposés standards et quelques termes gradués, éléments du fond flou des configurations que le locuteur va *avoir eu choisies*, presque indifférents du point de vue de l'intention communicative (v. Paulhan, *Clef de la poésie*, 84, naïvement juste). Ils restent également à peu près indifférents après l'énonciation, quand ils constituent le fond flou de du choix interprétatif de l'allocuté. La poésie vise à multiplier le *dicendum* pour surmotiver (au faire *flotter* le *dictum*).

Le terme de *flottement* est de Leopardi : « La rapidité et la concision du style, plaît parce qu'elle présente à l'esprit une foule d'idées simultanées, ou se succédant si rapidement, qu'elles paraissent simultanées, et font ondoyer l'âme dans une telle abondance de pensées, ou d'images ou sensations spirituelles, que celle-ci, ou n'est pas capable de les embrasser toutes, et pleinement chacune, ou n'a pas le temps de rester oisive, et privée de sensations. » (*Zibaldone*, novembre 1821, 2041).

Ce flottement repose sur la distinction, que Leopardi a trouvée chez Beccaria, qui l'avait trouvée chez Locke et les Philosophes, entre deux usages du langage, scientifique et émotif, à quoi correspondent deux catégories de mots (mais aussi de constructions) : les *termes* (délimitatifs, restrictifs) et les *paroles* (cumulatives, centripètes, attirant les « idées concomitantes »).

*

[31] **Louis-Philippe des Cigales**

– Qu'est-ce qu'il fait comme métier ?
– Poète.
– Comme Mallarmé ?
– Oui.
– Aussi célèbre ?
– À Rueil il est très connu, à Nanterre et à Suresnes un peu moins.
(Queneau, *Loin de Rueil*, Ch.1, p. 26).

*

[32] **Citations derechef : perdre le fil.**

Les citations ont aussi, je m'en suis avisé à propos de « sur l'inépuisable sujet », l'effet de faire perdre le fil du discours (dans ce *Tityre sourit,* le même rôle est joué par les parenthèses), ce qui peut être intéressant si celui-ci tend, comme c'est justement le cas dans ce poème – à devenir trop régulièrement oratoire. Dans « si je se tait », la répétition de « quelqu'un redit pire » (outre l'effet d'ironie qui convient à un discours où il est dit en substance 'si je me tais c'est que je ne dis rien'), cette répétition a une valeur oratoire, comme « s'il fallait » dans « sur l'inépuisable sujet ». (v. [132] sur l'ironie et la bouffonnerie).

*

[33] **Travail et achèvement ; variations.**

J'aime plus le 'travail', l'élaboration du poème, que son achèvement, à quoi toutefois je me résous sans trop de réticence, car je vois toujours dans l'occasion (rare) de *publier* plus un coup de chance que l'aboutissement normal de l'écriture. Après publication, je suis arrivé à m'interdire d'envisager ce qu'on appelle variantes d'édition. Au reste, les éditions critiques avec variantes sont illisibles ; j'ai de cuisants souvenirs de celles de Foscolo, Leopardi, et Ungaretti.

« Je n'aime que le travail du travail : les commencements m'ennuient, et je soupçonne perfectible tout ce qui vient du premier coup. Le spontané, même excellent, même séduisant, ne me semble jamais assez mien. » (Valéry, « Au sujet du *Cimetière marin* », *in* G. Cohen, *Essai d'explication du C.M.*, p. 16).

« J'ai été blâmé, par exemple, d'avoir donné plusieurs textes du même poème, et même contradictoires. Ce reproche m'est peu intelligible, comme on peut s'y attendre, après ce que je viens d'expliquer. Au contraire, je serais tenté (si je suivais mon sentiment) d'engager les poètes à produire, à la mode des musiciens, une diversité de variantes ou de solutions du même sujet. » (Valéry, « Au sujet du *C.M.* », 18).

Si Valéry n'aime pas commencer, c'est par souci de propriété (et donc de responsabilité sur la naissance) ; j'y suis indifférent, ou plutôt je tiens que le langage me vient de loin, et je l'accueille avec gratitude et confiance. Mais je n'aime pas finir : moins, je crois, par souci d'appropriation (à moi) de ce qui se dit, que par simple plaisir de prolonger le désir. Au reste, l'impression qu'un texte (ou une de ses parties) est *au point* est purement intuitive, c'est une question de résonance, dont j'admets aisément qu'elle puisse ne pas jouer chez un autre. J'ai remarqué que, en raison de la sympathie qui s'établit lorsque je leur montre une composition en cours, Emmanuel, et surtout Judith (plus hardie dans ses intuitions, et s'y fiant plus que le rationnel Emmanuel) repèrent généralement les endroits où je trouve que *ça coince* encore.

Ce que j'aime dans la période d'élaboration – je compose plusieurs poèmes en même temps, et cela dure généralement assez longtemps, un ou deux mois –, c'est l'état de *flottement* du texte, que j'aimerais prolonger, parce que l'achèvement, sauf s'il est suivi, voire forcé, par la publication, me laisse dans un état de vide, un peu dysphorique car, en raison de la maigreur de ma 'veine', je crains toujours un peu de ne plus avoir l' 'inspiration'.

Je suis tenté par une écriture en *variations* (v. [29] et [92], qui ferait de chaque 'étape', non un 'état' périmé et effacé par le suivant [34], mais un texte de plein droit, disant autrement la même chose, et/ou mêmement autre chose, et toujours, bien sûr, autrement autre chose. Un début de cette écriture à variations est la 'réduction' des « disciplines géographicques I » en « suite géographique » : j'ai eu d'abord l'intention de remplacer celles-là par celle-ci, puis le scrupule, et la compréhension que je ne puis pas faire que « les disciplines géographicques I » *n'aient pas été publiées*, m'ont amené à assumer l'existence des deux textes. J'ai écrit consciemment une *variation* lorsque j'ai caviardé le poème « regressus », et publié le texte résultant à la suite du 'texte-source' (anecdotiquement parlant). Enfin, c'est parce que je croyais avoir irrémédiablement perdu « derrière vitre où viennent se fixer » (le poème sur l'hospice / aquarium) que je l'ai réécrit de mémoire (c'est « ils ont nuque invétérée »).

*

[37] **Plagiat et ready-made; saisir, fixer, forcer.**

L'acte poétique, aujourd'hui, avec et après tout ce que nous savons sur tout et notamment sur le langage, et sur les innombrables, irréductibles, incompatibles fonctions qu'a remplies et que remplit la poésie, l'acte poétique, dis-je, [38] consiste donc peut-être, sous différentes formes mais avant tout, à *saisir*, *fixer* et *forcer du langage*: simuler sa naissance ou son émission (Zanzotto), sa pathologie, la ludique qu'il nourrit, son acquisition, sa diversification en langues, son éparpillement et ses coagulations contingentes dans le niagara d'information qui se déverse continûment sur le piéton des villes.

Saisir, c'est tout d'abord s'en *apercevoir* (souvent comme quand on s'aperçoit qu'on est en train de descendre un escalier deux à deux, on s'étale: entendez qu'on marche sur sa langue); et un petit clin d'œil à la désautomatisation du Cercle de Prague: celle-ci commence à la perception du langage en tant que tel, c'est-à-dire en tant que système autonome bien que connecté; quand le langage cesse d'être un geste comme un autre pour devenir danse ou acrobatie, c'est-à-dire *calcul*.

Fixer, c'est décider de prolonger ce temps d'arrêt, de le considérer autrement que comme un accident ou un simple dysfonctionnement, de ne pas simplement retourner le plus vite possible aux choses, de ne pas traverser / se laisser traverser par l'automatisme qui porte des choses aux choses *par* les mots, et qui est d'ailleurs la condition normale de l'intercompréhension (ce que j'appelle s'entendre *par défaut*, v. [6]).

[39] *Forcer:* là est le noyau; saisir et fixer, c'est déjà forcer – avec les métaphores de gibier à tuer ou de femme à violer, qui traînent, je dis bien, partout, et font lire toute histoire de chasse au daim ou à la dame (it. *damma / dama*) comme une allégorie de la poésie, et toute la poésie comme allégorie du désir, et de la relation érotique en général. C'est forcer puisque l'acte de langage est transitoire et transitif (s'écoule, et s'annule). Mais forcer veut dire aussi *forcer à*, ou faire pousser (croître, *augere*) de force – avec la métaphore de la serre chaude (Littré enregistre *forcerie* en ce sens) où faire pousser de rares et exotiques orchidées. On place là aussi, traditionnellement, l'idée de concentration.

Quant à la motivation, la finalité, la réception, le rapport entre l'intuition de l'inspiration (*saisir*) et le travail (*fixer*, *forcer*), le rapport entre l'intention et l'effet, entre [40] le sens qu'on poursuit, celui que l'on se reconnaît à la fin, et celui que confèrent les autres usagers, Gide et Valéry l'ont dit.

Donc, *faire des poèmes*, pour moi, c'est saisir, fixer, forcer des contingences de langage, essayer de leur conférer, par un peu de travail, un peu de nécessité interne, essayer de rendre un peu perceptible ce peu de nécessité, d'arrêter le lecteur à ce que je dis comme je me suis arrêté à quelque chose que j'ai entendu. Les moyens peuvent être définis (au moins empiriquement). La sanction (au bout du compte: s'y arrêter, ou non) est évidemment remise au corps social qui pût *se constituer de* (autour de) ces poèmes ; soit : l'ensemble de leurs lecteurs, ténu et labile ; vivant ? (v. [89]).

*

[41] **Brève description de mes compositions**

J'ai peine à ne pas pratiquer une écriture par agrégations successives, *i.e.* par surcharge. Quand je me suis essayé à la peinture ou au dessin, il en était de même, et cela finissait dans la grisaille, pour la couleur, et le fouillis, pour le dessin.

Cela a commencé en 1970, quand je me suis écarté de mes premiers modèles – Ungaretti, le Quasimodo des débuts, un peu Lorca et Machado – et que j'ai entrepris, je ne me rappelle plus comment ni pourquoi, de 'monter' ensemble de nombreux très courts poèmes, en un texte qui est devenu « les disciplines géographicques I ». [42] J'ai gardé quelques années, et jeté vers 1975, le brouillon où apparaissaient en couleurs distinctes les corrections des différents jours (j'y ai travaillé à peu près tous les soirs pendant 10 ou 11 mois). Ces corrections étaient *toujours* des additions. D'où l'effet final de grisaille et de fouillis ; d'illisibilité, bien sûr.

Je me suis quelquefois proposé de définir l'illisibilité des *dgI*. Avec le recul du temps, elle me semble reposer sur deux facteurs plutôt banals.

(1) Le placage d'un lexique emprunté à des domaines désuets (blason, jeu de cartes), sur des figurations dont le contenu et le regroupement est idiosyncrasique, produit un effet d'hermétisme [43] qui fait des *dgI* un « fumoso enigma » [Giordani, sur les *Tombeaux* de Foscolo], un jeu de devinettes et de phébus du genre *commodités de la conversation*. Deux ou trois lecteurs ont relevé un fantôme d'écho de Saint-John Perse sans la précision ni le rythme (la thématique 'coloniale' doit y être pour quelque chose).

(2) La technique de l'addition a conduit à multiplier les adjectivations coordonnées et les constructions du type '*x*

de y', ou le « de » n'est – conformément à son rôle ordinaire – qu'un crochet.

À mettre au même chapitre, sans doute, est la tentative manquée d'ordonner les fragments selon des principes et sous des titres qui renvoient à une combinatoire, impraticable. L'idée était de « jouer » le texte comme une sorte de réussite de cartes, en composant des sous-ensembles constitués par une suite de fragments présélectionnés ; mais il y aurait fallu la rigueur de Calvino, dont à cette époque *Le Château des destins entrecroisés* m'avait retenu.

Les *dgI* sont donc un texte raté ; mais comme langue, comme *réservoir* de mots, de formules, de vagues images de référents [44] imaginaires, elles continuent à 'fonctionner', comme on dit, à fournir des matériaux, qui assurent une lointaine cohérence aux écrits qui ont succédé. Les *dgI* seraient ainsi, on peut le rêver, le *chaos* dans lequel les compositions suivantes (a) mettent de l'ordre, (b) introduisent l'Histoire (événements 'nouveaux', diachronie, et *sens*, ou lectures successives de ces progressives diachronies).

Par la suite, je crois avoir esquissé une ligne intéressante en utilisant [45] trois procédés :

(a) La reprise, l'écho, d'autres, mais surtout de passages de mes propres textes, soit citation conforme, soit dérapage, truquage, etc.

[2008. *Cette tendance s'est confirmée et affirmée : le noble art de répéter les paroles d'autrui, admiré chez Eliot et Cavafy, devenus de plus en plus résolument mes anges tutélaires, m'a procuré des moments de bonheur d'écriture. Je l'ai admiré, avec un égal bonheur, chez le Tasse.*]

(b) L'usage de notes dont la rédaction montre qu'elles font partie du texte, et qui introduisent, par le recul métalinguistique, une distanciation dont on fait participer le lecteur.

[2008. *Mais c'est aussi pour l'auteur, en feignant de s'écarter de son texte, une façon, à la fois de prolonger le temps de l'écriture, et de capter le lecteur, de le faire hypocritement son semblable.*]

© Comme développement de (a), peut-être, la réécriture en 'genotien' de textes d'autrui (traduction captée ou 'imitation' à la Lowell), de moi-même et aussi, avec la « Suite géographique » et, de façon plus spectaculaire avec « descensus », la 'réduction', la (re)lecture [46] partielle d'un texte dont des parties sont effacées, ou non lues. [suite p. [76]]

[2008. *Par la suite, ce procédé a donné lieu à presque tous mes romans*]

*

[48] **CITATION, DÉFINITION**

Une citation est

– quelque chose que quelqu'un a dit,

– dont on se souvient,

– dont on se rappelle l'énonciateur,

– qui formule d'une manière en quelque sorte autonome,

– qui, à un moment donné de mon discours, me revient à l'esprit,

– et qui alors me semble dire ce que je veux dire, au moins aussi bien, et, dans l'euphorie de la remémoration, mieux que je ne le dirais moi-même,

– et aussi avec plus d'autorité, dont mon discours peut, sinon hériter, du moins bénéficier.

[49] Tout cela est valable aussi bien pour la citation à l'appui, cognitive sinon érudite, que pour la farcissure à laquelle, à l'école d'Eliot, je m'adonne dans mes compositions.

*

[50] **Poésie-langage, logique poétique.**

Une citation sur la poésie langage (citation matriochka).

« La partie du tout qui donne sur le tout, lequel donne la partie, n'est pas une partie à côté de l'autre, mais un repli. La « logique poétique » n'est pas une affaire de contiguïté. Coleridge : « Un symbole, tandis qu'il énonce le tout se maintient lui-même comme partie vive de cette unité dont il est le représentant. » » (Michel Deguy, *Po&sie*, 41, p. 31.)

[51] Une autre : « Réduire l'écart entre logique et rhétorique, cet écart qui souvent fait considérer la poésie comme une chose décorative, surmonter cette barrière (?), c'est l'effort à toujours renouveler : en faisant « rentrer de force » (c'est-à-dire par arguments, c'est-à-dire par preuves poétiques) l'*être-comme*, formule rhétorique, dans l'*être*, dans la copule, le « jugement » (cf. P. Ricœur). » (Michel Deguy, *id.*, p. 31).

Une autre : « Une imagination continuellement fraîche est requise pour pouvoir *saisir* [*en fr. dans le texte*] les rapports, les affinités, les ressemblances etc. etc. soit vrais, soit d'apparence, poétiques etc. des objets et des choses entre eux, ou pour découvrir ces rapports, ou pour les inventer etc., chose qu'il faut continuellement faire, si l'on veut user d'un parler métaphorique et figuré, et que ces métaphores et ce parler aient du neuf et original et du propre à l'auteur. » (Leopardi, *Zibaldone*, 3717- 8).

*

[52] **L'ère du soupçon**

« Résumer l'une de nos erreurs : celle qui consiste à tenir qu'une chose n'est aucunement ce qu'elle dit être, mais autre, et divisible en deux : a) une apparence à effet de mirage et d'alibi, b) une « réalité » entièrement autre, et contraire à sa prétention en « pour soi ». » (Michel Deguy, *id.*, p. 34).

La citation précédente correspond terme pour terme à une fichette que j'ai écrite il y a plusieurs années, et qui dénonçait un raisonnement progressivement pervers :

1 – ça dit plus que ça n'en a l'air ;

2 – ce que ça dit de plus est plus important que ce qu'on voit ;

3 – ce qui est en plus et caché est tout juste le contraire de ce qui est dit ouvertement ;

4 – c'est le vrai sens du texte, d'où :

5 – l'auteur est de mauvaise foi, trahi par son *idéologie réelle !* et :

6 – celui qui prend en compte le sens manifeste est un jobard.

*

[53] **Rôle du poète.**

(Observé, non prescrit !).

Il formule ce qui *est* dans l'esprit de certains (un milieu, une coterie, le grand nombre), notamment en mobilisant, ou en évoquant, ou en invoquant, la tradition, c'est-à-dire l'histoire qui traverse le présent, de sorte que lorsque les autres disent ce qu'ils avaient en tête avec les mots qu'il leur propose, ils en disent, en pensent, en comprennent et en font *plus que ce qu'ils croyaient.* Bien sûr, il y a des degrés divers à cette compréhension : le premier est l'euphorie d'avoir trouvé ses mots, les derniers sont les sommets de l'illusion de tout comprendre dans une métaphore, et, aussi, l'impulsion à prendre son tour pour dire le monde (en termes simples : se mettre à écrire, pour continuer, contribuer à, et participer de la tradition). [suite [155]]

Pour Éluard, « la belle image est un « jamais vu » qui se justifie par un « déjà vu » (une évidence) qui l'habite. ». C'est le *simple* dans le complexe, qui n'en est que l'extrapolation. Pour moi, il s'agit plutôt d'autre chose : le dépassement (a) de la parole individuelle dans la parole collective, (b) de la contingence immédiate dans la (?pseudo-)nécessité de la continuité. Sinon, c'est le piège où s'est englué Éluard, de « contribuer à diffuser les modèles (de la femme, de la nature, de l'amour) les plus attendus. » (Boulestreau). Contradiction saisie au vol par Seferis, [suite [97], [155], [165]]

*

[54] **INSUFFISANCE DE LA LANGUE**

Repartant de l'idée de *parler pour*, je rencontre l'arrogance de ceux qui pensent alors *parler mieux*, et qui accusent tous et tout de leur gâcher le travail.

Paulhan parle d' « Apollinaire, Fargue, Éluard, avec leur désir secret d'humilier le langage, parfois de le recommencer, toujours de valoir mieux que lui. » (*Les fleurs de Tarbes*, p. 60).

Voyons.

Valéry écrit : « Il faut remplacer les mots connus exprimant des choses connues – souvent par d'autres, et pour se garder des erreurs d'habitude et de l'insuffisance individuelle de tous les symboles. » (Réf. perdue).

Ici, il y a de la méthode dans la reconnaissance de deux facteurs qui sont l'automatisme et le contexte. Mais il y est quand même question d'une insuffisance.

Ponge : « C'est avec les mots que tout le monde emploie chaque jour [...] qu'il faut que nous travaillions [...] nous devons [...] employer ces expressions qui sont souillées par un usage immémorial, souillées et épaissies et rendues plus lourdes... » (*Méthodes*). Et : « ... paroles [...] étant données les habitudes que dans tant de bouches infectes elles ont contractées : un tas de vieux chiffons pas à prendre avec des pincettes (« Des raisons d'écrire »).

Cette réflexion sur le langage-la poésie, sur le mode du regret, de la jérémiade du mauvais ouvrier qui accuse ses outils – serait-ce pas pour aller à la pêche aux compliments en cas de ‘réussite’ (?).

[2008. *Dans mon patois: « Le mauvais œuvrer rappalle [s'en prend à] ses utils ».*]

Quelques réponses.

Lacan: « Il n'y a pas de langue existante pour laquelle se pose la question de son insuffisance à couvrir le champ du signifié, étant un effet de son existence de langue qu'elle y réponde à tous les besoins. » (*Écrits*, Paris, Seuil, 1966, p. 498).

Bourbon Busset: « Il me suffit d'entendre un homme médire du langage pour savoir que c'est un sot. » (*Moi, César*, p. 95)

[Réponse de Valéry [63]]

*

[55] **Compositions en cours**

Ce sont: (1) « sur l'inépuisable sujet », (2) « de celui-ci | dont je lus », (3) « déclinaison », (4) « moi cela m'est égal ». Ces quatre compositions, qui forment un ensemble – ne serait-ce que synchronique – *représentent*, en quelque sorte, quelque chose comme, pour ainsi dire, la difficulté d'écrire de la poésie. Voyons cela point par point.

[56] ***sur l'inépuisable sujet***, dont le titre évoque les bafouillements virtuoses de l'annonceur de *M.A.S.H.*, m'a été suggéré par l'occasion de parler, à la Soc. de Litt. Comparée, de la question d'Agrégation « Exil et poésie » (Ovide, Du Bellay, Seferis et Ungaretti).

C'est un exemple de deux contradictions; l'une voulue, la prétérition: s'il fallait parler de (l'exil), on n'en finirait pas – et on n'en finit pas de dire qu'on ne peut/veut pas en parler

… ; l'autre, qui *force* en quelque sorte le discours (comme on force une porte coincée) : le *mot* « exil », refusé, refoulé, s'impose, n'est pas 'reconnu', et finalement se renverse : la patrie perdue est le lieu où je suis, si je m'en absente, que Jérusalem me sèche dans la mémoire.

[57] Plusieurs fois, une sorte d'*entraînement*, à la fois facilité de s'en remettre à la mémoire de la tradition, et exaltation qui pousse à galérer un peu, conduit à de maladroites excuses, un peu ridicules et pathétiques.

DE CELUI-CI : nouvelle version de « combien de temps resteront ». C'est encore à l'occasion d'Ungaretti.

Valéry et son Narcisse reparaissent – comme dans « déclinaison » – pour rappeler que quand on se regarde dans un poème, on risque de s'y voir sous les traits de son auteur (ce n'est pas une fatalité, heureusement, que le poème fasse affleurer toutes les grimaces du *monsieur*).

[58] La reprise, ironique, partiellement apocryphe, de l'*Appendis Probe* et les pitreries de saltimbanque sur les verbes modaux sont là pour montrer que le langage est soumis à tellement de contrôles, qu'*un de trop* peut faire de lui l'instrument de l'abomination.

[2008. *Une fois de plus, si le mot « chien » de Saussure ne mordait pas, le mot « Juif » a fort bien tué.*]

DÉCLINAISON est le développement de l'épigramme qui en forme le centre, lourde plaisanterie qui dit en somme 'si je me tais c'est que je ne dis rien' ; s'y ajoutent des exercices sur les homonymies déconcertantes à quoi se prêtent les pronoms et noms personnels et les possessifs, jusqu'à les dépouiller de toute référence assurée ; comme quand on parle, ordinairement et en poésie.

Enfin, pendant que je travaillais [59] à ce texte, j'ai rencontré un poème de Queneau, dans *Le Chien à la mando-*

line (« Qui cause ? qui dose ? qui ose ? »), qui m'a fourni le dernier vers de l'épigramme ; et puis un autre (« Modestie »), qui exploite admirablement la cacophonie des homonymes. J'ajoute que je suis assez content des formes « polaire » et « soupire », qui sont assez quenelliennes (si j'ose dire).

Cette composition, comme la seconde partie de « sur l'inépuisable sujet », tend au dialogisme ; j'en dirais ce que Seferis dit de la poésie d'Eliot (*The Waste Land*) qui est une poésie dramatique : « ses poèmes sont des drames écrits non pour être joués au théâtre, mais pour être dits par un récitant, tout en restant des œuvres dramatiques. » (*Essais*, 241). Pour moi, il me semble que ce sont des *voix* qui, dans la mémoire, se [60] réveillent, en quelque sorte, et viennent *essayer* de dire quelque chose, et parfois bousculent un peu, faussent, ce qui est en train d'être dit (je ne dis pas, moi, *de se dire !*), et parfois *s'y prennent* et disent un peu autre chose que ce qu'elles avaient dit jadis, et essayaient de redire ici : elles disent alors quelque chose de composite qui est une 'citation' fausse et une expression captée ; un mélange de contingence et de détermination, d'information et de radotage.

MOI CELA M'EST ÉGAL (prêté par Gide, « Moi, cela m'est égal, j'écris *Paludes* ») est un texte sur le grillage des fenêtres de la tour d'y voir (oh, bon, passons …). [61] Rilke en fait les frais, qui a assez bellement développé ce thème en termes post-symbolistes. Puis, comme il a écrit – mais sans rire, lui – en plusieurs langues (en français, mal, disons-le), je me suis lancé dans une suite de calembours (« traverre » et « y voir »). Quant à « (ach, les dieux !) », c'est encore pour Rilke. En rédigeant cette note, je me suis avisé que ces 'grilles' étaient aussi les 'règles', formes, genres, et qu'il fallait que je l'explicite dans le texte. J'ai écrit « fenêtres donc sonnets | grilles caches pochoirs | nous montrent monde quadrillé |... ». Cela pourrait suffire, si je ne peux caser le mot « rime ». J'ai rajouté au début : « dont à miroir de néant |à béance de rimes se fardent ... ».

[62] À la fin, je considère comme un coup de chance d'avoir pensé à remplacer « sourient » par « sourissent », à la fois barbarisme ironique (« Vite, courissons ! », disaient – volontairement – Judith et son amie Valérie), donc, et hyper-cultisme du subjonctif imparfait utilisé dans la protase de l'irréel.

*

[63] Religion, révélation, langage

Honneur des Hommes, Saint LANGAGE,
Discours prophétique et paré,
Belles chaînes en qui s'engage
Le dieu dans la chair égaré,
Illumination, largesse !
Voici parler une Sagesse
Et sonner cette auguste Voix
Qui se connaît quand elle sonne
N'être plus la voix de personne
Tant que des ondes et des bois.

Paul Valéry, *La Pythie*

La religion, c'est, entre autres choses, *ce à quoi on demande la révélation de la vérité dans la communion* (une vérité partagée). L'important est le caractère *communautaire* commun à la religion et au langage. Cette révélation, je la cherche *dans* le langage (histoire, action), *par* ma réflexion/contemplation de linguiste, et *par* mon usage (calembour, poésie) pratique.

Il y a, je le dis sans hésitation, de la *dévotion* dans mon usage de Madame ma langue maternelle, même et surtout dans l'ironie, la pitrerie, la bouffonnerie en somme. Une sorte de religion *baroque* (je suis quand même catholique de rite sinon de foi, et probablement Concile de Trente), qui s'accommode, en particulier, du macabre et du caricatural.

*

[64] **Écrire pour et dialogue avec le langage**

Il me semble que pour un certain aspect du travail littéraire, primordial dans ce qu'on appelle poésie, la question : *pour qui écrit-on ?* se déplace. *Écrire pour*, en ce qui me concerne, est presque entièrement absorbé par dialoguer avec (c'est encore le mode dramatique). Je vois là une des pulsations qui donnent à certaines de mes compositions l'allure, soit d'énonciations *rapportées* (comme la « chanson des compagnons de vasco »), soit de monologues entrecoupés de citations-interruptions, soit de quasi-dialogues.

[2008. *Au même chapitre, l'usage obstiné de « vous », qui réserve le JE et interdit de le confondre avec le *« je ».*]

Mais au-*dessous* (?) de cette fiction ou mise en scène, avec qui est-ce que *je* (l'instance du JE dans mes compositions, pas *le monsieur* [65] Genot) dialogue ? Il me semble que c'est *avec le langage*, sous son espèce de langue maternelle. Et *dialogue* ne me semble pas un terme métaphorique : il y a, de ma part, 'autour' d'une 'idée', interrogation des disponibilités de la langue, recherche méfiante de telle *formule juste* (version Ponge), d'automatismes à suivre même s'ils se déglinguent un peu (version Queneau ou Tardieu), de réminiscences illustres (version Eliot), d'auto-citations (version Tasse). Une de mes compositions, « le carnaval des calembours » tourne autour des mots dont l'étymon est CAPUT ; voir aussi « poème en or (or) », et « ainsi ce fût cave encombrée » (QUADRUM) [v. [77]]

Mais je ne cherche pas l'*indicible*, ni le « vrai », *derrière*, *sous* ou « au delà de » la langue ou le langage. Je ne suis pas de ceux qui disent : « Il y a, certes, cette attente démesurée qu'un jour un mot contienne toutes les significations et les annule toutes », etc. (Lorand Gaspar, *Approche de la parole*, p. 123).

Gaspar dit aussi : « La poésie qui se sert de mots dans le but – évident pour les uns, rigoureusement nié, refusé par les autres – de dévoiler ce qui se cache dans les mots, s'achemine vers son anéantissement. » (p. 123) Cela, je peux y souscrire. [v. [71]]

*

[66] **Locutions**

J'ai trouvé dans *Les ruines de Paris*, de Jacques Réda, « malgré son bébé, cette jeune femme a l'œil en coin-du-bois » (p. 118). Interprétant cela – peut-être à tort – comme 'le regard racoleur', et cherchant dans le Robert une confirmation, que je n'ai pas trouvée, je suis une fois de plus tombé sous le charme labile des bas d'articles de gros dictionnaires, là où sont déposées en vrac, comme – et allez donc ! – des malles un peu poussiéreuses pleines de merveilles triviales que seul leur âge et le progrès de la technologie du quotidien pare de nostalgie, les *locutions* (« Tels les coffres cadenassés des matelots noyés » (Seferis, *Journal*, 14). Pensons aussi à la malle de Pessoa, v. « ouvindo o poeta »).

[67] Et j'ai retouché le second vers de l'épigramme de *déclinaison*, qui disait

« se plante
au bord d'un coin d'orée de brocéliande »
ce qui n'était pas fameux, en
« se plante
l'œil en coin-du-bois à son orée de brocéliande ».

Merci, Jacques Réda.

*

[71] **Indicible**

Beaucoup de poètes me semblent se donner pour tâche de *dire l'indicible :*

« Rien ne vaut d'être dit en poésie que l'indicible, c'est pourquoi l'on compte beaucoup sur ce qui se passe entre les lignes » (Reverdy, *Le livre de mon bord,* p. 74), et poser la question de la poésie en ces termes :

« Qu'est-ce que l'homme dit ou essaie de dire de plus (ou de moins) en poésie qu'il ne dit autrement ? » (Gaspar, *Approche de la parole*, p. 54).

Les réponses sont plus ou moins du genre « dévoiler ce qui se cache dans les mots » (p. 123), « faire confiance à des activités mentales (ou plus simplement de la vie) ontogénétiquement et phylogénétiquement antérieures à la démarche rationnelle » (p. 87), avec l'espoir qu'elles prennent le relai de celles-ci (p. 49, 50).

Or c'est encore un reste de l'erreur [72] que Gaspar dénonce lui-même (p. 64-5) : croire qu'*en* poésie (ou plutôt sur le *mode poétique*) on transmet de l'information. Bien sûr, il écarte la description et l'expression de soi (« J'écarte encore toute description, tout compte rendu d'un « état intérieur » », p. 65). Il se rappelle que le langage a pour fonction primaire la communication (p. 47), et s'approche d'un point de vue juste quand il dit : « Le poème n'est pas réponse à une interrogation de l'homme ou du monde. Il ne fait que creuser, aggraver le questionnement. » (p. 35), « Le poème nous révèle plus qu'il ne se révèle » (p. 53). Version 1975 de « Mes vers ont le sens qu'on leur prête » de Valéry ? [v. [84] ; il n'y a pas contradiction.]

« Seul le manque y est, et non pas dérobé. Le poète est celui qui ne sait pas. » (p. 64). Son dernier mot est ceci : [73] « Tout se passe comme s'il y avait dans la vie de l'homme quelque contenu qui demandait à se manifester et ne le pouvait qu'en « jouant » avec le langage, en le défaisant et en le remodelant, en le décapant, en le creusant, en y descellant des énergies, des rapports, des liaisons méconnus, oubliés, recouverts de quelque croûte d'oxydation, enserré dans le carcan d'un processus fibreux. » (p. 51). La métaphorique de Gaspar révèle qu'il est obnubilé par l'*analogie* entre langage et processus biologiques. Mais je dis que si elle est plausible, elle est aujourd'hui séparée de son commun diagramme par trop de médiations – ne serait-ce que des millions d'années d'usage du langage, d'exercice de la latitude qu'il donne de le construire sans correspondance biunivoque avec le corps et le biotope ; d'histoire, en somme, qui est aussi (a) histoire de l'aliénation et de la captation (et de l'intellectualisation) du langage, (b) histoire de l'éloignement de la 'nature' (v. [28]). Entendons-nous : la poésie n'est pas *ci* ou *ça*, ni même *ci* ou *ça* à une époque ou dans une culture ; elle est multiple et ce qui produit l'*effet* poétique (ou ce qui soutient la *motivation poétique*) est souvent une propriété contingente, et même parfois fallacieuse : on fait de la poésie, alors, en croyant que *le poétique* est *ici* alors qu'il est (déjà) *là* (on est toujours en retard d'une guerre).

[2008. *Je me souviens d'Yves Coppens expliquant que l'état de conscience des hominiens devait être quelque chose comme ces états fiévreux – comme mes fameux accès de paludisme – où, de temps à autre, nous avons un éclair de 'lucidité' avant de retomber dans une torpeur où nous n'avons qu'une conscience floue de nous-mêmes.*]

Moi, je dis que Gaspar passe tout près d'une motivation que je puis partager quand on lit sa conclusion : « Pour arriver à la parole, il faut [74] alors *réapprendre à parler.* » (p. 51). Ce « contenu », s'il vient de la vie de l'homme, en vient comme les premiers éclats du langage dans le fouillis (?)de la communication des premiers *homines loquentes;*

il ne nous parvient plus que *médiatement* [v. [28]] et ne se trouve plus que *dans* le langage.

La poésie est peut-être alors l'activité par laquelle l'homme soutient sa question de l'origine du langage – qui est la question de *son origine en tant qu'homme* –, question qui supposerait que l'on sortît du langage (ce qui est radicalement impossible à l'homme). D'où la faveur et le prestige de [75] deux fictions complémentaires : se situer *juste avant* le dire, pour feindre de saisir sa constitution (confondue avec sa naissance, son émergence) ; ou *juste après*, dans le silence, le suspens, le « masque » (Gaspar), la pause (ma vieille interprétation d'Ungaretti).

Il ne s'agit pas de *signifier*, mais de *communiquer*, qui est logiquement antérieur ; la poésie, en tout cas, au moins vise à *susciter* des états intérieurs, et c'est à peu près tout ce qu'on peut dire de raisonnable. Tout le reste (comment, quels états, i. e. quels contenus, images, notions) [76] concerne la mécanique langagière et n'est pas spécifique de la poésie. Le point important, vu par Gaspar, d'ailleurs, mais du coin de l'œil (l'attestent guillemets et italiques), est le jeu et l'apprentissage (le jeu *comme* apprentissage) du langage ; en dernière analyse, la poésie tire sa dynamique (à la production) et sa fascination (à la réception), d'avoir partie liée à l'apprentissage du langage, de le *continuer* (cela peut aller de le singer à le poursuivre, à le reprendre, crût-on, à zéro)

[2008. *C'est le petèl, babillage enfançon, de Zanzotto, entre autres.*].

Les caractères formels de la poésie, si on y réfléchit un peu, [77] sont ceux qui assurent, dans la phase d'apprentissage, l'euphorie, et donc le *désir de continuer*, et la mémorisation, non d'information, mais de schèmes et de mouvements.

[2008. *Ces caractères sont entre autres la répétition, le cadençage, l'écholalie, les lapsus et confusions, l'extrapolation des 'mots d'enfant' qui réjouissent les grands-parents, dont les « ah ! oh ! ah ! » encouragent l'enfant et contribuent par leur approbation à favoriser son apprentissage.*]

De là vient la faveur de la thématique et de l'emblématique de l'enfance dans la poésie moderne.

*

Idées à même la langue

« Son discours est plein de mots qu'il coupe, si l'on peut dire, à la racine. Pourtant, dans l'étymologie, ce n'est pas la vérité ou l'origine du mot qui lui plaît, c'est plutôt l'*effet de surimpression* qu'elle autorise : le mot est vu comme un palimpseste : il me semble alors que j'ai des idées *à même la langue* – ce qui est tout simplement : écrire (je parle ici d'une pratique, non d'une valeur). » (R. Barthes, *R. Barthes par lui-même*, Seuil, 1975).

Quant à moi, j'ai couramment ce *Sprachgefühl*, le sentiment que ce qui va passer dans mon dire poétique (j'ai failli mettre des guillemets) vient, non de l'être, de sa profondeur, de sa psychologie, de l'expérience, des 'états intérieurs', que sais-je encore, mais [78] déjà du langage – ou plus exactement *des* langues. Une idée me vient en mots, une « pensée poétique » (Gide !) est souvent une formule ou un entrechoc de formules, au contact de plusieurs langues 'naturelles', celles que je sais plus ou moins bien, mais assez pour ébranler ma langue maternelle, avec les traductions, les 'faux amis', les glissements et plissements de registres.

*

[79] **Pensée poétique refusée**

Le 25 VI, en bordure de la rive du lac, que je longe pour me rendre à la gare, un chien aboie à mon passage. Répercuté au-dessus de l'eau par les façades des maisons de l'autre rive, revient l'écho de ses aboiements. Je m'amuse un instant à penser que, lorsqu'il aboie à nouveau, ce fût en réponse à l'écho de son propre aboiement, qu'il eût pris pour la réponse d'un de ses congénères. J'en tire une *pensée poétique*, fausse, sur l'homme. Et je considère comme un *progrès* de ne pas m'être précipité à en faire un poème du genre faux haïku allégorique, comme: « Chien par-dessus l'eau | répond à l'écho de son aboi | l'homme s'adresse à Dieu ».

[2008. *Le même refus, déjà (1982), dans « danse (danse?) ballet (ballet?) »*].

*

[80] **Chiffre du monde et vérité d'usage**

Je ne cherche pas le chiffre du monde, pensant que ce que j'en viendrais à imaginer ne pourrait être qu'une allégorie. C'est pourquoi je suis désormais pointilleux et méfiant à l'égard de la métaphore. Mais je cherche dans le langage quelque chose qu'on pourrait appeler vérité, mais plus précisément vérité d'usage. Je ne cherche pas le 'dernier mot' du monde, mais j'écoute, je *compose* des propos qui sont évoqués, convoqués, provoqués – certains, en cours de route, révoqués –, équivoqués afin, à la fin, de cerner, ou définir, ou mentionner, etc. un *lieu où* [81] *Je* est, *Je* étant un compromis entre le monsieur et le JE qui dit je, tu, il, etc.

En *faisant jouer* le discours *comme* langage en *des* langues, je communique des pensées (plus que des idées), et aussi, je me meus dans le langage. L'esprit d'enfance tant rabâché à propos de poètes gît sans doute, en dernière analyse, en cela que le poète a toujours plus ou moins l'attitude/aptitude – vive l'assimilation régressive des consonnes (it. *attitudine*), qui transforme la pose en capacité ! – de « jouer » (comme on dit, assez justement) avec le langage pour apprendre conjointement sa langue et le monde. Le locuteur adulte ordinaire ne se soucie plus d'*apprendre* (s'il le fait, c'est de manière [82] contingente). Les assimilations – ou grossissements exclusifs de communes propriétés – entre poésie et jeu d'une part, poésie et 'science', révélation etc. d'autre part, sont sous-tendues par cette permanence dans l'usage 'poétique' de l'attitude systématique et gratuite, méthodique et abstraite, euphorique et détachée de l'empirique et du directement rentable, qui caractérise aussi les deux autres activités, déjà apparentées par leur finalité et leur *modus operandi*. Aujourd'hui, cependant, on tend à mettre l'accent plutôt sur les méthodes, les procédures, les techniques de cette ? herméneutique du monde ?, alors que par le [83] passé (ou ce qui nous en reste) il y a eu la tendance à mettre l'accent sur les formules de contenu, les 'vérités' oraculaires, la « décoration » 'mais c'était bien plus) mythologique, qui bien sûr n'ont jamais été que la face visible, l'*excuse* dirais-je presque, du travail/jeu de langage associé au discours contingent.

*

[84] **Créer, répondre, plurilinguisme**

Les remarques ([53]) sur le *poids* de ce qui est dit dans une référence et une intégration à la tradition, ([81]) sur l'usage ordinaire du langage où on cesse d'*apprendre* celui-ci, me conduisent à penser que 'créer', dans le domaine verbal, – mais sans doute dans tous les domaines artistiques –, serait en quelque sorte, et déjà dans ce qu'on croit une adresse, une *réponse*. Mais pas une réponse *révélatrice* (comme le croyaient Paulhan et Éluard) : c'est même quand l'*évidence* réelle (de l'automatisme) est en défaut que se dégage l'*appa-*

rence d'évidence, de révélation, l'effet de vérité. Il y a *sollicitation,* sinon question (cela n'*aura été* une question que s'il *y aura eu* 'réponse'), dès lors que les automatismes intériorisés sont, d'une façon ou d'une autre, en partie *exposés* (d'où les considérations du Cercle de Prague sur l'art comme *désautomatisation*), rendus problématiques par un accident, ou une [85] condition un peu durable. Ainsi, le 'bilinguisme' assorti d'interdit, ou de forte dévalorisation – patois-français pour moi –, constitue-t-il vraisemblablement, sinon la source, du moins la matrice d'une attitude à l'égard du langage, et d'une pratique. C'est le cas d'Armand Robin, polyglotte furieux pour avoir été Breton brimé.

[2008. *Et je me souviens de Jean Boutière, auprès de qui j'ai appris un peu de provençal à la Sorbonne, A.D. 1961, qui me racontait qu'à l'école, dans son enfance, on punissait les enfants surpris à parler en provençal.*]

Donc, on serait alors attentif à ce qui n'est pas automatique, à ce qui *ne va pas de soi,* aux formules alternatives, aux cas limites, etc. Ce qui 'revient' un peu à l'attitude d'apprentissage. Et ma notion de dialogue – avec la tradition, la culture – en serait un peu précisée : il s'agit de répondre à des formules de langue, par d'autres. Le 'monde' est juste *off limits.*

*

[88] **'Faire de la poésie' : justification**

Justification de 'faire de la poésie' – je veux dire de la manière traditionnelle, un peu vieillotte, que je pratique.

1. – Il faut de tout pour faire un monde. Sur une terre où vivent six milliards de gens, dont plus de la moitié crèvent de faim, où une fraction indéterminée est mise constamment en danger de mort immédiate ou lente par une autre fraction (au numérateur inférieur), il n'est ni bon ni mauvais, ni souhaitable ni ridicule, ni utile ni futile, ni obscurantiste ni

instructif que quelques individus s'adonnent à une activité semi-privée. (« Je ne voudrais pas laisser croire que je vois en la poésie une affaire privée. Mais, au lieu de répéter que la poésie a atteint le point de non-communication, il serait, je crois, plus juste de méditer sur un monde où la communication est si difficile qu'elle a donné naissance à un art, lui aussi, très difficile. », Seferis, *Essais*, 239). Voir [64] pour une *alternative*.

[89] 2. – Semi-privée, la poésie l'est. Cela ressemble assez, dirais-je, à ce qui se passe quand, dans un café, un restaurant, un autre lieu de passage, un client qui a ses raisons (il est ivre, il vient d'avoir un fils, une promotion, elle a dit oui, elle a dit non, ...) régale toute la salle, disant au tenancier : renouvelez la consommation de tous ces messieurs-dames. Chacun a *ce qu'il avait*, un peu plus. Une motivation privée devient, passagèrement, publique. Quelques-uns dégustent avec un peu plus de plaisir ce qui est offert ; certains se demandent qui, pourquoi. Lui, il est déjà parti, ou il pérore dans un coin, c'est déjà pareil.

(J'ai essayé par là d'illustrer la portée *locale* et la durée brève de l'*acte* que constitue (rq. le passif) *être publié* (dans certaines conditions). Le *socius* qui se constitue *de* la commune et synchrone lecture – mettons, dans un n° de revue – de tel écrit, est aussi labile que celui des consommateurs qui sont à *ce moment-là* dans le café. S'il n'y a pas d'autre *facteur de cohésion*, le groupe se dilue. V. Borges-Bioy-Casares, « Le théoricien de l'association », dans *Chroniques de Bustos Domecq*, part. 70-73.)

*

[92] Variation et auto-citation

Une *variation* est aussi, par rapport au premier texte, généralement plus (ou plus longuement) travaillé, plus complexe (ou du moins plus 'chargé' (v. [41]), quelque chose comme une *exécution* (au sens musical ou théâtral), ce qu'on appelle une *interprétation*. C'est une *lecture*, mais qui va un pas plus loin que la lecture ordinaire, laquelle reste virtuelle (v. n. à « regressus »).

*

[97] **Seferis sur Éluard**

« J'ai remarqué ceci : Éluard n'interroge jamais. » (*Journal*, 36).

« Non pas que ses poèmes m'eussent procuré cette impression d'une soudaine illumination, ni même d'un tressaillement inattendu, mais il a le sens du rythme et le sens du mot. » (34)

« [*Éluard dit:*] « D'ailleurs quelle importance a la langue ? Moi je pourrais écrire même en chinois. C'est pourquoi je n'admets pas qu'un poème soit intraduisible. » Curieux, je croyais que ce qui le caractérisait c'était un sentiment profond et solide de la langue. » (38-39)

Et voici le diagnostic :

[98] « *La poésie pour tous* est une conception démentie par tout son être, de même que tout ce qu'il ressent est à l'opposé de cette machinerie politique où il s'est empêtré. Chez Éluard il y a l'homme d'un côté, les théories de l'autre et lui, brisé, entre les deux. [...] Son entourage politique l'a isolé comme un fil électrique. » (38)

Que voilà une de ces comparaisons à valeur *cognitive* que *j'admets*.

*

[99] **Dévotion**

(suite de [63])

Dévotion, pas foi aveugle. Je n'ai pas la naïveté de chercher à « penser aussi juste que notre langage » (Paulhan, « À demain la poésie », *O. C.*, Tchou, II, 326).

J'ai encore moins la naïveté de croire que l'écrivain est un « spécialiste de l'expression » (*Les Fleurs de Tarbes*, III, 53) – pourquoi pas l' « ingénieur des âmes » de Staline ?! –, et peut réformer la pensée en surveillant la langue. Ambitions de gardiens de prison.

La différence est qu'au couple *vérité/surveillance* (bien totalitaire, comme il est normal chez ces gens-là), je veux opposer *conviction/discussion*, dans le langage, et c'est (Leopardi) *poésie/philosophie*.

Moi, je dis du langage : *faire avec*.

*

[101] **Exercices**

Je ferais mien le programme de Valéry :

« [exercer] l'esprit à certaines transformations – celle dans lesquelles les propriétés existantes du langage jouent un rôle capital. » Et exercer, donc, « une pensée *de puissance équivalente à celle du langage même*. » Enfin « plier le verbe commun à des fins imprévues sans rompre les « formes consacrées » »

« Imprévues » ne désigne pas le 'nouveau à tout prix', ou ce que Caillois (*Poétique de Saint-John Perse*, 200) appelle « ajouter à la liste une tentative aberrante » ; mais ce qui *émerge du langage* quand on maîtrise honnêtement « la conduite simultanée de la syntaxe, de l'harmonie et des idées » (Valéry).

*

[102] **Sincérité et sérieux**

« De la sincérité qui ennuie on n'a que faire. [...] Mais que de gens sont ainsi dans la vie qui exigent de l'art qu'il soit, avant tout, sincère. » (Reverdy, *Le livre de mon bord*, 51).

Je remplace la notion de 'sincérité', intenable, par celle de *sérieux* (v. « de celui-ci »), de *savoir où on est.*

*

[103] **ROUTINES, LIBERTÉ(S), GRAMMAIRE**

Je proclame souvent que l'acceptation docile des routines – horaires, queues, habitudes semi-automatiques d'itinéraires, etc. – sont un moyen de ne pas me laisser absorber plus qu'il ne faut par l'aspect matériel de ces occupations. Je pensais, du temps où il y avait des poinçonneurs à l'entrée des stations de métro, et un convoyeur dans les rames, qu'il leur était possible de *penser à autre chose.* Et de fait, j'ai vu une fois un poinçonneur qui lisait un livre de philosophie, acheté d'occasion chez Gibert (couvre-livre gris-bleu) ; et les convoyeurs, entre deux arrêts, lisaient assis sur leur strapontin. En ce temps-là, on ne publiait pas encore cette marée de [104] « mots », fléchés, cachés, etc. qui a fait tomber la lecture d'un degré (des bons stéréotypes sentimentaux de *Nous deux*, crapuleux de *Ici Paris* ou *Détective Qui ?*, à des listes, toujours les mêmes, de mots *reconnus du stock,* mais dont il n'est pas utile qu'ils soient connus).

Or donc, pour revenir aux routines, je viens de m'aviser qu'il y a cohérence entre le fait de les accepter – je répète – docilement afin de *penser* (enfin, disons penser), et ma relative déférence à la grammaire, aux sens fondamentaux du lexique, etc. pour y aménager l'*espace de réserve* d'une réflexion (quand même) et d'un plaisir que j'ai besoin, en raison de mon éducation, de sentir légitime – j'irais même jusqu'à dire : *légal.*

C'est peut-être le lieu de rappeler ceci : « Virgile, comme ses contemporains et ses prédécesseurs immédiats, se mit à adapter constamment et à faire usage de découvertes, traditions et inventions de la poésie grecque. » (Eliot, *Essais,* 351). Voilà pour les Anciens. Et ceci [Peinture « pure » de

Picasso et peinture « narrative abandonnée à son humour » de Chirico] : « l'une et l'autre ont ceci de monstrueux que l'œuvre sera d'autant plus originale que sera emprunté le langage dont elle se sert, car ce langage sera plus que tout autre soumis à la surprise d'une radicale métamorphose par les exigences ingénues de l'esprit. » (Ungaretti, *Innocence et mémoire*, 337). Voilà pour les modernes (en passant sur l'emphase et le dérapage de la dernière phrase

[2008. *Aggravés par l'adjonction, dans la version française, de « ingénues », qui doit en fait traduire « genuine », c'est-à-dire 'authentiques', v. la version italienne de* Saggi e interventi, *724, où cet adjectif a été supprimé*]).

*

[105] **Religion / morale // poésie / langage**
(suite de [102])

Transposer ce que dit Reverdy de la religion, puisque le langage, à m'en croire, serait la mienne : « Ou bien la religion est créatrice de morale, ou la morale, de religion. En tout cas, une religion ne tient pas longtemps sans morale. Mais quand la morale prévaut c'est le plus sûr indice de décadence pour la religion. » (85). Donc : ou bien la – – – est créatrice de technique, ou la technique, de – – –. En tout cas, une – – – ne *tient pas* longtemps sans technique. Mais quand la *technique* prévaut, c'est le plus sûr indice de la décadence de la – – –. J'ai mis « – – – » et non, comme je pensais d'abord le faire, « poésie » (ou 'inspiration', ou quoi).

*

[107] **Herméneutique de la citation**

Questionné, j'ai *pensé*, de ma pratique des citations, ceci : dans tous les cas je donne, dans mes fameuses *notes*, la provenance de la citation, lorsqu'elle n'est pas simple réminiscence, ou réduite à un seul mot, ou peut-être aussi lorsqu'elle est vraiment très aisément reconnaissable, faisant partie des quelques dizaines que chacun (même sans savoir de qui elles sont) a tout de même présentes à la mémoire – dans ce dernier cas, la citation a une valeur très légèrement plus ironique.

Ce n'est donc pas vraiment un jeu [108] de devinette. Mais il est exact que quelqu'un qui ne connaissait pas le fragment cité, ne le *reconnaît* pas, et n'a pas cette jouissance de l'agnition qui rejaillit sur le texte actuel.

Toutefois, en donnant la référence et, depuis quelque temps (« Carcasses lestées de pestilence », publié en 1986), en avertissant le lecteur que la citation est inexacte, truquée, infidèle, j'incite le lecteur à aller voir le texte *source* (je le dis explicitement dans la note à « de celui-ci »). Supposons qu'il le fasse, qu'il (re)lise Apollinaire, Valéry, ... Tant mieux. Supposons qu'il délaisse mes vers pour ceux-là : tant mieux. Supposons qu'il revienne à mes vers : il y trouvera *plus* que la première fois, *plus que s'ils n'étaient que de moi.*

[2008. *J'effleure ici, à l'étourdie, un redoutable problème. Ce que j'en pense, je l'ai diffusément exposé dans ma préface à la traduction de la Jérusalem délivrée. Est-il besoin d'avouer que, parlant du Tasse, j'ai dit de moi ?*]

*

[111] **Poésie, nécessité, contexte, situation**

Paulhan écrit : « Si je cherche la raison de la différence [*vid. entre poésie et ... !*] dans quelque trait qui caractérise évidemment la poésie, je trouve ceci : c'est que le poème offre jusque dans ses moindres une nécessité que n'a pas la phrase courante. » (*Clef de la poésie*, 83-4). Suit un exemple, « V'là dix sous » *vs* « La fille de Minos et de Pasiphaé ».

Il n'y a évidemment rien à tirer de la considération des structures internes, qu'on pourra observer, tout aussi complexes et 'riches', littéralement n'importe où. Mais si les *différentes formes* de 'v'là dix sous' sont à peu près *indifférentes*, c'est qu'on n'est pas ordinairement dans le cas de s'attarder à la phrase : on passe aussi vite que possible au geste.

On s'entend (disais-je, v. [6]) *par défaut*, c'est-à-dire sur une 'valeur plancher', comme on dit, des termes d'*énonciation* (seul compte l'*énoncé*).

Mais il y a, mal analysée, une intuition qui naît d'une *réception* juste de la poésie : c'est que les unités (Paulhan dit qu'un vers est une sorte de mot, et pourquoi pas si cela désigne une cohésion d'un certain type) sont *contextualisées* d'une façon spécifique. Il s'agit plus d'*attitudes d'usagers* que de *propriétés de messages*, encore que celles-ci puissent avoir été projectivement ajustées à ce qu'on escomptait de celles-là.

La réceptivité 'traditionnelle' (antique, 'primitive', enfin, liée à l'oralité) aux [113] reliefs phoniques – timbres, tons, mesures, rythmes ou cadences –, comme l'attention portée « en accordant à chaque mot une importance exagérée » (qui ? à propos de qui ? j'ai oublié), sont des opérations qui visent à assigner ou reconnaître au discours actuel une place possible dans un ensemble de discours, généralement connectés à des comportements valorisés, ou du moins problématisés.

L'énoncé utilitaire s'épuise – tout seul, *totalement semblable* à toutes ses autres occurrences *pratiquement* pertinentes, et *équivalent* à des formules correspondant aux mêmes comportements. [114] En gros, je pense que c'est la définition *pragmatique* de la communication qui peut contribuer à définir la poésie : positions et relations des interlocuteurs entre eux et vis-à-vis du message, du canal, des accidents comme les interférences ou les bruits, relations des instances actuelles aux instances inactuelles (le code et le contexte).

[115] Le fait est que ce que l'on constitue *aujourd'hui* en corpus 'poétique' a rempli des fonctions assez diversifiées selon les cultures. Ces fonctions étaient tout de même fondamentalement *sociales* (*marquer* une cohésion ethnique, surtout) et peut-être, disons *magiques*, i.e. liées à l'action sur le monde environnant.

[2008. *Ce sont en particulier les généalogies évoluant en légendes dynastiques et étiologiques et établissant un droit territorial, qui deviennent conjointement rhapsodies, puis épopées (p. ex. dans la* Genèse, *le cycle d'Abraham).*]

*

[116] **Analogie**

(suite de [27])

René Thom (1983 : 133-144, 154) considère le langage comme une 'seconde peau', une structure intermédiaire entre *vrai moi* et le *moi extérieur* de la proie aliénante du moi. Petitot-Cocorda (1983 : 39) parle d'une *structuration « objective »* du fait extérieur, exprimée *dans* le langage, sans être ni linguistique ni physique : il s'agit d'un *corrélat objectif*, « tiers terme phénoménologique réel entre expression et réalité, tiers terme que l'on appelle un état de choses ».

L'analogie est certes fortement et diversement médiatisée. Mais elle commande encore à distance certains mécanismes génératifs, de même que des étapes intermédiaires d'apprentissage. Ainsi, selon Alinei (1974 : 205-206) il y a trois stades :

1. – Prélinguistique : ce qui deviendra la composante logico-syntaxique préside à des actions coordonnées en vue d'une fin.

2. – Lexématique : l'enfant dénomme, 'crée' des lexèmes, i.e. saisit le rapport réalité-signe à travers leur usage et l'imitation qu'il en fait (p. 223). La composante logico-sémantique commande des 'phrases' réduite au lexème et affectée d'une catégorie grammaticale. Pour Alinei – et pour moi – les *mots* sont des *phrases réduites*, des *comprimés de phrases*, pouvant fonctionner comme *parties de phrases* – comme des propositions subordonnées – et affectées d'une *étiquette morphologique* – nom, verbe, adjectif, etc. – qui leur assigne *disponibilité syntaxique*, dans une structure de phrase (nom → sujet, complément ; verbe → prédicat-noyau ; adjectif → prédicat nominal).

3. – Grammatical : le lexème intégrait les oppositions analogiques du type sujet-prédicat ; elles reviennent au premier plan pour *monter* des constructions de lexèmes, i.e. des structures sémantiquement (très) complexes, en des formes syntaxiques qui peuvent aller d'une grande simplicité (un lexème) à des degrés de complexité croissants (phrase 'simple' elliptique, complète ; phrase complexe, par coordination ou subordination), *théoriquement* sans limite supérieure – le linguiste italien Tullio De Mauro a pertinemment remarqué qu'*il n'existe pas de limite à la possibilité de compliquer ce que l'on a à dire.*

Tout cela est *corrélé à* une structuration non linguistique, avec ses oppositions – par exemple MOI / NON-MOI, qui commande l'opposition THÈME / RHÈME, puis SUJET / PRÉDICAT et d'autres, dérivées ou « parallèles » (*analogues*) –, ses principes de contraction – compactification, ses normes de redéploiement-analyse, etc.

*

[119] **Poésie, langage, enfance (Ungaretti)**

Il y a une corrélation, non hasardeuse, entre la *thématique de l'enfance* (innocence, etc.) chez Ungaretti (après Pascoli, soit) et certains choix formels de sa poésie.

Le mot est d'une part *isolé* par divers procédés de *dégrammaticalisation*. Il tend vers un énoncé monorhème. Mais dans le même temps, U. tend et réussit à *faire passer* simultanément *plusieurs* possibilités de *regrammaticalisation* dans l'énoncé.

Il rend l'énoncé problématique, mais mime au plus près le [120] travail d'interprétation de l'enfant, dans une phase qui est celle de

(a) la saisie (encore non marquée grammaticalement) d'éléments du discours adulte, *grammatical*, lui, mais *reçu comme* suite de fragments,

(b) le réemploi urgent et utilitaire desdits fragments en énoncés synthétiques,

(c) le début, par l'essai, jeu, mime fonctionnel (les « mots d'enfant ») d'une assignation de catégories grammaticales.

En ce sens on peut 'expliquer' « poetica della parola » et les textes d'U. comme une intuition liée à cette mécanique.

Cela correspond à la formation, à la diversification, et au souvenir nostalgique de la grammaire holophrastique qui assure l'euphorie nécessaire à la « positivation » de ces acquisitions, condition de leur stabilisation dans la mémoire.

*

[121] **Mémoire, culture**

Un homme = une culture – « = » est ici une abréviation de commodité, un homme égale peut-être une culture *plus x*, cela ne change rien à la suite du « raisonnement » – ; une culture = une mémoire – rq. cf. supra, valable pour toutes les formules du type équation, « = » se lit « égale *plus facul-*

tativement x » –; mémoire = connaissances, émotions, connexions multiples, *modalisées* (certain, obligatoire, non souhaitable, etc.), entre des *corrélats* de réalité(s) – des ‘états de choses’ du *monde* comme état-statut intériorisé de la *réalité* extérieure au corps du sujet.

Qu’est-ce qui peut être matériellement *déposé* (« enregistré ») – ne disons pas où ni comment –? Sans doute la *commande* d’associer tel stimulus à tel autre, à divers « degrés » (?) de signification – la relation « dure » ((Signifiant / Signifié) Référent), et des relations *diffuses* d’expériences non abstraites nommées symptômes, symboles, etc.

*

[122] **Prédécesseurs et précurseurs**
(et Mémoire, Culture, Tradition, ...)

Le Leopardi « de » Ungaretti est, comme je me suis aperçu qu’est « le mien », comme l’est tout prédécesseur – en termes seulement chronologiques, neutres, calendaires – pour tout – ici – écrivain « contemporain de soi-même », *calé en son temps*, est, dis-je, interrogé *après* Mallarmé, Rimbaud, Valéry, etc., *comme* après Foscolo, Gilbert ou Malfilâtre – et ne le serait pas de la même façon si la lecture de ces auteurs ne *filtrait* et ne *préformait* le texte de Leopardi, c’est le paradoxe « borgésien » des *précurseurs de Kafka* – « Le fait est que chaque écrivain *crée* ses précurseurs. Son travail modifie notre conception du passé, comme il a à modifier le futur » (*Autres inquisitions*), parasitage du célèbre essai *Tradition and the individual talent*, de T.S. Eliot, qui fonde, dit Georges Seferis « une tradition qu’il a lui-même définie par ses choix » (Essais, p. 243). C’est ainsi, à l’évidence, que chaque nouvel écrit d’un écrivain, fait potentiellement dire à tous les écrits de tous les écrivains ses prédécesseurs, *plus que* CELA, fait de prédécesseur un précurseur.

Il y a ainsi une légitimation de fait à (se) poser les questions *de* la poésie – plus généralement, de la littérature, plus étroitement, de l'écriture – avec les auteurs-auctores d'une tradition idiosyncrasique, comme il y a *préemption* et *usurpation* – naturellement au sens juridique précis –, par tout écrivain, de tout ce qu'il a lu, directement (lui-même), ou indirectement, des auteurs qu'il n'a pas lus par l'intermédiaire des auteurs qui les ont lus et que lui a lu

[*2014. Pierre Bayard l'a, de manière bien réjouissamment intelligente, tourné à la blague dans un très sérieux, tonique et rafraîchissant petit livre,* Comment parler des livres qu'on n'a pas lus ?*, Minuit, remarquez la très louable honnêteté du point d'interrogation.*]

*

[124] **INDIVIDUEL, COMMUN**

Il y a un point de ressemblance entre le langage et la religion (v. [63]). C'est que le langage, fait social, facteur de socialité, est aussi une expérience individuelle, dans l'intériorisation (assimilation) et l'extériorisation (expression). La religion, à tous les sens du terme et d'abord selon l'étymologie, est également un système de *liaison*, notamment entre présent et temps, individu et collectivité, expérience vécue et transcendance, etc.

Je lis ceci, chez Ungaretti, sur Saint-John Perse et *Anabase*, où se définit un « espace » : « Il est ce lieu épique où l'homme est à la fois étranger et autochtone et où il remplit la première condition [125] de la vie légendaire : être tout ensemble enveloppé de solitude et lié au sort de chacun, à l'existence des mille variétés de l'espèce humaine, à celle d'un insecte surprenant, à la couleur du vent. » (« À Saint-John Perse », *Inn. et mém.*, 271).

Et un peu plus loin, plus nettement encore :

« Voilà trois points d'acquis : la poésie appartient à tous ; elle naît d'une expérience strictement personnelle ; elle doit donc, dans sa forme, porter la marque distinctive de l'individualité de son auteur, tout en gardant ces caractères d'anonymat par lesquels elle est poésie, et ne reste à personne étrangère. » (« Une opération indéfinissable », 293).

*

[132] **IRONIE, BOUFFONNERIE**

Voici ma définition de l'ironie : *l'ironie est une stratégie de communication qui vise à bloquer, après les avoir déclenchées, les inférences de l'interlocuteur*. Elle met donc celui-ci mal à l'aise. Mais elle peut se compliquer, selon sa *portée :* elle peut être réservée à un spectateur, et ne pas être perçue par sa victime, interlocuteur ou tiers. Et elle peut porter sur l'interlocuteur, tout simplement, sur un tiers, sur l'énonciateur même (on est près de l'humour britannique, qui empêche l'auditeur d'approuver le mal qu'on dit de soi, justement pour empêcher qu'autrui en dise *sans réserve*). Elle peut enfin porter *sur elle-même*. Dans tous les cas, [133] son essence est une dévalorisation mesurée, un discrédit qui reste au plus près de sa formulation et n'en autorise aucun développement. C'est aussi pourquoi les travaux linguistiques sur l'ironie, qui en répertorient les *marques* (donc des signaux sans équivoque, selon les exigences scientifiques) définissent plus souvent le sarcasme, la calomnie, l'insulte, la satire, etc. – que l'ironie.

Ungaretti soutient que *L'Infini* de Leopardi est un poème ironique. Il est bien vrai que Leopardi est souvent ironique, que ce soit dans les *Opuscules moraux, les Paralipomènes de la Batracomyomachie* ou, par exemple dans son usage de la citation d'un vers de Terenzio Mamiani :

Dipinti in queste rive
Son dell'umana gente

Le magnifiche sorti e progressive.

Ungaretti voit l'ironie, dans *L'infini,* se dégager de ce que Pirandello appelle « sentiment du contraire » (et qui, passé au dramatique, est devenu son « humorisme »).

« *L'Infini* et une idylle de ton ironique jusque dans le titre. L'idylle de l'infini, en effet, est une représentation du fini [...] dès le titre, nous rencontrons un mot à double sens : son sens commun, et le sens opposé ; son sens d'illusion, et son sens de réalité. » (*Inn. et mém.*, 119).

On a donc là le *double sens simultané* [135] *dont l'un des aspects dévalorise l'autre,* propre à l'ironie. Il y a dans cette observation la reconnaissance juste d'un des modes de l'ironie chez L. : celui où il se moque de la présomption humaine face à la nature, l'homme, la science, tout. D'autre part, répétons avec U. que l'infini est une notion qui ne parvient à la conscience « qu'à propos de choses finies » (115) – L. le dit lui-même à plusieurs reprises. C'est dire que l'expérience naît, entre autres choses, *de son contraire,* et cela d'autant plus qu'elle est essentielle, profonde, exceptionnelle, dramatique. Cela, je l'appellerais *l'ironie du sort,* et je pense que ni Leopardi ni Ungaretti n'y contrediraient.

[136] Ce qui nous donne le sentiment – générateur de présomption – de vivre une expérience d'exception, c'est le banal, le commun, le trivial, le vulgaire. « Et quand on pense que c'est une haie qui a déclenché tout cela, et des feuilles agitées par un brin de vent, de petites choses, des faits insignifiants : des feuilles, le vent, des choses qui figurent d'ordinaire la caducité, la fragilité. [...] On le voit, l'ironie investit non pas un mot ici et là, mais l'inspiration elle-même. » (125)

[2008. *Il reste que, je ne sais toujours pas bien pourquoi, je renâcle à cette interprétation : non à l'analyse, mais à son application à* L'Infini.]

L'ironie *fait dire: ce n'était pourtant que ça.* Elle est à l'œuvre, dans les mêmes conditions, chez Eliot, après [137] le déchirant « Good night, ladies, good night, sweet ladies, good night, good night » (« A Game of Chess », 172) ou « I had not thought death had undone so many » (« The Burial of the Dead », 63), lorsqu'on a 'reconnu', avec un brin d'exaltation, Ophélie et Dante, reconnu dans le trivial le mythe résurgent et présent, on se dit – ne serait-ce qu'en *continuant la lecture,* c'est-à-dire en *enchaînant,* en se réveillant du *rêve* où on a été plongé, pour un instant infinitésimal et incommensurable, dans le monde d'Ophélie, dans le monde de Dante, en *en revenant,* en somme: « Mais c'est Ophélie! Je n'en reviens pas. » On en revient, et dans quel état –, on se dit: ce n'était pourtant que ça, la foule des petits employés à l'heure de pointe (et même plus « le bétail ahuri des humains ») et une pauvre fille à moitié soûle de bière et de cancans dans un pub. L'ironie, ici, est dans la proposition d'une illusion, puis dans l'avertissement, sans malveillance, que ce n'est qu'une illusion (mais aussi: et Ophélie, est-ce que ce n'était pas, elle aussi... ? Pour l'Enfer, le *ce n'était que ça* fouaille tout le siècle, enfer qui s'ignore.). [138] Portant sur autre chose – l'identité ethnique et culturelle, la tradition – c'est une ironie qu'on trouve couramment chez Cavafy, v. p. ex. « Alexandre Jannée et Alexandra ».

Je vois un degré de plus chez Queneau et Tardieu. Au premier degré, il y a une ironie dont le discrédit porte sur le langage, comme avec le calembour « la toute petite crêpe, la crêpuscule » ou « les petits pigeons pleins de fientaisie ». Mais il y a un second degré où le calembour, ou la rupture de ton, passé le premier sourire – comme passée la légère exaltation de l'agnition chez Eliot ou Cavafy – [139] fait porter le discrédit sur *l'intention et/ou l'interprétation ironique:* L'ironie se retourne sur elle-même. Au lieu de l'*afterthought* qui fait dire *ce n'était pourtant que ça,* il en vient un autre qui est : *ce n'était donc pourtant pas que ça* (on pense, bien sûr, à « ça ne veut pas rien dire »). Quelque chose comme : Vous trouvez ça drôle ? Ça c'est drôle ! Et enfin : *c'est pourtant bien ça.* Emmanuel dit : « L'inférence qui est bloquée n'est pas le *contenu* de la proposition, mais *le blocage ironique* lui-même. »

Un autre exemple : dans *Les Ruines de Paris*, Jacques Réda raconte un combat entre taxi et Solex : « Mielleux et vindicatif, tout carnassier sourire, il se penche et me demande si je suis bien le shérif d'Aubervilliers. Vous vous trompez de peu, je rétorque, je ne suis que le cow-boy de Saint-Ouen. Et comme je sais que je peux filer tout de suite impunément à gauche, parce que lui clignote déjà à droite pour son client, floup (et conformément aux rudes lois de la guerre), je lui en expédie un superbe en plein capot. » Or donc ce moyen bien connu qui nous répugne (Massu), ce n'est qu'un molard. Mais *ce n'est pas qu*'un molard, puisque / par conséquent *c'est bien la guerre.* Dans *Le Partisan Johnny*, de Beppe Fenoglio, un partisan enrhumé s'écrie « Tous mes royaumes pour un mouchoir. » et, « commensuré » à Richard III, élève ainsi à l'héroïsme son rhume qui autrement le gênerait pour mourir proprement. Ici aussi (c'est aussi la guerre) l'ironie fonctionne à double détente, ou « au carré », c'est-à-dire comme une double négation qui restaure le positif enrichi de son *passage par* de la négation surmontée : il n'est pas Richard, il est simplement enrhumé, mais il n'est pas simplement enrhumé, il va mourir, il « est » Richard, il vaut mieux que son rhume, qui n'est pas qu'un rhume, mais le même désastre que la mort d'un cheval.

De : Vous trouvez ça drôle ? Ça c'est drôle ! en passant par : c'est pourtant bien ça, on arrive à : Riez, il n'y a pas de quoi rire, et à la sublime devise de Samuel Beckett : « Quand on est dans la merde jusqu'au cou, il ne reste plus qu'à chanter ».

J'ai essayé par ces explications de rendre compte du malaise délicieux que j'éprouve à l'effet de dédoublement de *Monsieur Monsieur*, à la lecture des petites 'indications de scène', instructions de diction et des poèmes comme « Conversation » ou [140]

Les préfixes
(Accent méridional)
À mesure que je vois
j'oublie j'oublie
j'oublie tout ce que je vois

À mesure que je pense
je dépense je dépense !

À mesure que je vis
je dévie je dévie !

Mais à mesure que je meurs
je demeure je demeure.

(On dit aujourd'hui que telle boisson *dessoiffe*, ce qui [141] est bien autre chose que désaltérer, que tel traitement *défatigue*, ce qui n'est pas reposer. Et dans mon patois, pour dire que quelqu'un clabaudait à tort et à travers, on disait : il *déparle*.)

Cet usage à double détente de l'ironie, non *ironie sur ironie*, mais ironie *sur l'ironie*, non surenchère mais destruction sur le mode du *dé-* (qui laisse subsister le terme nié), je l'assimilerais à la bouffonnerie, qui oblige à reprendre au sérieux quelque chose qui a été une première fois dévalorisé, et par conséquent à dévaloriser l'acte de dévalorisation, à valoriser *emphatiquement*, sur le mode du *dé-*, ce dont on parle ; le bouffon prenait à charge de faire rire *pour* que le roi prenne au sérieux ce qu'il disait.

Eliot dit de Hamlet (*Essais critiques*, Seuil, 169- 170) : « L'inconstance de Hamlet, sa répétition de phrases toutes faites, ses calembours, ne font point partie d'un plan arrêté de dissimulation, mais sont une forme de soulagement émotionnel. Dans le personnage de Hamlet c'est la bouffonnerie (*buffoonery*) d'une émotion qui ne peut trouver aucun dérivatif dans l'action ; dans le dramaturge, la bouffonnerie d'une émotion qu'il ne peut exprimer sous une forme artistique. »

Il faut remarquer que là comme souvent en poésie, *une figuration suit* (je veux dire qu'une *structure*, au sens le plus vague du terme, devient *sujet*, comme Valéry disait du *Cimetière marin*). Les figurations, nullement nouvelles, du baladin, histrion, saltimbanque, deviennent des représentations (un peu aliénées, dont la motivation explicite peut être reportée à des faits plus superficiels et visibles de l'histoire et de la vie culturelle) du poète ou de la poésie. On a ainsi le vieux saltimbanque de Baudelaire, le pitre de Mallarmé, les baladins d'Apollinaire, le « saltimbanque de mon âme » de Palazzeschi, les saltimbanques de Toulouse-Lautrec, Seurat, Picasso, *e chi più n'ha più ne metta.*

*

[144] **Écrire ce qu'on croit** (ou : **croire à ce qu'on écrit**)

Ce *Tityre sourit* est écrit en fonction de, le regard fixé sur, une *pratique*, la mienne. Cela confère [145] un caractère des *responsabilité* à ce que j'écris *autour*. Il ne s'agit pas que cela soit 'brillant' – ni, d'ailleurs, *vrai*, ou quelque chose comme ça –, il s'agit que *cela cadre*. Une contre-épreuve est celle-ci : il m'arrive souvent, soit par souvenir inconscient, soit parce que je vais intuitivement chercher ce qui est là où c'est, dans les limites de ma culture, il m'arrive, donc, de *trouver chez quelque autre quelque chose que j'ai trouvé (ou cru trouver) tout seul.* Ainsi de la pensée « de » Michel Deguy ([51]), de la formule « de » Paulhan sur le mauvais ouvrier ([54]), du terme, et de la description correspondante, de bouffonnerie chez Eliot ([141]).

([146] Or donc, dans ces présentes réflexions, lorsque je (re)trouve une formule semblable ou identique à quelqu'une dont 'je suis fier', je me réjouis, non pour le *moi,* qui eût 'pensé juste', mais, d'abord, pour *la chose dont je m'occupe,* et qui est l'objet d'un consensus, même minime. Ce n'est pas ma personne alors qui est en cause, mais ce que je *fais.* Par ailleurs, j'ai l'impression de m'entretenir avec ces hommes remarquables; ce devait être le plaisir de Montaigne, et de Machiavel, qui « honorablement mis », entrait le soir, après une journée dégradante, dans les cours des Anciens (Lettre à Vettori).

Mais cela me donne aussi plus d'*assurance* quant à l'intérêt, au bien-fondé et à la cohérence de ce que je dis. Cet intérêt, cette cohérence, cette *fondatezza,* je peux, *pour les voir,* m'appuyer sur quelque chose d'*extérieur* à mon présent discours – j'ai toujours peu de confiance dans mes *raisonnements,* et j'ai aussi le sentiment qu'ils sont mis à l'épreuve, et que j'ai à en répondre, dans (et/ou par) mes compositions.

[147] Toujours est-il que cette sérénité – qui est peut-être aussi le résultat d'une interruption de dix ans environ, au cours desquels je me suis occupé (sans cesser de composer) surtout de linguistique générale et de théorie du récit – me met aussi plus à l'aise pour envisager d'écrire sur la poésie. Car je peux en toute tranquillité tenir comme fil conducteur *que je parle de moi.* Je veux dire que la cohérence de mon discours 'critique' peut, à mes yeux gésir dans l'adéquation de celui-ci *à mes intérêts,* aux points de la *question de la poésie* qui m'intéressent *dans ma pratique,* [148] et sur lesquels je 'questionne', si j'ose dire, les poètes que je me suis choisi pour constituer la propre

80 tradition (ce qui est plus que les 'sources' et 'influences', et moins que la généalogie).

*

[149] **Chronologie et disposition**
(suite de [46])

En raison de ma manière d'écrire, se pose la question de l'ordonnancement de mes compositions. Je compose, un peu par à-coups, c'est-à-dire par périodes, de quelques semaines ou un petit nombre de mois, séparés par d'assez longs intervalles – au cours desquels j'ai bien souvent cru que je m'étais détaché de la pratique d'écrire de la poésie. Pendant les périodes de composition, je mène presque toujours de front plusieurs textes, commencés souvent un peu en décalage, parce que le travail sur le premier m'a suggéré quelque chose qui ne pouvait pas en faire partie. Et, bien que les thèmes soient le plus [150] souvent bien distincts *au départ*, les textes, au cours de la période d'élaboration, qui est tout de même assez longue, réagissent les uns sur les autres : une formule qui ne va pas ici est essayée là ; et parfois, je place à dessein des échos – c'est le cas de *Tombeau d'Italo Calvino*, où le « pire » de Valéry figure dans deux textes, « déclinaison » et « de celui-ci ». De la sorte, l'ordre le plus raisonnable est encore celui de la chronologie. On a ainsi des synchronies, où les textes peuvent être groupés en sous-ensembles thématiques, comme dans les *Fragments* de 1983. Jusqu'ici, j'ai pu conserver l'ordre chronologique *et* [151] l'ordre de publication, ayant eu la chance de pouvoir publier, sans grand 81 délai, presque tout ce que j'ai écrit. Seuls quelques textes récents, faisant partie de groupes postérieurs aux *Fragments*, sont restés de côté lorsque j'ai publié quelques pièces dans *Nova Renascença* et *Po&sie*. Si l'occasion s'en présente, je grouperai les inédits avec les textes publiés dont ils sont synchrones. On pourrait donc, en principe, suivre à la piste des 'thèmes', ou voir ce que sont devenus des mots ou des figures, comment ils ont été mis en œuvre diachroniquement.

[2008. *Tous mes poèmes non rejetés sont maintenant recueillis dans* J'élis un lieu flagrant et nul. *« Mots » (1983-1984) est intercalé entre « Fragments et Poèmes ». Après « Tombeau d'Italo Calvino », tout ce que j'ai écrit était resté inédit.*]

*

[152] **Art et choix**

Dans une émission télévisée sur la photographie, France Roche montre à Jean Lacouture des photographies prises automatiquement par un satellite, et dit que ces photographies *ressemblent* à des œuvres d'art, que certaines *ressemblent* à des tableaux de tel ou tel peintre (« abstrait » !!). J. L. répond que c'est le *choix*, qui *distingue* ces photos parmi les innombrables transmises par la machine, qui *en fait* des œuvres d'art. Ce qui est juste, et peut se généraliser (bien au delà des galets, jaspes et souches qu'on ramasse) : il y a, parmi un [153] *fouillis* – je dis bien – d'objets eux-mêmes chaotiques, d'abord *reconnaissance* de *quelque chose* (généralement d'assez abstrait, mais cela commence au jeu de suivre les nuages, bien sûr) qui est *intégrable*, combinable, harmonisable, assimilable, etc. à d'autres, c'est-à-dire, en fin de compte qui a un *répondant* dans la *mémoire* (comme mécanisme, non comme simple stock).

[2008. *Le fouillis est celui d'objets dont l'ordre et l'histoire nous sont inconnus. Car je pense aujourd'hui que 'chaos' est une notion, non un fait. Tout est ordre dans l'Univers, simplement, cet ordre nous dépasse infiniment. Et se pose alors la redoutable question de la légitimité de ces 'reconnaissances', c'est-à-dire de leur valeur cognitive, sans aller jusqu'à parler de 'vérité'. Je la résoudrais, peut-être illusoire-*

ment, mais il n'y a pas de recours, en disant que notre 'esprit' est programmé, comme on dit, par les mêmes diagrammes que l'Univers, de nous en grande partie ignorés, mais qui nous accordent à lui.]

Cette *reconnaissance* peut être plus ou moins vive, et elle donne lieu à une *décision* (le « choix ») de *recevoir* ou non. Ainsi « choix » couvre-t-il deux opérations, reconnaissance-distinction, et décision-acception. La mémoire, et sa forme collective [154] et 'historique', la tradition, y joue un rôle déterminant. J'imagine qu'un Romain du temps de Néron, et un de mes contemporains, auront vu dans le même morceau de marbre veiné, l'un un 'paysage', l'autre une 'composition abstraite' – l'un et l'autre *guidés* par leur connaissance (diffuse, automatisée) des conventions de la peinture de leur temps.

*

Tradition et art

À ce compte, une tradition, en tant que choix, est une œuvre d'art, dont la cohérence est destinée à garantir celle du projet. C'est une construction, ou autrement, une *fiction* : « Un poète a conscience de ses prédécesseurs, et nous, conscience des prédécesseurs derrière son œuvre, comme nous pouvons avoir conscience des traits ancestraux d'une personne, qui est en même temps un individu unique. » (Eliot, *Essais*, 346).

*

[155] **Parler pour et poésie savante**
(suite de [53])

« il y a toujours [...] l'expression de quelque chose que nous avons ressenti sans trouver les mots pour l'exprimer, qui élargit notre champ de conscience ou raffine notre sensibilité. [... *Le poète*] son devoir direct est envers sa *langue*, qu'il doit d'abord sauvegarder, puis enrichir et améliorer. En exprimant les sentiments des autres, il change aussi ces sentiments, car il les rend plus conscients; il donne aux gens une conscience plus claire de ce qu'ils ressentent déjà, et par conséquent il leur apprend quelque chose sur eux-mêmes. » (Eliot, « Fonction de la poésie », *De la poésie*, 19).

« Le poème n'est plus seulement un moyen de fabuler des actes: il affine les sentiments et, peut-être même les forme, en les systématisant en un certain vocabulaire. » (Belaval, *La recherche de la poésie*, 28).

B. assigne cet effet au « stade Musset » – après le stade *Petit roi de Galice*, et avant le stade « parnassien ».

Cela, parce que les formulations [156] poétiques sont plus 'ficelées' que les communications contingentes; elles sont aussi plus 'connectées' au reste de la culture, par statut, en raison du travail de cumul (sémantique) et de *surrégulation* – les « contraintes supplémentaires » – qui ne sont pas des actes de virtuosité « gratuite », mais assurent, comme dans l'apprentissage du langage ordinaire, l'*attention*, en opérant des 'infractions', locales mais systématiques, sur fond de déférence aux règles générales, « ... une manière d'altérer insidieusement les propriétés de la langue [...] des règles légèrement corrigées [...] la règle n'est pas fondamentalement violée, mais plutôt accommodée à un nouvel usage [...] de nombreuses anomalies [...] se composent de façon à instituer une régularité inédite qui ne surprend pas, car l'innovation immanquablement s'appuie sur des tournures bien gagées dans l'usage, utilise des matrices que reconnaît la mémoire et qui la flattent. [...] La manière d'écrire de Saint-John Perse [...] ne contredit pas le génie de la langue. » (Caillois, *Poétique de Saint-John Perse*, 15, 31-2, 38-9, 71).

C'est la justification d'écrire, nécessairement, une poésie savante à côté de la « populaire » (mais ces termes, et surtout leur opposition, sont à revoir).

*

[157] **Analogie**
(suite de [27])

La *morale* de l'analogie pourrait être celle-ci : que chacun des objets pris dans la relation analogique, soit, au terme de *raisonnement, plus de son domaine* qu'il ne l'était avant la *perception de l'analogie*, puis le développement du *raisonnement analogique.*

Par exemple, si je reconnais une analogie entre tels comportements (a) de langage, (b) de rapports corporels, si je nomme cette analogie « plaisir », si je développe le raisonnement analogique à partir du domaine dont la théorie est le plus 'avancée' (le corps, à supposer), je mettrai en place des concepts concernant [158] l'usage de la langue, qui seront analogiques de ceux, par exemple, de *besoin, demande, désir, ordre organique* et *ordre érotique*, etc. Si l'usage de langage, au moyen de ces notions, est correctement traité *dans son domaine propre*, ma connaissance de cet objet (les comportements langagiers) sera étendue et approfondie par ce traitement analogique.

Mais parler n'est pas faire l'amour, la langue *a de la logique*, mais le langage *n'est pas la logique* (des logiciens), le langage fonctionne selon des mécanismes que l'on connaît (mieux) dans le domaine abstrait des mathématiques, mais n'est ni *les* ni *une* mathématique. L'analogie est soutenue par la multiconnexion des phénomènes physiques, [159] biologiques, sociaux. Il serait étonnant qu'elle n'apparût pas : mais elle est la perception que nous avons de *conséquences* multiplement médiatisées et très diversifiées de 'causes' qui, comme l'« origine du langage » dans le domaine linguistique, sont désormais empiriquement hors d'atteinte, *du fait même qu'elles ont produit ces conséquences.* (C'est l'idée d'un dieu se dispersant dans sa création; mais cette analogie-là ne vaut pas un clou).

*

[160] **Citations**
(suite de [17])

« Les citations que Jouve introduit de proche en proche sont moins des emprunts que des signes d'intelligence et de gratitude envers ceux qui lui ont révélé un règne de poésie. Ils ont la fonction que Dante attribue à Virgile; au moment où Jouve découvre l'inflexion si originale de son langage propre, il peut y inclure quelques-unes des paroles mémorables qui l'ont escorté. Ces reprises ont valeur de « variations »; le texte ancien sonne d'une façon inattendue, par le seul fait de son insertion dans un nouveau contexte. » (J. Starobinski, « Préface » à P. J. Jouve, *Poésie,* Gallimard, 11).

[161] Jouve *marque* ses citations par des guillemets (*Toi qui connais bien ..., Chant de reconnaissance*), et même plus: « « Avec humilité » disait le poète dément » (*Je pleure, je ne veux pas parler*). Leur 'intégration' me paraît différente de celle qui se produit chez Eliot – ou que je pratique. En outre, Jouve n'adjoint pas de *notes.* C'est aussi un usage différent de celui de Cavafy, dont Timos Malanos écrit: « Il est allé jusqu'à mettre dans ses vers, outre des phrases empruntées ailleurs, des passages entiers de textes anciens sans traduction, comme l'aurait fait un auteur qui écrit une thèse de doctorat, mais non pas un poète. » (Cit. in Seferis, *Parallèle,* 29).

*

[162] **Variantes et variations (Jouve)**

Chant de reconnaissance, p. 54 et 55 ; *L'aube s'aperçoit*, p. 95. Comme les deux textes sont conservés, la « variante » (c'est le terme de Jouve) devient *variation*.

Entre variante et variation, le rapport est aussi de *temps*. Les variantes sont les versions qui ont entre elles coexisté, préexistant au texte. Elles survivent, ensuite, dans une marge du texte, disant un peu *ce que le texte a failli être*, parfois ce qu'il a été passagèrement (pour les variantes d'édition). Les variations sont postérieures au texte, elles en sont, comme les traductions, des 'exécutions' ou *interprétations*.

*

[165] **Filtrage de la mémoire, pensée (Valéry)**

« Ce qui fut *objet* devient *sujet – ce qui fut vu devient organe de vision.* » (Valéry, *Cahiers*, Pléiade, 1252). Mémoire comme conditionnement, filtre de la perception, plus tard *méthode*. C'est plus que la *répétition* de Leopardi et Belaval : on voit là le passage de la *mécanique* à la *dynamique* de la mémoire-perception.

Mémoire, du présent au présent : « Le retour au *même* est la base de tout. La mémoire est le don du retour au même ou du même. Ce n'est pas le passé, sa grande affaire, c'est le re-présent. C'est pourquoi elle vient du passé et ne le *remonte* jamais. Son cycle du présent au présent se compose d'un arc imaginaire et d'un arc de retour « réel » » (1250).

[166] Le passé comme réponse : « Ce qu'on nomme *Passé* est du *psychique* et est *réponse* – (qui vient, d'ailleurs, se changer *ensuite* en demande –). Mais alors un passé vient *après* un présent et y répond. Il a *ensuite* un présent pour substitut et pour futur ! » (1257).

[2008. *C'est un peu ce que j'essaie de dire dans le « Poème des poèmes inutiles ». Et dans « Tardus ».*]

Le commencement comme second moment: « Tout commencement réel est un second moment. Tout ce qui est et se présente (*erscheint*), n'est et ne se présente que par une présupposition (*Voraussetzung*). Son terrain individuel, son soi absolu *le précède* – doit en tout cas être pensé avant lui. Pour tout, je dois penser préliminairement quelque chose [167] d'absolu – présupposer –, et pourquoi pas postpenser, postposer? (Préjugement. Pré-méditation. Pré-sentiment. Préfiguration. Pré-imagination. Projet.) (Novalis, *Fragm.* 106).

À cela s'oppose la 'pensée' :

« La pensée n'est possible que parce qu'on ne reconnaît plus l'origine de ses éléments – leur « histoire ». Ils sont coupés. C'est l'oubli de leur histoire qui nous rend ces éléments maniables – *notre* propriété. » (1254).

[2008. *En cela, la poésie, celle du moins qui est consciente de l'origine (ou de certaines provenances) de ses « éléments » serait-elle pas de l'anti-pensée ?*]

Cela correspond au (sens) « proprio » de Leopardi, appropriation momentanée, qui fixe un moment le flux des *changements de sens*. Et va dans le même sens l'analyse de Valéry sur les *mots*: [168] « Les sens des mots comme leurs sons – appartiennent à des âges différents de la pensée 90 générale. Et nous usons, nous, à la fois de ces instruments dont chacun est celui de besoins, de clartés, de problèmes très éloignés les uns des autres. » (395). Y ajouter, l'idée de l'écriture comme *refus d'oubli*, ralentissement de l'évolution (398).

*

[170] **Excès de sens**
(suite de [6])

Que le *sens* du poème (mais de tout acte verbal aussi bien) *excède* par définition, et l'intention et l'interprétation de l'auteur, et les interprétations et les inférences du lecteur, il y a à cela une raison très simple, presque triviale. C'est que tout *mot* (on sait bien ce que je veux dire par là) *tire derrière lui*, comme une ombre invisible dans la lumière diffuse du brouillard, *toute son histoire* (potentiellement depuis Olduvai), ses sens, ses formes, mais aussi les mots qu'il a supplantés (*beau* a éliminé en français *formosus*, *épouse*, *ouissour;* et le germanique *werra*, le romain *bellum*, ach !), ceux auxquels il a été à de certaines époques attaché par des liens de co-occurrence ou d'exclusion *obligatoires* (des liens qui lient, comme dit l'étymologie, jusque dans le rejet).

[171] L'*excès* est posté près de chaque mot, dans chaque liaison. D'ordinaire, les *suppléments d'interprétation* (même dans la conversation courante) ne consistent en rien de plus qu'en désignations de rapports *médiats*, entre parties non directement contiguës du texte, entre parties du texte et d'autres textes, ce qui chaque fois *étend la portée* du mot considéré.

L'*excès* est acquis, si j'ose dire, aussitôt que le *dire* résonne au delà du *dit*, ne se disperse pas dans l'instant. Ce n'est pas *le* secret de la poésie (car les débats où l'on s'accroche aux mots, les scènes de ménage, en seraient ; en seraient-ils pas ?), mais c'est sa *ressource*, [172] mise en œuvre par des moyens, sinon spécifiques, du moins préférentiels, comme les régularités formelles qui soutiennent certaines extensions de portée, et *montrent la méthode* d'une entente (d'une interprétation) qui, avec le temps, s'enrichit, d'une part de nouvelles propositions de supplément d'interprétation – de nouveaux *alignements* et *constellations* dans le texte –, et d'autre part, subit le contrecoup de l'évolution continue de la langue, qui met continûment *à distance* les dits (poétiques et autres), et les livre à l'exégèse.

Pour la poésie, il y a une sorte de consentement global : « Le plaisir poétique nous ôte le pouvoir de communication pour nous mettre en état de participation. [… *Le poème*] ne s'impose pas à nous avec la brutalité d'une chose. Nous l'accueillons. Nous nous prêtons à son ouvrage. Nous y travaillons. » (Belaval, 50 et 55). L'interprétation y est plutôt [173] *cumulative* que critique ou distinctive, la répétition y est admise de texte à texte – nommée 'influence' ou 'réminiscence' – car elle joue un rôle décisif *dans* le texte ; la contradiction y est, plus que tolérée, reçue comme une *incitation à interpréter plus et autrement*, etc.

Je n'ai voulu ici que montrer pourquoi, pour peu qu'à l'énonciation [174] – par divers signaux, dont la *répétition*, l'acception cumulative, et l'usage de schémas formels comme *instructions ou guides d'interprétation* –, et/ou à la réception – par des opérations d'association, internes au texte (l'exécution des *instructions d'interprétation*) ou externes (mise en rapport avec d'autres textes, et en général, perspective sur les « époques » [Valéry]), pour peu en somme qu'on accorde « à chaque mot une importance exagérée », *on destine le texte à en dire toujours plus*, et notamment à anticiper ce qui sera dit après lui, et par lui directement ou non 'contrôlé'.

[2008. *Je pense en particulier à la canzone, qui dans la théorie et la pratique de Dante est une véritable machine à penser. Et à la sextine, encore de Dante, et de Pétrarque, machine à rêver.*]

Ce qu'on est tenté d'admirer comme une *propriété* éminente des [175] 'grands' textes poétiques (ils en disent toujours plus), ne désigne qu'un *usage normal* du langage, lorsqu'il est *sollicité* d'une certaine manière.

[2008. *Avec confiance et dévotion, non pour s'en plaindre, mais pour lui faire honneur. Toute ma poésie est d'éloge du langage.*].

Ce qui déplace le problème de la poésie comme objet, ou produit, à la poésie comme activité et production (de sens).

Et, à tout le moins, cadre définitivement avec ma proposition ([64]) de considérer la poésie comme une forme de *dialogue avec le langage*, tenu *dans une langue historique*.

*

[176] **Plagiat**

Dans ses « Projets de Préface » aux *Fleurs du Mal*, Baudelaire prévoit une « Note sur les plagiats. – Thomas Gray. Edgar Poe (2 passages). Longfellow (2 passages). Sterne. Virgile (tout le morceau d'Andromaque). Eschyle. Victor Hugo. » (Pléiade, 1366).

Éluard : « Cette *Note sur les Plagiats* nous paraît bien plus l'expression d'un désir que celle de la vérité. » (*Donner à voir*, 164) ; le désir « ... se croit l'écho, l'égal à peine de ce qu'il aime ». Lautréamont, cité par Éluard : « Le plagiat est nécessaire. »

Ce qui s'appelle encore plagiat pour la mauvaise conscience (un peu provocatrice), nourrie du romantisme de l'originalité, de Baudelaire, s'appelle toujours plagiat pour l'autre tentative de provocation d'Éluard, qui y voit une grimace à l'esprit de propriété (dans sa citation de Lautréamont), mais aussi un désir impossible de *transfert de propriété*. Son idéologie égalitaire volontariste retrouve des schémas d'évaluation conformistes ; le plagiat serait quelque chose comme le voleur volé : la langue non commune (péché !, selon Paulhan ...) est volée par le plagiaire à son illégitime propriétaire. [177] Eliot et son usage des citations sont bien en avance. Il est vrai qu'Éluard ne devait pas être bien grand – ni, s'il l'était, trop bon – lecteur d'Eliot.

*

[183] **Porte-parole.**

Ce terme, pour désigner l'effet produit par la lecture de la poésie (l'» évidence », la formulation que l'on *a eu cherchée* dès lors qu'on l'a trouvée, et même le 'raffinement' des pensées, des sentiments), attire l'attention sur un abus. Pris tout uniment, il conduit à la poésie de commande – qui a existé de tout temps et a produit sa part de poésie tout court (lisible définitivement). On peut le prendre plus subtilement.

C. Abastado, *Mythes et rituels de l'écriture* (Bruxelles, Complexe, 1979) montre les emblèmes figurés par le XIXe siècle, génie, mage, dandy, rebelle. Le système du *parler-pour* (à la fois à destination de et au nom/à la place de) conduit nécessairement aux attitudes suivantes :

(a) conviction de *dire* (et de valoir) *mieux que les autres* (au moins que les autres usagers du langage), avec les figurations de l'*incompris ;*

(b) déploration et accusation de l'*insuffisance du langage* (en passant par celle de la langue (v. [54]), avec les figurations de ce que Paulhan appelle le « terroriste », le révolutionnaire volontariste de la tradition ;

© conviction ultime de *valoir mieux que le langage*, avec les programmes de dépassement, notamment dans le silence ou l'expérience « indicible » (dont on revient plein de morgue et de commisération).

Je crois que l'*effet porte-parole* est en réalité un mécanisme de réception, qui a lieu par *rencontre* (je le prends au sens fort, et disons, selon la superbe taxinomie qu'en trace Heissenbüttel), et qui participe de la *variabilité du sens* comme *fonction de la réception.* À l'émission, on ne s'adresse pas à ce [184] récepteur-là – qui est vaguement programmable en raison de sa ressemblance contingente avec celui qui joue le rôle d'émetteur, et rien de plus –. Ou on s'adresse à lui par ce que le poème, comme discours, a justement de *contingent* (son « sujet », son lexique vu comme renvoi direct, vertical à des *realia*).

Au delà de cette réception qui a lieu *en passant,* si j'ose dire, le texte avec sa méthode ne peut sûrement pas anticiper sur toute la ligne ses futures réceptions. Mais plus sa méthode est forte – sa forme élaborée, son rapport à la langue actuelle construit comme rapport au langage, dans la perspective culturelle –, plus les lectures successives seront *assistées* par des propriétés, et leur continuité « gagée » par l'évolution même de la langue-culture. Ce dernier point, quand on pense à la disposition de lecture ou d'interprétation, c'est-à-dire à la réceptivité, éclaire le rôle que joue 'la' rhétorique (mot d'abréviation) dans la transmission culturelle. Donc, la vue sur le poète qui formule ce que d'autres n'ont pas les moyens de formuler est fondée sur l'expérience de la réception. Mais il me semble que le poète qui voulût avoir une chance d'y parvenir devrait se donner pour objectif, non de *dire* (d'émettre), mais de *répéter* (donc de lire) du *déjà-dit:* [185] ce que beaucoup font, y cherchant ou croyant y trouver une garantie de dicibilité-audibilité (si j'ose dire).

Un autre facteur est tout aussi important : c'est l'euphorie de l'agnition (le plaisir de *se* reconnaître, voisin de celui de l'agnition dans une citation) ; plusieurs des poètes dont je suis la méthode cherchent dans cette euphorie de lecteur leur énergie d'écrivain (Eliot, Seferis, Tardieu, Queneau ; et aussi Calvino, Perec, et Boris Vian). Les *traducteurs par méthode* pratiquent aussi cette duplicité nécessaire (Quasimodo et Ungaretti ; v. aussi ce que dit Eliot de Pound dans la Préface aux *Selected Poems*).

*

Agnition

L'agnition : rien n'est plus agréable (mot faible, disons *jouissif*) que de s'apercevoir que ce que l'on croyait inconnu nous est familier – celui qu'on croyait un inconnu est de notre famille ; l'inconnu qui parlait, c'est maintenant moi, j'en savais plus que je ne savais en savoir, je suis plus que je ne savais être.

INDICES

INDEX ALPHABÉTIQUES

TABLE DES MATIÈRES

Étonnements

Achevé d'imprimer en décembre 2014 par Pulsio.net (Bulgarie)
pour le compte des éditions L'Age d'Homme